杭州师范大学中文学科学术研究丛书

# 泽地文库
第二辑

主编 / 洪治纲

国家社科基金项目『新中国文学史料学』(20CWZ053)中期成果；
浙江省哲学社会科学重点研究基地杭州师范大学文艺批评研究院研究成果

# 中国现当代文学研究的史料视域

刘杨 著

上海文艺出版社

# 总 序

洪治纲

大学之道，人文为先。没有坚实的人文底蕴，没有深厚的人文情怀，没有求真、创新、自由、平等、公正的现代社会理念，大学迟早会陷入实用主义和功利主义的泥淖，甚至会变成精致的利己主义滋生与蔓延的温床，教育也就很难确保学生获得全面而健康的发展。这是我们学科同人多年来的思想共识和学术信念。

我们是大学教师，但我们也是学者，是恪守人文精神并且学有专攻的学者。因为我们深知，人不仅仅是一种物质生命的存在，还是一种精神、文化的存在。我们必须尊重每个个体的主体地位和个性差异，必须关心和理解不同个体多方面、多层次的内在需求，必须激发不同个体的能动性和创造性，促进人的个体价值与社会价值的统一，并最终使人获得自由全面的发展。

如果问，何谓"人文精神"？我想，这应该是其核心之旨。所以鲁迅先生对现代文明社会的审度标尺，就是"立人"。一个国家能不能"立"起来，在他看来，首先就是这个国家中的人是否"立"起来了，而不是看它的经济指标，或者人均拥有多少本房产证。

作为从事人文教育的学者，我们对人文精神当然并不陌生。但是，在物质主义和功利主义的强力冲击下，要坚持不懈地探究现代社会中的人文精神及其实践路径，并非易事。好在我们是地方性高校，没有"高处不胜寒"的压力，也没有必须实现"弯道超车"的预设目标。我们只是踏踏实实问学，认认真真做人。每天进步一点点，这是我们对自己学术的内心期许。所以，这些年来，我们学科的全体同人，都在默默地躬身于各自的研究领域，勤思缅想，精耕细作。

我们因此而充实。无论春夏，无论秋冬。

或许我们的能力有限，眼界不高，学养不厚，但这并不影响我们求真和创新的勇气，也不影响我们对于人类悠久的人文主义传统的承继和弘扬。师者，传道，授业，解惑也。传道，是每一位大学教师的首要职责，也是彰显每位人文学者人格魅力的核心之所在。只有心中有了"道"，有了承担历史职责且顺应社会发展的"大道"，我们才能传出特有的生命之光，以及内在的精神高度。我们的学术，从某种程度上说，就是在求真的过程中，孕育和培植内心的生命之道。故章学诚云：学者，学于道也。

但学术毕竟是一项极为艰难的事业，因为它自始至终都是为了求真，不仅在理论上，还要在实践中。严复就曾明确地将"学术"理解为先求真理，而后付之实践的过程："学者考自然之理，立必然之例。术者据既知之理，求可成之功。学主知，术主行。"梁启超也说过类似的话："学也者，观察事物而发明其真理者也；术也者，取其所发明之真理而致诸用也。……学者术之体，术者学之用。二者如辅车相依而不可离。学不足以应用于术，无益之学也；术而不以科学上之真理为基础者，欺世误人之术也。"我们当然也希望通过自己的努力，在传道和授业的过程中，体用互动，生生不息，一起解答各种现代生存之惑，共同叩问人之为人的诸多本质。

这也是我们推出"泽地丛书"的重要理由。"泽地"，取自《周易》第四十五卦《萃》卦，卦象为下坤上兑，坤为地，兑为泽，即为"下地上泽"之象，象征"荟萃"之意。这是我们中国语言文学学科全体同人的美好意愿，也是我们孜孜以求的学术理想。

在人类智慧的天空中，我们希望以执着的姿态飞过，并留下自己的痕迹。

本套丛书将以开放的方式，逐步汇聚我们学科各位学者的优秀成果，既包括已出版多年并在学界产生一定反响、需要修订再版的专著，也包括近年来国家社科基金的最新成果、学术新著以及优秀的博士论文等，几乎涵盖了本学科各二级研究方向，也囊括了不同代际的学者智慧，大体上反映了我们学科的主要特色和优势。第一辑出版之后，在学界引起了良好的反响，其中有三部著作获得浙江省第二十二届哲学社会科学优秀成果奖。如今，我们按原计划推进第二辑的出版，继续为本学科团队成员提供展示与交流平台，以期进一步营造浓厚的学术氛围。

古人云：士不可不弘毅，任重而道远。学术是没有尽头的事业，真理也需要一代又一代人去不断探索和实践。唯因如此，我们渴望通过自己的顽强求索，能够成为人文精神最坚实的传承者，并在具体的教学过程中，将自己所秉持的学术信念力所能及地付诸实践，抑或在世界文化的交流中成为平等的对话者。

2024 年春于杭州

# 目 录

引论　历史经验与史料问题 …………………………… 1

## 第一章　文学史观与文学史料 ……………………… 15
　　第一节　历史观与史料之关联 …………………… 17
　　第二节　诸种历史观与文化观 …………………… 38
　　第三节　史观、史料与文学史 …………………… 51

## 第二章　宏大历史与个人话语 ……………………… 67
　　第一节　史料与个人话语类型 …………………… 69
　　第二节　如何从个人抵达历史 …………………… 83
　　第三节　多重史料的互证可能 …………………… 94

## 第三章　作家研究的史料视域 ……………………… 109
　　第一节　打开赵树理的理解空间 ………………… 112
　　第二节　周扬与丁玲的形象辨析 ………………… 129
　　第三节　重视张恨水的晚年创作 ………………… 142

## 第四章　重新审视巴金的早期经验 ………………… 163
　　第一节　从社会经验到艺术经验 ………………… 166
　　第二节　重释巴金小说的艺术张力 ……………… 174
　　第三节　从一则史料看《随想录》………………… 189

## 第五章　版本研究的现代范式 ……………… 203
### 第一节　如何建立现代文学版本学 ……………… 205
### 第二节　版本研究中的文学史意识 ……………… 220
### 第三节　精校细读后的版本阐释 ……………… 229

## 第六章　史料视域下重辨雅俗 ……………… 239
### 第一节　新文化运动与俗文学史料整理 ……………… 241
### 第二节　当代通俗文学史料特点与问题 ……………… 247
### 第三节　重审现当代文学史的雅俗之辨 ……………… 264

## 第七章　他山之石的学术镜鉴 ……………… 273
### 第一节　史料意识与问题意识 ……………… 275
### 第二节　学术研究的"可写性" ……………… 283
### 第三节　文艺期刊研究的方法论 ……………… 293

## 余论　中国现当代文学史料学体系断想 ……………… 303

## 主要参考文献 ……………… 311

## 后记 ……………… 315

# 引论　历史经验与史料问题

从《中国新文学大系（1917—1927）》（以下简称"《大系》"）的编纂到当下若干中国现当代文学史料研究专著的出版，史料在本学科学术发展中的作用愈来愈受重视。相较于"现代文学史料学""作为一门学术研究的类别而得到重视与发展"[1]，当代文学史料整理与研究虽未臻完备，却已有一定基础。不少专家学者从不同侧面，持续推进当代文学史料整理与研究工作。中国现当代文学研究中基于史料的历史视域和基于审美的批评视域，逐渐形成了互融互补的学术格局。审美意识和历史意识并重，越来越成为中国现当代文学学科的鲜明特色。

本书并不是从史料学的本体论证现当代文学史料学的体系和方法，而是通过理论辨析和具体研究实例，深入讨论文学史研究实践中史料整理、运用的经验与问题，同时分析史料视域如何进一步激活和丰富作家作品研究、文学思潮研究、文学史研究。所谓"靡革匪因，靡故匪新"[2]，今天我们研究文学史、讨论史料问题，首先要回到学术史，总结已有的学术经验，明晰尚待解决的问题。

首先，成规模的史料收集、整理与编纂，为文学史研究乃至学科发展奠定了最为坚实和重要的学术基础。昭明太子萧统的文学集团在

---

\* 编者注：本书编校时，为保持原始资料的原貌，对早期文献中习用的助词用法和特殊用语、引用的外国书名和人名的译法等均未改动，仅对文字上的脱误进行了技术性的订正。

1　陈思和：《现代人不应该遗忘什么？》，《豕突集》，汉语大词典出版社，1998年，第71页。

2　马一浮：《马一浮集》第1册，浙江古籍出版社，1996年，第98页。

编《文选》时，提出了"事出于沉思，义归乎翰藻"[1]的选录标准，按文体分为三十七类。尽管《文选》所收录的篇目只是文学作品，但其影响是革命性的，也是历史性的。它建立起文献资料的整理标准与分类体系，显示出收集、整理文献时学术眼光的重要性，并启发了后代学人不断推出选本，在自设标准上提取"经典"。这种"经典化"意识驱动下的"选学"，虽然曾被新文学阵营批评，但对中国学术传统的影响，却一直蔓延至《大系》的编纂，且至今仍未停歇。

《大系》以现代意义上的"文学"为编选对象，要打破原有范式。新范式的探索意味着选本要找准定位。茅盾将这项工作看成"将最初十年内的'新文学'的史料作一次总结"[2]，傅东华也认为《大系》固然一方面要造成一部最大的'选集'，但另一方面却有保存'文献'的用意"[3]。当时赵家璧的设想是："物色每一方面的权威人士来担任，由他择优拔萃，再由他在书前写一篇较长的序言，论述该一部门的发展历史，对被选入的作家和作品进行评价。每个文艺团体有一篇历史，每个重要作家附一段小传，再把这一部门未入选作品编一详目附于书后，说明出处，好让读者去自己查阅，借此可了解这一部门十多年来收获。"[4] 中国现代文学的作品、批评等大多散见于文学期刊上，如果研究现代文学只关注那些有选集、文集的大作家，无法复现和感知当时实际的文学生态。如果不加选择漫游式地看材料，又无法显示出文

---

[1] 朱自清在《〈文选序〉"事出于沉思　义归乎翰藻"说》（《国学季刊》，1946年第6卷第4期）一文中，曾经详细梳理过历代学人对此言的阐释，此处不再赘述。
[2] 茅盾：《〈中国新文学大系·小说一集〉编选感想》，《良友画报》第103期，1935年3月15日。
[3] 上海鲁迅纪念馆编：《赵家璧文集》第1卷，上海文艺出版社，2008年，第298页。
[4] 同上，第267页。

学、文体发展的结构性和规律性。在这个意义上,《大系》的编纂使散落在杂志上的作品经"权威"之手整理而变得有序。这种"有序"的背后,实际上是将不同社团、流派、艺术倾向的作家作品择要而录。因此,这一学术行动隐含着新文学家的自我经典化愿景。《大系》的编纂提供了一种集体开展史料建设的重要范式,而每一卷的《导言》成为后来文学史研究和写作的基础,其中各卷编者的权威性、审美眼光、认真态度不可复现。但是《大系》依然存在着历史意识与审美意识的内在龃龉,保存历史文献的必要性最终战胜了审美标准的统一性,这使得《大系》各卷收录的作品水平参差不齐。尽管如此,后人依然在这个基础上,不断筛选、压缩作家作品进入文学史,而文学史关于新文学第一个十年的作家作品的选择大多都在《大系》所列框架内,乃至部分论断至今仍沿袭了当时的说法。

改革开放后,不少学者有计划地出版了一系列丛书,诸如中国当代文学研究资料丛书、中国新时期文学研究资料汇编、中国当代文学史资料丛书、中国当代文学批评大系等,以及新编的作家全集、文集等,都为建立史料学提供了重要支撑。此外,《文艺争鸣》《东吴学术》等刊发了当代作家系列年谱,及洪子诚、吴秀明、李辉等诸多学人从不同角度,编纂史料选本,整理、保存了重要资料。这些史料虽然类型和体量不同,但大多具有抢救性保存或学术筛选的意义,为后来的文学史研究者"重返历史现场"提供了鲜活的史料。与此同时,鉴于新中国文学史料汗牛充栋,不同学者根据自己的史家眼光,在处理史料的过程中也凝结了不同的学术观念和方法,为后人提供了重要的学术参照。

其次,基于史料梳理而开展的具体问题研究,为文学史研究进入解释学循环提供了丰富的阐释向度。在 20 世纪 20 年代以后，有不少共时性的资料集显示出当时的学者已经具有了史料意识，比如霁楼编的《革命文学论文集》（上海新学会社，1928 年），洛蚀文编的《抗战文艺论集》（译报图书部，1939 年），李何林编的《中国文艺论战》（中国书店，1929 年），苏汶编的《文艺自由论辩集》（现代书局，1933 年），等等。阿英除了编辑《中国新文学大系》第十辑《史料·索引》外，还用不同名字出版了几种关于中国现代文学史料，如阮无名《中国新坛秘录》（上海南强书局，1933 年）、钱杏邨《现代中国文学作家》（上海泰东图书局，1928 年）、张若英《中国新文学运动史资料》（光明书局，1934 年）。这些史料选本的编纂，不仅体现出时人敏锐地意识到文学研究中史料的重要性，还为我们深入地了解当时的社会背景、思潮提供了同时代人的多维观念。

史料学不仅指史料整理，还包含着研究，甚至"研究之研究"。正如张志忠所言："中国现当代文学研究的史料，需要认真发掘，这一努力永远不会停止。但是，这首先不是一个理论问题，而是一个具有很强的实践性的话题，因而是有着持续观照的必要性的。"[1] 以往由具体史料整理研究而生发的文学史研究成果颇丰，我们需要总结其中的宝贵经验。比如"潜在写作"史料的整理与研究，打开了特定时期文学研究的新视域；"重返"旗帜下的文学史研究，钩沉了不少重要史料并带动了新中国文学研究的"历史化"；通俗文学史料的整理和相关理念的提出，助推了文学史观念变革和理论创新；文学制度史料的发掘与研究，

---

[1] 张志忠：《强化史料意识　穿越史料迷宫——关于中国现当代文学史料问题的几点思考》，《中国现代文学研究丛刊》，2010 年第 2 期。

丰富了外部语境和文本生产之间的关系研究；版本史料的对比研究，打通了内部研究和外部研究的关联；口述史料的整理与研究保存了鲜活的历史记忆；新媒介语境下新类型史料的运用，提出了不少新问题。上述举例挂一漏万，意在说明不同类型、不同领域的史料研究，在推动文学史研究和作家作品研究中发挥了不同的学术功能。这些学术成果中的经验在日后史料学体系建构过程中，有待进一步总结、归纳。

其三，从史料研究生发出的理论探索意识，促进了现当代文学研究中的历史意识与批评意识的互动相生。在现代文学史料研究中，从朱金顺、樊骏的史料学设想到21世纪后刘增杰、付祥喜等学者的史料学论著，都或多或少给中国现当代文学史料学体系建构提供了宝贵的理论经验。吴秀明在2012年提出史料学可"在研究思路、格局、向度和方法上"推动中国当代文学研究"战略转移"[1]的设想后，又出版了厚重的学术专著《中国当代文学史料问题研究》，颇具理论价值。此外，《文艺争鸣》2016年第8期刊发了数篇讨论新中国文学史料的论文，均有其理论意义。如张福贵从历史价值与构成逻辑的角度剖析了史料与研究主体、语境的关系（《当代文学史料的历史价值与构成逻辑》），丁帆从马克思主义唯物辩证法的角度呼吁抢救共和国文学史料（《亟待抢救的共和国文学史料》）。年轻一代的史料研究学者也逐渐关注史料学的理论建设问题，如斯炎伟即提出因理论缺席所导致的"革命性力量"的匮乏，使史料研究受到诸多误解（《当代文学史料研究中的理论思维问题》）。总体来看，这些学者或围绕文学史料研究提出过宏观的理论

---

[1] 吴秀明：《史料学：当代文学研究面临的一次重要"战略转移"》，《中国现代文学研究丛刊》，2012年第2期。

构想，或围绕史料整理与研究的具体路径、问题发表过独到见解，都为中国现当代文学史料学的建立提供了可供借鉴的理论资源。

在如此丰富的学术积累基础上，今天的中国现当代文学研究中史料所发挥的作用越来越重要，但也正因如此，有三个问题需要我们进一步反思。本书之所以不拟开展专门的类似古典文献学一样的史料学体系研究，也是为了通过具体的研究实践，先回答这三个问题。在大量研究实践基础上，这三个问题在学术实践中一定程度上得到解决后，我们才能谈如何建立中国现当代文学史料学，甚至中国现代文学文献学的学术体系。

第一，文与史如何兼容而不是偏废？不能不承认的是，当"历史"以其略带神秘感的魅惑力召唤研究者到场时，史料成为文学史研究不可或缺的一部分，甚至研究者的观点、态度、主张都难免借由史料出场。这与文学研究的泛理论化、泛文化化有着密切的关系，在经历了反本质主义的理论争鸣后，学术界关于文学是否具备审美本质也莫衷一是，这种文学观念的范式转化深深影响了现当代文学研究的学术格局，也出现了许多表达隐忧的观点[1]。必须指出的是，文学的审美品质是其不同于其他文字性材料的本质。"文本"（Text）固然可以包含史料和作品，不过文学文本和非文学文本之间的区别不在于本质主义上的审美，而在于生成机制上的审美。伊格尔顿在讨论文学是什么时曾经提出："事实上，这就像试图确认一切游戏所共有的单独的区别性特征

---

[1] 例如张清华：《为何要重提"文学性研究"》，《当代文坛》，2023年第1期；姚晓雷：《重视"史"，但更要寻找"诗"——也谈当下文学研究中过度强调史料建设作用的迷津》，《学术月刊》，2017年第10期；郜元宝：《"中国现当代文学研究"的"史学化"趋势》，《中国现代文学研究丛刊》，2017年第2期。

一样地不可能，文学根本就没有什么'本质'。如果把一篇作品作为文学阅读意味着'非实用地'阅读，那么任何一篇作品都可以被'非实用地'阅读，这正如任何作品都可以被'诗意地'阅读一样。"[1]引文中的反本质主义思想未必正确，但伊格尔顿提出一个很重要的问题，即文学的审美机制问题。这种审美机制不是一种排除性的机制，而是一种中介性的机制。笔者坚持认为文学具有审美本质，但这一"审美本质"不同于形式主义和新批评所坚守的"文学性"。审美的维度多元且复杂。具体来说，文学作品以其独特的艺术形式成为连接作者、读者以及世界的桥梁，它允许不同的读者通过阅读过程从多角度思考人生和世界，而这种思考并非直接源自感官刺激。不同于雕塑、绘画和音乐等其他艺术门类，文学的审美过程需要通过对文字的表征来构建心理表象。这一过程中，读者无法直接通过视觉、听觉或触觉等感官来感知作品，而必须在心中完成对作品的审美体验。文学具有其独特且不可替代的审美本质，但也正因如此，审美主体审美经验的生成离不开外部经验的作用。

在此前提下，我们重视史料的目标不仅仅是解决历史问题，更是深入理解文学发展本身的问题。然而，要做到这一点，前提则是对一个特定时期的文学史有着全面而深入的了解。恩格斯曾提出："即使只是在一个单独的历史事例上发展唯物主义的观点，也是一项要求多年冷静钻研的科学工作，因为很明显，在这里只说空话是无济于事的，只有靠大量的、批判地审查过的、充分地掌握了的历史资料，才能解

---

[1] [英]伊格尔顿：《二十世纪西方文学理论》，伍晓明译，陕西师范大学出版社，1987年，第10页。

决这样的任务。"[1] 史料是文学作品产生和流传的历史见证。挖掘和利用史料有助于拓宽文学研究的视野，使研究者能够从历史、社会、文化等多个角度审视文学作品，从而形成更为全面、立体的审美判断。当然，这要建立在对史料批判性审查的基础上，从而提高文学研究方法的严谨性和可靠性，使研究成果更具说服力和可信度。

其实，文学史研究中史与文的冲突，并非无法解决。谈到历史，人们往往容易抽象为对历史大势或曰"规律"的把握，这样宏大的历史观对历史的整体性和规律性虽能有所洞悉，但也不可避免造成一种同质化的历史叙述：只见"历史"而不见"人"。正是通过描绘"人"在历史中的生活、情感和命运，文学才能展现出历史的丰富性和多样性。因此，文学史研究中以文学作为基准点，以"人学"统一历史性与文学性，可以更好地把握历史的内在规律和人性的真实面貌。历史毕竟是"'实在的'历史，即人和人类行动的历史"[2]。可以说"个人的吃穿住行、生老病死、爱恨情仇构成了'日常生活'的历史、人性的历史"[3]，正因如此，"人"在历史中的位置才显得尤为重要。通过关注"人"在历史中的生活、情感和命运，我们可以更好地理解历史的丰富性和多样性，从而为文学史研究提供更为全面的视角。"文学是人学"不是一句空话。作为人文学者，我们应该致力于理解作为生命个体的"人"所展开的具体文学话语和行动，设身处地去理解每个知识分子的内在精神世界。比如 20 世纪 30 年代"两个口号"的论争中，因为鲁迅对"四条汉子"的

---

[1] [德] 恩格斯：《卡尔·马克思〈政治经济学批判〉》，《马克思恩格斯选集》第 2 卷，人民出版社，1995 年，第 39 页。

[2] [德] 恩斯特·卡西尔：《人论》，李琛译，光明日报出版社，2009 年，第 173 页。

[3] 孙先科：《当代文学历史话语的叙事策略与历史观》，《文艺报》，2006 年 4 月 25 日。

讽刺以及对胡风的维护，后来许多学者都天然地将错误归结于周扬等人。周扬、胡风、冯雪峰等人近半个世纪的恩怨，都与这件事有着密切的关系。但是，当我们回到历史语境中进入他们的精神世界，理解方式可能就不会这么简单。周扬等人在上海冒着生命危险开展地下斗争，在白色恐怖中与中共中央失去联系，只能从报纸、广播中获取信息。因此，他们的忠诚和信仰是值得肯定的。当冯雪峰作为特派员到了上海以后，因为无法确定周扬等人的党性和表现，先找了他信任的鲁迅，并在鲁迅那里得知了许多负面消息，周扬的委屈和不满是可以理解的。冯雪峰在叛徒不断出现的上海，要先考察周扬等人的形迹是否符合组织纪律。按冯雪峰回忆，鲁迅一见到他便"悄然地说：'这两年我给他们摆布得可以！'（鲁迅这第一句话，我在一九五一——九五二年间写《回忆鲁迅》时，没有照原话写，改写为这样一句话了：'这两年的事情，慢慢告诉你罢。'）"[1]。鲁迅作为左翼文学的旗帜性人物，在创作实践和社会影响上都无人能及，但周扬等人用组织上下级关系知会鲁迅这位党外人士，许多问题并没有尊重鲁迅的意见，自然也不妥当。因此，我们看待"左联"的诸多矛盾并不能脱离当事人各自所处的语境。周扬确实存在宗派意识和工作作风上的问题，但是其在白色恐怖下的忠诚和所付出的努力不应被忽视。至于胡风所作所为，是个人性格使然，还是话语权力争夺，也需要结合语境和史料辩证剖析。

第二，在文学史的阐释过程中，史料与理论应如何协同作用？王瑶曾说过："经常注视历史的人容易形成一种习惯，即把事物或现象都看

---

[1] 冯雪峰：《有关一九三六年周扬等人的行动以及鲁迅提出"民族革命战争的大众文学"口号的经过》，《新文学史料》，1979年第2辑。

作是某一过程的组成部分；这同专门研究理论的人习惯有所不同，在理论家那里，往往重视带有永恒价值的东西，或如爱情是永恒的主题，或如上层建筑决定于经济基础之类。研究历史当然也需要理论的指导或修养，但他往往容易把极重要的事物也只当做是历史发展过程中出现的一种现象；这是否有所蔽呢？我现在只感觉到了这个问题，还无力做出正确的答案，这或者正是自己理论修养不足的表现。"[1]由此可见，在现代学术研究中，要完成对史料的阐释和价值提炼，理论有其重要的作用。但我们要注意的是，在西方当代学术语境下，理论（Theory）这一概念具有相当的包容性。尤其是在后现代的学术范式中，传统意义上的文学理论已被文化研究所取代。即便在大学学科体系中，某学者或许身为文学系教授，但当"理论"被提升至逻辑上的上位概念时，其所从事的"理论研究"（Do theory）并非将理论视为文学研究的二级概念。相较于此，将理论研究与史料研究、作品批评等并列，以及由此产生的二元、三元对立观念，实为中国学术的独特思维。我们在现有学科模式下习惯于将文学作为逻辑上位概念，而将理论、作品、史料等作为文学的附属词，使其成为文学的下位概念。实际上，如果超越这种思维，在文学研究"历史化"的视域中，我们可以看到，它是由文学性与历史性两个维度支撑的，是基于对文本的"双值性"[2]的把握而发生的阐释活动。

近年来，中国当代文学研究的"历史化"研究成果有些确实偏离了文学的审美本性，而更像是历史研究。这一过于强势的文化研究与阐释范式既受到西方理论的影响，也与文学研究者的认识论密切相关。

---

[1] 王瑶：《王瑶全集》第5卷，河北教育出版社，2000年，第662页。
[2] ［法］朱莉娅·克里斯蒂娃：《符号学：符义分析探索集》，史忠义等译，复旦大学出版社，2015年，第91页。

从马克斯·韦伯以来的"学术"视角来看,致力于"中立"地生产"客观"的知识,被视为一种似乎比较"学术"的方法。然而,这种理念从社会学到文学领域的知识旅行,导致文本不再被视为作家生命经验和情感投射的产物,而是被视为一个时代思想、文化的历史遗留。在这种背景下,借助某种理论从中制造"问题"被认为是研究的正确途径。这是我们要反对的。

我们不反对文化研究的模式,但反对在文学研究中排斥审美阐释,而将文学和历史的本质差异抹杀。在伽达默尔看来:"人们若要把历史意识与过分学究气的观念或世界观扯在一起,那么历史意识就什么也不是……历史意识并不是一种特别学究气的或以世界观为条件的方法论立场,毋宁说,它是我们的感官精神的一种装置,它预先规定了我们对艺术的眼光和感受。"[1]因此,我们应该在文学研究中注重史料,显示出必要的历史意识,但也不能忽视文学理论的独特作用。在预定理论统摄下的文本阐释,实际上很有可能带来对文学文本的简单化理解倾向,而遮蔽了文学文本阐释空间的开放性。

以寻根文学为例,陈晓明在《中国当代文学主潮》中清醒地意识到"它们本来无所谓'文化性',更谈不上'根'之类的东西"[2]。但现在的文学史大多认为"配合理论主张,一些具有强烈文化意识的作家创作出了一批有明显'文化寻根'倾向的作品"[3],并将阿城的"三王"、李杭育的"葛川江系列"、贾平凹的"商州系列"和莫言的"红高粱系列"等产

---

1 [德]伽达默尔:《美的现实性——作为游戏、象征、节日的艺术》,张志扬等译,生活·读书·新知三联书店,1991年,第14—16页。
2 陈晓明:《中国当代文学主潮》,北京大学出版社,2009年,第328页。
3 金汉总主编:《中国当代文学发展史》,上海文艺出版社,2002年,第517页。

生时间和背景并不相同的作品堆在一起，使其仿佛处在"寻根"理论之下。而如果引入史料视域，我们不难发现在 20 世纪 80 年代，对于这种理论概括方式已经有人提出了质疑："片面地夸大某种历史文化在文学中的表现，把作品视为特定文化思想的形象翻版，尤其反映在对阿城小说的评断中……'吴越文化''秦汉文化'或许可以表达我们对李杭育、贾平凹有关作品地域色彩的一般感受，但用来说明或概括'葛川江系列小说''商州系列小说'的艺术内容、艺术价值和个性特色恰恰是并不充分和精当的……阻断了作品意义与读者更普遍的联系。"[1] 其实这则史料有很多真知灼见，但因不符合当时热情拥抱现代性的学术潮流而遭到忽视。如今我们所认为的寻根文学代表作品仿佛就成功实践了寻根的理论内涵，而它们的可阐释空间也就因此被封闭。但如果我们回到历史现场看一看当时的批评史料，会发现这些文本仍有较大的阐释空间。例如，认为"《爸爸爸》中描写的民情乡俗，其功能也明显是倾向于人类社会学、民俗学的，表现出狭义文化观念的特征"[2]，以及"丙崽的幼儿心态实质上是人类的原始心态……是其抽象性和象征性的重铸"[3]，捞渣并不仅仅是儒家仁义的象征，而是"一种惊人的理性凝聚文化渊源"[4]。现在来看，这些史料可以从不同的理论视角，打开后来被归入"寻根"的若干文本的阐释空间。这也启示我们当代文学的解释学循环若要真正发挥作用，就需要不断激活文本的理解向度。这些

---

[1] 吴秉杰：《文化"寻根"与"寻根文学"——评一股文学潮流》，《小说评论》，1986 年第 5 期。
[2] 李东晨、祁述裕：《缪斯的失落与我们的寻找——兼评〈爸爸爸〉和〈棋王〉》，《当代文坛》，1987 年第 5 期。
[3] 方克强：《阿 Q 和丙崽：原始心态的重塑》，《文艺理论研究》，1986 年第 5 期。
[4] 畅广元：《〈小鲍庄〉心理谈》，《当代作家评论》，1986 年第 1 期。

作品的经典化，并不是仅靠外部研究的"八卦"资料便能完成，而恰恰需要多维的审美阐释以彰显其艺术和思想魅力。

第三，中国现当代文学史料独特的问题与方法是什么？中国古典学术中，经学与史学关系密切，而其基础方法有相同之处。这些方法不断完善，到了清朝中前期已经蔚为大观。在现代学术体系建立以后，中国古典文献学成为一个二级学科，清晰梳理了历代文献研究者留下的学术方法。中国现当代文学的学术传统毕竟是以新文学为主流，由现代思想催生的，至少是现代知识分子面对中国社会的现代转型大背景所发之思，尤其是现代媒介和电子科技发达的今天，我们面对的对象和古典文学学者面对的对象有着明显的差异性，单纯地讲方法论上的"古典化"，在处理一部分现代文学问题时是奏效的，但从长远来看，恐怕还难以为继。

对于中国现当代文学而言，尽管有一些学者提出现代文学文献学的学术设想，但这个学科毕竟还年轻，相当多文献史料的价值还有待辨析。中国现当代文学史料所面临的新问题，需要我们探索能解决这些问题的方法。从史料的保存方式来看，现代传媒的飞速发展和媒介变革的速度，决定了史料的类型、流传方式有别于古代文献。特别是随着电子数据库的大量涌现，汗牛充栋的史料得到了有效保存，免受时光的侵蚀和战火的破坏。然而，这也带来了新的问题。由于原始资料极为丰富，研究者大多时候不是缺少史料，而是苦于已有史料文献卷帙浩繁，难以竭泽而渔。因此，史料的择取和筛选已经不能完全依靠传统的目录学方法。从史料的类型来看，中国古代"七略四部"分类的方法显然也不适用于现代史料学特别是文学史料的研究。文学史料不仅包含着文学作品、文学评论，还包括大量外部史料，而它们与文本的生产和传播密切相关。从史料的学术功能看，古典文献学对文献的整理起到了"辨章学术，考镜源流"的作用，但主要是解决学术研究准备阶段的问题。现代文学学术研究的分类决定了史料的学术功能更为多样化。

基于上述问题意识，本书虽然不致力于建构中国现当代文学史料学的学术体系，但作为一种"学术准备"，融合了笔者对于史料、理论、文本如何在文学史研究中有机统一的思考。第一章主要探讨了文学史观与文学史料之间的关系，指出不同的历史观会对文学史料的搜集、整理和使用产生不同的影响，进而围绕进化史观和唯物史观在文学史料运用中的不同体现，阐述了文学史观对史料运用的影响。这一章是全书的理论基础，为后续各章提供了必要的学术背景和思考框架。第二章主要关注史料中的话语，剖析宏大历史话语与个人话语之间的关系，通过分析这些个人话语如何转化为对历史的认知和理解，探讨了从个人抵达历史的可能性，以及通过多重史料的互证，怎样更全面地揭示文学史真相。第三章到第五章从作家和作品出发，讨论史料如何激活文学研究中最重要的作家作品研究。第三章主要探讨了赵树理、周扬、丁玲、张恨水等不同类型的文人，在多维史料视域下辨析其创作问题与历史形象。这些例子展示了史料发掘对于作家研究的重要性。第四章通过分析被忽略的巴金早期经验，重构巴金研究的话语基础，体现了拓宽史料视域的重要性。第五章主要探讨了版本研究的现代范式，既有必要的理论讨论，又结合具体案例探索现代版本研究多样可能性。第六章是从史料的角度对这一重要文学史话题的探讨。该章首先分析了新文化运动与俗文学史料整理的关系，接着指出了当代通俗文学的史料特点和存在的问题，最后提出了重审现当代文学史的雅俗之辨的可能性和必要性。

# 第一章　文学史观与文学史料

列宁曾摘译了黑格尔的一段话："一幅绝妙的历史图画：个人的激情、活动等等的总和……有时是大量的共同利益，有时是无数'微小力量'……尽管这种观察非常吸引人，它的直接结果却是那种随着幻灯映现的极其纷繁多样的景色之后而来的疲倦。"并且批注："非常好""非常重要"[1]。如其所言，史学研究的核心问题在于，如何在悠久的历史长河中见微知著并展开深入且精准的学术分析。研究者需具备在广阔历史背景下对历史全面而清晰的认知，以便在剖析具体问题时避免因海量史料而陷入混乱或迷茫。文学史作为一种专门史，其构建于大量作家作品及其与外部历史的相互关系。文学史的研究目的并非加剧个案碎片化的状态，而是努力揭示文学发展的内在动力及审美要素生成和流变的艺术规律。因此，面对浩如烟海的文学作品及相关史料，研究者如何在深入研究的同时保持宏观的视角，这需要历史观和相应文学史观的统摄。

## 第一节　历史观与史料之关联

自20世纪90年代以来，中国当代文学研究者对史料日益重视。

---

[1] 中共中央马克思恩格斯列宁斯大林著作编译局编译：《列宁全集》第55卷，人民出版社，1990年，第272—277页。

关于文学史料的研究，形成了两个显著的不同方向：一方面，基于史料收集整理，强调论据的实证性；另一方面，注重深入阐释史料背后的内涵。不少研究者在实际研究过程中，往往因种种原因对史料的运用存在片面性，使得学术观点的阐述失之偏颇。黄修己曾经指出："我们在研究和教学中，往往忽视史学理论和方法的学习和训练。"[1] 为此，从推动学术长远发展的角度考虑，讨论历史观与史料之关联这一基础问题显得至关重要。

## 一、历史的维度与历史观的作用

周谷城曾经提出："历史一名词，常代表着历史之客观的存在与历史之文字的表现。但客观的存在与文字的表现一向是未加分别的。其实客观的存在与文字的表现倘不分别清楚，则历史之自身云云，终将被人忽视。"[2] 而冯友兰在区分二者时称："所谓历史者，或即是其主人翁之活动之全体；或即是历史家对于此活动之记述。若欲以二名表此二义，则事情之自身可名为历史，或客观的历史；事情之记述可名为'写的历史'，或主观的历史。""'历史'与'写的历史'，乃系截然两事。于写的历史之外，超乎写的历史之上，另有历史之自身，巍然永久存在，丝毫无待于吾人之知识。写的历史随乎历史之后而记述之，其好坏全在于其记述之是否真实，是否与所记之实际相合。"[3] 在这段话中，"历史"一词具有两层含义。首先，它指的是某个时期或事件的全

---

1 黄修己编：《中国现代文学研究方法论集》，首都师范大学出版社，1994年，第137页。
2 周谷城：《历史完形论》，《周谷城学术论著自选集》，北京师范学院出版社，1992年，第306页。
3 冯友兰：《中国哲学史（上）》，古吴轩出版社，2021年，第13、14页。

体活动，即"客观的历史"。其次，它指的是历史学家对这一活动的记述，即"主观的历史"。历史的客观存在性毋庸置疑，与之相伴的是个人主观意识的局限性。历史进程深植于内在规律与强大驱动力之中，绝非个体意志所能轻易撼动。史学巨著大多是过往风云变幻的记录与深刻剖析，其真实性与准确性则取决于作者独到的洞察力、精准的判断力以及卓越的表达能力。所谓"写的历史"，难免受作者个人观点、立场及价值观的影响，因此，我们使用这些材料时更应秉持严谨的态度与方法，以防陷入主观臆断与片面之见。正如余英时指出："历史永远是变动的，每个时代都有每个时代的需要，每个史家都有每个史家的个别的性情。换言之，历史时时要修改，这是史学与时代的关系。"[1]上述观念都承认，历史研究者对于历史的"记述"会产生不同的结果，故此，其历史观对于准确理解和解释历史事件至关重要。历史观是研究者对历史事件和人物的主观看法和认知，这种看法和认知贯穿于学术研究中。如果研究者的历史观存在偏差，那么他们对历史事件的理解和解释可能存在误读，甚至得出错误的结论。此外，历史观还会影响研究者对史料的选取和解读。研究者基于某种历史观，会更倾向于选择支持该观点的史料，而忽略其他相反的史料。这种做法会导致研究结果的不全面和不公正，因而研究者的历史观必须紧密结合史料，以更好地理解和解释历史事件。

在历史学界也曾有极端重视史料的观点，如傅斯年概括欧洲历史学时说，"近代的历史学只是史料学"，他强调"一分材料出一分货，十

---

[1] 余英时：《史学、史家与时代》，《余英时文集》第1卷，广西师范大学出版社，2004年，第91页。

分材料出十分货，没有材料便不出货"。同时他特别强调在史料研究中引入问题意识，"利用旧的新的材料，客观地处理实在问题，因解决之问题更生新问题，因问题之解决更要求多项的材料"[1]。这种以扩充史料为学术兴趣的史料学派，将新史料的建设大幅向前推进。该学派在20世纪20年代至30年代初盛行于中国，主张"考史而著史"，但其考据方法并非完全承袭清代乾嘉学派，而是深受西方史学的影响。因此，部分学者将其归类为"新考据学派"。在这一学派的影响下，《红楼梦研究》从索隐派发展到考证（据）派，敦煌文献与中国文学史的"重写"等，均为史料观念影响下文学研究的重要成果。如今看来，傅斯年等人的主张也有局限性。他们未能充分认识到客体历史与文献史料之间的本质差异，这在现代学科体系之中不可避免地削弱了历史学的地位与影响力。此外，傅斯年曾出于追求科学性的目的而未将主观性的历史观纳入历史学，意在引导研究者聚焦于史料的搜集与整理工作。然而，随着电子技术及人工智能的发展，机械式史料搜集与整理并非历史学的全部。相反，中国现当代文学史料学应当更加注重研究者如何综合运用各类材料，以揭示文学史的深层意义与价值。这一转变无疑对研究者的历史观提出了更为严苛的要求，促使我们不断深化对文学史的理解与探索。

当然，我们承认历史研究中历史观的作用以及不可避免的主观性，并不意味着我们否认历史的客观性维度。克罗齐那句"一切真历史都是当代史"长期以来被中外学者们反复引用，作为自己历史观更

---

[1] 傅斯年：《历史语言研究所工作之旨趣》，《史料论略及其他》，辽宁教育出版社，1997年，第40—47页。

新的见证,有时甚至被篡改为"一切历史都是当代史"。其实,"一切真历史都是当代史"的命题当然有其合理性,但这种合理性的前提是克罗齐所说的:"历史家面前必须有凭证,而凭证必须是可以理解的。至于这种历史当中杂有或掺有一份或一系列关于事实的叙述,只是表明事实较为丰富,却还没失去当前的性质:前人的叙述或判断现在本身就变成了事实,即等待解释或判断的凭证。"[1]克罗齐的论述触及了历史观的重要性。历史学家的研究必须立足于坚实可靠的证据基础,而这些证据不仅仅是对事实的简单记录,更应具备被阐释与理解的价值,而形成史料的当代回响。因此,历史叙述并非仅仅是对一系列事实的机械堆砌,而是在历史观指导下对事实进行深入阐释与领悟的复杂过程。

克罗齐并非单方面强调历史研究的主观性和相对性。他也提出:"文献与批判,即生活与思想才是真正的史料——就是说他们是历史综合的两种因素;处在这种地位,它们就不和历史是对立的,也不是和综合对立的,如同泉水和携桶汲水的人相对立一样,它们就是历史本身的部分,它们就在综合之中,他们是综合的部分,并被它所组成。"[2]克罗齐阐述的观点颇为精辟,他认为文献、批判、生活和思想均属于史料的范畴,共同构成了历史综合的两大要素。这表明,史料的内涵不仅局限于历史事件的记载,还包括人们对这些事件的认识与阐释。这种认知与史料都是历史综合的重要组成部分。在这一"综合"过程中,历史观指导研究者对文献史料进行全面把握和评价。

---

1 [意]贝奈戴托·克罗齐:《历史学的理论和实际》,傅任敢译,商务印书馆,1982年,第2页。
2 同上,第11页。

克罗齐虽然已经为主观化的历史解释提供了依据,但毕竟没有陷入历史虚无主义。尽管我们一直在批评历史虚无主义,但一定要看到的是西方这类思想有其生成语境。当文化理论与批评转到历史问题时,他们迷恋自身对历史想象的主观判断,把历史想象化、当代化,而无法意识到"有无数互相交错的力量,有无数个力的平行四边形,由此就产生出一个合力,即历史结果"[1]。新历史主义者通过一种抽象的、新形而上学的哲学方法,消解了历史实践中所谓的"合力",以及其背后的客观规律性。这种思维方式将历史实践空洞化,将其视为一种叙事,对历史研究会产生正、负两方面影响。因此,对于反本质、反客观的后现代史学,我们应保持审慎的反思态度。在海登·怀特看来,所谓历史并不具有"客观性"与"自主性",而是一种"文本的历史",是经过历史学家的编码与解码之后所形成的故事。他认为:"历史,无论是描写一个环境,分析一个历史进程,还是讲一个故事,它都是一种话语形式,都具有叙事性。作为叙事,历史与文学和神话一样都具有'虚构性'。"[2]海登·怀特在其著作《后现代历史叙事学》中,提出了这种历史观。在他看来,历史并非客观存在的事实,而是经过历史学家编码与解码的过程,是一种具有叙事性的话语形式。他将历史与文学和神话相提并论,强调其"虚构性"。这一观点将历史与虚构性紧密联系,使得历史的客观性大打折扣,容易导致对历史的误解和歪曲。海登·怀特将主观性与虚构性混淆,使得历史失去了自足性意义。然

---

[1] 中共中央马克思恩格斯列宁斯大林著作编译局编译:《马克思恩格斯选集》第4卷,人民出版社,2012年,第605页。
[2] [美]海登·怀特:《后现代历史叙事学·译者前言》,陈永国、张万娟译,中国社会科学出版社,2003年,第10页。

而，历史学家在解读历史时，并非可以随意操纵事实。作为文学研究者，我们需要辩证看待海登·怀特的观点，他认为历史是一种叙事，并认为历史的话语形式与文学叙事存在异质同构之处。然而，这并不意味着文学研究的"历史化"就是"历史学化"，更不意味着这种理论可以盲目地应用于中国现当代文学研究。文学研究的"历史化"与"历史学化"的逻辑基础存在明显差异：前者关注的是文学发展路径和规律，是对文学批评的历时性整合；而后者则是历史研究，它无需建立在"文学性"的基础上，也不需要将其纳入讨论范围。

## 二、历史观之于文学史研究的重要性

在择要探讨了史观与史料之间的联系之后，我认为有必要进一步强调历史观对于中国现当代文学研究的重要性。由于不同时代的个体经验背景各异，故而在面对相同的史料时，研究者往往会提出不同的学术问题。此外，即便是资深的研究者，处理史料的方法和视角亦会不断调整与变化。程光炜在《文化的转轨——"鲁郭茅巴老曹"在中国1949—1976》的《自序》中曾讲到他在研究中遇到的问题，而这也许是许多研究者都无法回避的。他说："我一直被纠缠于'两个历史'之间：一个是'鲁、郭、茅、巴、老、曹'在当代的'历史'，另一个是我个人的'历史'。怎样处理这两个历史的关系，怎样深入其'中'，又超出其'外'；怎样既符合历史本来的'分寸'，又坚持了审视和重新检讨的责任——是对我研究的严峻挑战。"[1] 对于程光炜来说，他面临的挑战不

---

1　程光炜：《文化的转轨——"鲁郭茅巴老曹"在中国1949—1976》，光明日报出版社，2004年，第341—342页。

仅在于如何处理这两个历史之间的关系,更在于如何在研究过程中保持客观公正的态度,审视和反思这段历史。这无疑也提醒我们在研究过程中应始终保持清醒的历史意识,需要在相对客观的史料与自己的主观认知之间保持必要的分寸。

这种分寸感,无疑离不开历史观的引领。然而,在一种相对简单化的历史观之下,史料的取舍往往容易受到观念的影响,导致我们在文学史研究中忽略了许多复杂的问题。例如在中国现代文学史研究领域,受海外汉学影响,部分人士热衷于倡导"没有晚清,何来五四?"的观点。王德威提出此论,其背后的理论逻辑基础在于以西方中心主义历史观作为价值判断准则。自鸦片战争以来,中国面临国门开放,西方的科技与思想不断传入中国。在此过程中,中国的文化发展确实被迫受到了影响,尤其是现代科技元素和现代思想的引入。我们不得不承认,这种西方式的"现代性"在很大程度上催生了晚清时期的多种文化现象。但另一方面,我们要警惕的是,这种认为"五四"压抑晚清的论调,实际上隐含着西方中心主义的历史观。其核心在于否认"五四"运动开启了中国现代文化的发展道路,反而认为"五四"抑制了晚清时期带有殖民色彩的"现代性"特征。在西方后殖民主义话语对东方的塑造与想象中,他们认为若无西方的入侵和殖民,东方国家如何能拥有通商口岸?若无通商口岸,先进的科学技术、生活方式、报刊媒介,以及各类西方思潮,又如何能在中国各地传播?因此,他们意在强调西方侵略者为中国带来了"现代性",从而将中国等国家定义为"后发国家",其话语标准便是西方的现代性话语。

自启蒙运动和工业革命之后,西方的文化价值观念随着坚船利炮传向世界。在这一过程中,东方原有价值观难以与之对话,一度处于被动接受状态。事实上，西方试图控制东方在迈向现代化过程中接受其话语与社会制度。尽管今天的西方国家已不能在军事上殖民东方，但他们仍操控着现代性话语权并以之描述东方，期望已摆脱殖民统治的东方在文化上受其影响。这背后隐藏着价值观与话语权的争夺。所谓"先发"国家在其强大军事力量支持下，曾一度掌控世界政治经济格局，随后通过各种方式输出价值观念，其中包括学术观念的输出。相较之下，"后发"国家或发展中国家在全球化标准制定和解释权上长期"失语"。西方国家不断强化自身话语观念并全球扩张，以"先发"的姿态意图规定非西方国家认同并接受其所谓的优越价值观。这就是为什么福山要迫不及待地宣布"历史的终结"，也就是亨廷顿所说的"用规范的方式说，西方的'普世主义'信念断定全世界人民都应当信奉西方的价值观、体制和文化"[1]。西方国家所标榜的许多价值理念虽然与现实不符，但仍高举价值观大棒，试图掌控世界思想结构，排除可能成长起来的异质话语。在这样的历史观下，王德威提出了其基本观念：

> 当代读者应更难理解，每一个时代皆充斥着复杂的矛盾与冲突，而这些矛盾与冲突所构成的诸种形态，有待文学考古学家殷殷探问。当晚清作者面对欧洲传统的同时，他们已然从事对中国多重传统的重塑。即便在欧洲，跻身为"现代"的方式也是多种多样的，而当这些方式被引入中国时，它们与华夏本土的丰富传统杂糅对抗，注定会产生出更为"多重

---

[1] [美]塞缪尔·亨廷顿：《文明的冲突与世界秩序的重建》，周琪等译，新华出版社，1998年，第358页。

的现代性"。但这多重的现代性在"五四"期间反被压抑下来,以遵从某种单一的现代性。[1]

这种学术观念确实具有一定的启发性,它揭示了现代性的"多重"面貌。然而,需要指出的是,晚清的通俗文学生产者主要是为迎合市场需求而创作的小说家。随着现代传媒的兴起,小说逐渐成为一种商品并迅速流行起来。尽管其中部分小说在某些方面确实具有现代意义,但作者自己还没有现代意识自觉。例如20世纪20年代以后,侦探小说家程小青才自觉地意识到侦探小说的科学内涵,而这主要得益于"五四"新文化运动对科学观念的积极推广:"其实即使不讲具体科学,侦探小说的本身,早已经科学化了。"[2]实际上在19世纪后半叶,不少中国知识分子还严重缺乏现代意识,例如,汪康年甚至认为报刊等现代媒介实际上是从中国传播到海外的:"日报之制,仿于中国之邸抄,而后盛行于泰西,又大变其制,能通消息,联气类,宜上德,达下情。"[3]真正开始具有"现代性"意识的严复,曾经也只是参与维新(改良)的桐城古文家,经过长期实践的挫折,他才终于意识到"民智不开,则守旧、维新,两无一可"[4]。至于晚清小说家们,则在创作过程中面临着市场和传统道德的压力,无力在文化观念上展开本质性的革新。

王德威的论述就掩盖了上述问题,他擅长用学术化的表达掩饰其

---

1 [美]王德威:《被压抑的现代性——晚清小说新论》,宋伟杰译,北京大学出版社,2005年,第10页。
2 程小青:《侦探小说和科学》,《兰友》,1922年第13期。
3 汪诒年纂辑:《汪穰卿先生传记》,中华书局,2007年,第77—78页。
4 王栻主编:《严复集》,中华书局,1986年,第525页。

意识形态偏好。陈平原在总结王德威的治学特点时说：

> 在汉学界，王教授的研究起码具有以下三个特点：（一）毕业于比较文学系，对西方文学理论较为熟悉，以巴赫金的"众声喧哗"理论和福柯的"知识考古学"来作为研究中国文学的参照，对中文学界影响甚大；（二）以整个20世纪中国文学发展为观照对象，不再区分近、现、当代……[1]

这种"学术"方式其实共同指向的是，王德威不愿意承认中国现当代文学研究原有的"反帝反封建"的话语基础，然而中国学者不能因其新意而迷失了自我。我们若过于强调西方文学理论的影响，可能会忽略中国现代文学的独特性和民族性，导致研究结果缺乏本土色彩；若不再区分近、现、当代，可能会忽略不同时期文学的特点和差异，导致研究结果缺乏历史意识。我们不能以这种"他者化"的眼光看待本民族国家的文学史，在研究中需要保持文化主体传承者应有的历史感和时代感。当我们面对消解中国文化主体性的观念时，应明确其本质：削弱"五四"运动在中国历史中的地位与意义。为何将"五四"新文学运动而非晚清通俗小说视为现代文化的奠基？这关乎对中国现代文化发展路径的认知。晚清通俗小说虽受西方文化影响，但内容与形式与中国式现代化需求有差距。因此，我们不宜将其视为现代文化起点，而应辩证看出其在中国文化发展中的作用及局限。

老一辈的学者如王富仁就注意到，这种观点隐含着的是西方价值

---

[1] 陈平原：《小说史学面面观》，生活·读书·新知三联书店，2021年，第285页。

观念的输出。因此，他捍卫"五四"新文化的起点，强调"五四"的独立意义和价值：

> 中国现代文学研究是以承认中国现代文学存在的合理性为基本前提的文学研究学科，而它的存在的合理性就是"五四"新文化革命的合理性的证明，它的存在的文化基点也就是"五四"新文化的基点，只有用"五四"新文化的基本价值标准来阐释它，了解它，说明它的意义和价值，离开了这一标准，不论在哪个局部问题上看来多么有道理，但在整体上起到的却必然是瓦解它，解构它的作用。瓦解了它，解构了它，我们这个学科也只好作鸟兽散了。用句更悲壮的话来说，就是中国现代文学学科的研究者作为一种社会的文化力量注定是必须坚持"五四"新文化的方向的……把新文学和新文学起点前移，就大大降低了五四文化革命和文学革命的独立意义和独立价值，因而也模糊了新文化与旧文化、新文学与旧文学的本质差别。[1]

将新文学与其起点提前，可能会削弱"五四"新文学革命的独立意义与独特价值，进而混淆新文化与旧文化、新文学与旧文学之间的根本差异。从严格意义上讲，晚清时期的市民文学属于半殖民地文学范畴。在帝国主义的侵略背景下，没落文人所描绘的声色犬马和恩恩爱爱，

---

[1] 王富仁：《当前中国现代文学研究中的若干问题》，《中国现代文学研究丛刊》，1996年第2期。读者还可进一步参考其论文《中国现代文学研究中的"正名"问题》，《北京师范大学学报》（社会科学版），1995年第1期。

展示了一种扭曲的"现代性"。这种"现代性"客观上是对寻求民族复兴的中国人的一种麻醉和殖民化。因此,一些海外学者更倾向于认同这种"现代性",并将其置于反对帝国主义和封建主义的"五四"运动之上。

上述论述主要是基于观念和理论的辨析,或许还有争论的空间,但如果从史料视域来看,这种观念就不攻自破了。晚清文学的主潮是宋诗派、常州词派及其影响下的岭南词派、湘乡派及后期桐城派的散文,王德威所谓的"现代性被压抑"之说首先脱离了文学史的实际。古体诗文的正统地位在晚清时期影响不容忽视,乃至于梁启超的诗界革命也仍然强调"以古人风格入之"。当然我们要看到,在欧风美雨的影响下,一大批文人、学者艰难地从古代士大夫向带有现代色彩的知识分子转变。例如黄侃之类的国学家,在清末也有许多杂文,现在看来比之晚清小说更具有"现代"意识,如《论立宪党人与中国国民道德前途之关系》[1]《哀太平天国》[2]等。他的杂文仍然使用汉唐笔法,但在思想上,从"吾乡""贫者困象"入手指出"贫者"之所以贫穷是因为"富人夺之"[3]。他们担荷天下、救国图存的精神,依然是古代士人流传下来,而"五四"新文学不仅没有压抑,反而更为全面、彻底地实现了现代知识分子以现代语言书写彰显现代意识的作品。胡适曾经将晚清的古文变化分为四个阶段:

(一)严复、林纾的翻译的文章。

(二)谭嗣同、梁启超一派的议论的文章。

---

1 署名不佞:《民报》,1907年第18期。
2 署名信川:《民报》,1907年第18期。
3 署名运甓:《哀贫民》,《民报》,1907年第17期。

（三）章炳麟的述学的文章。

（四）章士钊一派的政论的文章。

在此基础上，胡适认为："这四个运动，在这二十多年的文学史上，都该占一个重要的地位。他们的渊源和主张虽然很多不相同的地方，但我们从历史上看起来，这四派都是应用的古文。当这个危急的过渡时期，种种的需要使语言文字不能不朝着'应用'的方向变去。故这四派都可以叫作'古文范围以内的革新运动'。"[1]胡适所阐述的古今文学史演变并未出现所谓压抑和断裂，反而呈现出文人思想转变的连续性。这四个阶段的代表性人物尽管各自有着不同的渊源和主张，但他们共同推动了古文在"经世致用"方面进行革新。严复和林纾的翻译文章，将外来的思想和文化引入中国，使古文开始接触到新的领域和视角。谭嗣同和梁启超的议论文章，则体现了古文在表达新思想、新观点上的可能性与弊端，使其从传统的束缚中解脱出来。章炳麟的述学文章，更是将古文提升到了学术研究的高度，使其不仅仅是表达思想的工具，也成为探讨学术问题的重要载体。而章士钊一派的政论文章，则进一步扩展了古文的应用领域，使其在政治讨论和社会批评中发挥了重要作用。这四个阶段的变革，并非一蹴而就，而是在不断探索和实践中逐渐形成的。胡适以现代眼光"整理国故"，冷静地梳理了晚清古文在应对社会变革中的价值。这也启示我们不要盲目迷恋海外的理论话语，而要回到文学史发展的事实基础。

相比于王德威对晚清文学的割裂式阐述，忽视作为近现代文化变

---

[1] 胡适：《五十年来中国之文学》，《胡适全集》第2卷，安徽教育出版社，2003年，第260页。

革的亲历者，对于"五四"新文学源流的这种梳理，固然是比较全面的。在新文化运动之前，包括严复、林纾的翻译，谭嗣同、梁启超的"新文体"，以及章太炎和章士钊的政论文章等作品，皆源于古文。然而，这些作品均受到了胡适的高度赞誉。这些人的著作和论文在"现代性"方面具有探索者特质，为后续新文学的崛起奠定了思想和艺术基础。但是胡适基于新文学的思想价值立场，还是有意无意忽略了另一批晚清文人。当时，对新文学颇有偏见的钱基博在界定他所认知的"现代文学"时给出了不同的标准："不题'民国'而曰'现代'，何也？曰：维我民国，肇造日浅，而一时所推文学家者，皆早崭然露头角于让清之末年；甚者遗老自居，不愿奉民国之正朔；宁可以民国概之？而别张一军，翘然特起于民国纪元之后，独章士钊之逻辑文学，胡适之白话文学耳。"[1]钱基博对新文学的偏见，实际上反映了当时许多传统文人的心态。他们试图通过界定"现代文学"来排除新文学的影响。学衡派的胡先骕更是说："至光宣之世，以诗名世而不为胡君所称者，亦非少数，如张之洞、陈宝琛、陈三立……俞明震、赵熙、陈曾寿，皆不朽之作家。"[2]这两人所秉持的看似是古典话语，究其根本还是知识分子精英意识。这种知识精英意识其实是晚清和"五四"两代知识分子共享的自我设定。这样来看，尽管新文学阵营和学衡派、文化保守主义者之间存在着分歧，但"五四"新文学无论如何溯源，都与晚清市民文学的思想存在着本质差异。

在前文中，我们阐述了王德威的历史观和其文学史逻辑，而这种

---

1 钱基博：《现代中国文学史》，上海世界书局，1933年，第8—9页。
2 胡先骕：《评胡适〈五十年来中国之文学〉》，《学衡》，1923年第18期。

历史观导致其在史料运用上产生盲视。例如，他在文化意义上将晚清文学置于"五四"新文学的开创性之上并解释说："我无意夸大晚清小说的现代性，以将之塞入现代主义的最后一班列车中。我也无意贬抑五四文学，而不承认其适如其分的重要性。"[1]然而，当否定"五四"新文学原有的历史意义时，这种做法无疑是在利用"现代性"的知识框架，将晚清小说拔高至一个不切实际的高度。他曾在著作中专设一章讲"中国当代小说及其晚清先驱"[2]，着眼于文本与文化的勾连，在现代性的框架下试图阐释出狎邪、科幻、公案小说的"现代性"。他提出："根据晚清作品重读当代小说，将有助于我们追溯现代性论战的另一套谱系，并可发现究竟有哪些作家与学者在'五四'传统中被忽略了。"[3]这样的研究思路存在的问题如刘勇所言："剑走偏锋，以偏概全，在强调晚清的重要性的同时，又对'五四'和现代文学本身的重要价值和意义估计不足。这很难说是一种实事求是的文学史观。"[4]实际上，王德威所谓的那些通俗小说在20世纪上半叶从未中断。如前文所分析的，晚清的知识分子写作和市民大众文学有着各自独立的发展方向，犹如两条并行不悖的道路，不构成所谓的压抑关系。王德威特别关注的狎邪小说等作品，实际上代表了市民文学的发展脉络，与新文学在"五四"以后依然并行不悖。尽管在"五四"运动之后，晚清的通俗文

---

1 [美]王德威：《被压抑的现代性——晚清小说的重新评价》，王晓明主编：《批评空间的开创——二十世纪中国文学研究》，东方出版中心，1998年，第125页。
2 参见[美]王德威：《想象中国的方法：历史·小说·叙事》，生活·读书·新知三联书店，1998年。
3 [美]王德威：《被压抑的现代性——晚清小说新论》，宋伟杰译，北京大学出版社，2005年，第365页。
4 刘勇：《现代文学讲演录》，广西师范大学出版社，2009年，第3页。

学在学术话语中受到了一定的"排挤",但它仍然在读者中保持着颇高的流传度和影响力。

## 三、历史观与史料的互动关系

刻意忽视史料而强行阐释自己观念的现象,在本土学术研究中,受特定意识形态语境影响,也时有发生。各种层出不穷的理论观念构筑了特定的意识形态,无形中左右着研究者的思维。在特定时代,甚至有学者观念先行而牺牲了史料的全面与客观性,衍生出诸多问题。20世纪50年代,由批判俞平伯《红楼梦》研究而引出的对于胡适资产阶级思想的批判运动中,有一句话流传甚广,时至今日仍然被不少学者信以为真,那就是胡适似乎说过"历史是个任人打扮的小姑娘"。不少研究者至今依然误用此言,如"简直在印证五四人物胡适对历史的著名比拟:它像任人打扮的小姑娘。各取所需地任意打扮"[1]。历史可以"任人打扮",成了胡适唯心主义历史观的罪证。就现有史料来看,胡适这句话最初被有意曲解是源自冯友兰,冯撰文指出:"实用主义者胡适,本来认为历史是可以随便摆弄的。历史像个'千依百顺的女孩子',是可以随便装扮涂抹的。他底中国哲学史工作,就是随便装扮涂抹中国哲学史,以反抗中国革命形势底发展,为帝国主义服务。"[2]而冯所指的这句话出自胡适的名文《实验主义》,是胡适在介绍詹姆士的实在论哲学思想时说的。原话是:"实在是我们自己改造过的实在。这个实在里面含有无数人造的分子。实在是一个很服从的女孩子,他百依

---

[1] 刘纳:《五四能压抑谁?》,《社会科学战线》,2009年第1期。
[2] 冯友兰:《哲学史与政治——论胡适哲学史工作和他底反动的政治路线的联系》,《哲学研究》,1955年第1期。

百顺的由我们替他涂抹起来，装扮起来。"[1]胡适这里讲的是詹姆士的心理学，所谓的"实在"主要讲人的感觉和现实的关系，反而与历史观没有关系。

这只是一个例子，实际上中国现当代文学学科历经了多次观念革新，而每个时期主流的历史观都对史料的生产和理解有着不可忽视的影响。如钱理群所言："历史的遮蔽与涂饰的主要表现，就是观念、意识形态的遮蔽所导致的历史事实的遮蔽。因此，如果我们想冲破重重涂饰'示人本相'，就必须从被遮蔽、掩埋的历史史实的重新发掘开始。"[2]譬如周扬在改革开放以后因为在"异化"问题的讨论中推动了思想解放而受到批评。谈到这次事件，可谓人言人殊，但有些判断因缺乏对各层次史料的综合考量，而不免过于偏执。有人过于强调胡乔木所代表的意识形态权力一面："周扬面对的对手是权力大于他的中央政治局委员胡乔木时，鹿死谁手，不言而喻。周扬与胡乔木的针锋相对，彼此相恶，最后双方剑拔弩张，也就不是什么意外的了。"[3]尤其是这篇文章以"气死"为标题，显然对周扬同情有余，对胡乔木包容不足。仅凭胡乔木与周扬在公开场合的言语交锋，便草率地得出偏颇且片面的结论，未免过于狭隘，缺乏深入思考。实际上，无论是胡乔木还是周扬个人，都难以从宏观角度引领整个思想界和文学界的趋势。只有将问题置于20世纪80年代时紧时松的意识形态语境中，我们才可以清楚地看到问题的本质。单从支持"异化论"及人道主义思潮的历史观出发，想要客观评价当时的事件显然是不现实的。

---

1　胡适：《胡适全集》第1卷，安徽教育出版社，2003年，第298页。"他"字原文如此。
2　钱理群：《重视史料的"独立准备"》，《中国现代文学研究丛刊》，2004年第3期。
3　盛夏：《中共两支笔的争斗：胡乔木"气死"周扬内幕》，《法制博览》，2012年第5期。

改革开放后,邓小平批评周扬等人的措辞十分严厉:"有一些同志热衷于谈论人的价值、人道主义和所谓异化,他们的兴趣不在批评资本主义而在批评社会主义""精神污染的危害很大,足以祸国误民"[1]。在此情况下,周扬在小组会上自我辩护式的检讨未能"过关"[2],就显得自然而然。倘以此来重新审视上述问题,就可发现胡乔木此举并非出于本人的私意或恶意——胡乔木还曾因此写诗主动向周扬示好,其中的注释也说到当年胡乔木著文是"按照中共中央精神曾坦诚予以批评……此诗表达了胡乔木期望周扬给予理解,并保持战友情谊的恳切心情"[3]。现在人们追述此事,参考的主要是当事人的回忆性史料,但这些回忆本身矛盾重重。[4] 当然,最后的结果是周扬在胡乔木的"动员"下公开检讨:"胡乔木来到周扬的院子,一进门,见到周扬深深地鞠了一躬。……劝周扬检讨,他只要反省几句,这场批判就可了结……经不起胡乔木再三'诚恳'的劝说,答应接见记者讲几句。"[5]

如今时移世改,四十年一晃而逝,对于 20 世纪 80 年代那次冲破禁区的话语探索,不少学者依然"心向往之",因此也普遍性地同情周扬。他们基于强烈个人政治倾向性的历史观,不免给予周扬那篇文章以及相关思潮很高的评价,认为其"是很必要而及时的,表现了他的

---

[1] 邓小平:《党在组织战线和思想战线上的迫切任务》,《邓小平文选》第 3 卷,人民出版社,1993 年,第 40—44 页。
[2] 检讨的背景及内容,参见郝怀明:《如烟如火话周扬》,中国文联出版公司,2008 年,第 399—401 页。
[3] 《胡乔木传》编写组编:《胡乔木书信集》,人民出版社,2002 年,第 542 页,注释 2。
[4] 罗银胜:《周扬传》,文化艺术出版社,2009 年,第 405—422 页。
[5] 于光远:《周扬和我》,王蒙、袁鹰主编:《忆周扬》,内蒙古人民出版社,1998 年,第 200—201 页。

理论勇气,是周扬做的一件好事"[1];而与此同时,对于胡乔木则不置可否:"而胡乔木,也许又是身不由己地做了一件并不一定孚众望,也避免不了将由历史鉴定其是非的事。"[2] 总之,这类对周、胡二人所作的褒贬臧否,因为历史观的局限性,往往忽略了更为宏大的历史背景和时代语境,并非建立在多层史料发掘的基础上。事实上,在这件事的回忆与评价上,由于意识形态的制约,也鲜有人从理论正面(也即两人各自的理论文章[3]——这是基本史料)来分析问题。周扬及其写作组在当时撰写这篇文章,以马克思早期探索中尚不成熟的思想作为"马克思主义"的核心,实质上是借推动思想解放之机,规避并突破经典马克思主义的理论体系,以此介入社会思想问题。在《1844年经济学-哲学手稿》中,马克思将普遍交换视为异己物。但需注意,在马克思的理论发展中,"异化"概念很快就被扬弃。在其理论体系创建中,马克思以现实的阶级斗争和政治经济学批判取代了早期的哲学异化观念。《1844年经济学-哲学手稿》只是马克思思想探索期的成果,标志其理论关注点从哲学思辨转向政治经济学。政治经济学批判使马克思不仅实现了范畴术语的转变,更根本的是理论逻辑的转型,生产、生产力、生产关系、经济基础、上层建筑等概念构成了马克思主义的核心理论根基。从这个角度看,周扬这篇报告对马克思的论述实际上是起草组在特定历史观作用下生成的。报告在文化史意义上或许具有推动思

---

1 涂光群:《五十五年文坛亲历记(1949—1999)》,辽宁教育出版社,2005年,第38页。
2 涂光群:《胡乔木和周扬》,《黄河》,2000年第3期。
3 周扬:《关于马克思主义的几个理论问题的探讨》,《人民日报》,1983年3月16日;胡乔木:《关于人道主义和异化问题》,《红旗》,1984年第2期;胡乔木:《〈关于人道主义和异化问题〉的重要更正》,《红旗》,1984年第6期。

想解放的积极动机，但在思想深度、学术观点和理论逻辑上存在明显不足。

历史观的偏差会导致对于史料的误读，乃至歪曲而遮蔽历史本相，却也不可避免受史料和历史结果的制约。在陈寅恪看来，真正的史学"材料大都完整而较备具，其解释已有所限制"，并非那种"利用一二细微疑似之单证，以附会其广泛难征之结论"[1]。回顾数十年来有关鲁迅的著述，尽管每部著作或文章都引用了与鲁迅相关的史料，但为了佐证某种观点，有时会过分强调特定史料，从而强化鲁迅的某一个面向，因此也有意无意地忽略了鲁迅的全貌。其结果正如有学者所指出的："以前看重的是鲁迅对国民政府的批判、对左派和革命的同情、是他的韧性战斗精神，而现在大受青睐的是鲁迅和左派的龃龉、鲁迅的思想矛盾、困惑与其内心晦涩的一面。"[2] 就连同一作者不同时期写的材料都大相径庭[3]。但是，鲁迅研究界对于片面解读鲁迅的观点，往往可以给予有力的回击，因为关于鲁迅的史料，特别是《鲁迅全集》所呈现出的鲁迅的复杂面貌已经逐渐成为学术共识，剑走偏锋、断章取义的刻意误读极容易被发现。

本节内容构成了探索中国现当代文学研究史料视域的基础。缺乏正确的历史观指导，文学史研究将难以达到深入的层次。历史观的差异不仅会影响史料的筛选与运用，更会在阐释层面引发不同的倾向。

---

[1] 陈寅恪：《陈垣元西域人华化考序》，《金明馆丛稿二编》，上海古籍出版社，1980年，第238页。

[2] 董乃斌主编：《文学史学原理研究》，河北人民出版社，2008年，第349页。

[3] 例如冯雪峰：《1928—1936年的鲁迅：冯雪峰回忆鲁迅全编》，上海文化出版社，2009年。该书收录的不少篇什是冯雪峰在十七年时期不同语境下写的，其中对于同一事件的回忆也因冯的身份、遭遇不同而不同。

## 第二节　诸种历史观与文化观

按照马克思的理解："正是人，现实的、活生生的人在创造这一切，拥有这一切并且进行战斗。并不是'历史'把人当做手段来达到自己——仿佛历史是一个独具魅力的人——的目的。历史不过是追求着自己目的的人的活动而已。"[1] 当然，不同的人所追求的"自己的目的也会不同"，除了刻意歪曲历史的动机外，大部分历史叙述、研究、阐释，都不可避免追求意义与价值的呈现。即便没有历史唯物主义理论影响，梁启超也曾提出历史叙述和研究的价值追求问题："历史的目的在将过去的真事实予以新意义或新价值，以供现代人活动之资鉴。……吾人做新历史而无新目的，大大可以不作。历史所以要常常去研究，历史所以值得研究，就是因为要不断予以新意义及新价值，以供吾人活动的资鉴。"[2] 也就是说，文学创作与研究的主体都有着明晰的历史观，而历史观的差异会带来意义与价值阐释的不同向度。

### 一、从循环史观到进化史观

中国古代读书人的历史观今天可以概括为循环史观，无论是"张三统"还是"通三世"，从本质上看，无非是统治形式的改变，伦理、纲常、教化等虽然也有细微变化，但不会有根本性的变革，也即"今

---

[1] 马克思、恩格斯：《神圣家族》，《马克思恩格斯文集》第 1 卷，人民出版社，2009 年，第 295 页。
[2] 梁启超：《中国历史研究法补编》，吉林出版集团股份有限公司，2017 年，第 5 页。

犹古也，今之天下亦古之天下，今之士民亦古之士民"[1]。有学者提出："以循环观而论，其思想渊源可追溯到《夏小正》中有关夏代天象与物候的周期性描述，也可以在殷商卜辞的六十甲子表与周原卜辞中月相往复循环的记载中觅得，而明确的理论形态则在《周易》与五行说中。"[2]在一个相对封闭、稳定的文化结构中，这种循环观念促成了一种以古为上的思维模式，以至于古代士大夫在遇到历史困局时，复古风气便开始盛行。

在应对晚清时期民族危机与文化危机的过程中，传统读书人试图推动变革，然而循环史观显然无法应对此类挑战。尽管现有史料表明，晚清时期今文经学盛行，其中康有为对变异观念的发展有所贡献，进而生发出一定的进化思想，但仍然只是传统知识体系内部的变革，没有实现话语范式的革新。始于庄存与、刘逢禄的常州今文经学，经过龚自珍、魏源等人的传承，已逐渐在文字中显露出忧患意识，但他们关于"三世说"的发展，仍未超越循环史观的范畴。因为在他们的视野中，历史从"据乱世"到"升平世"的演变，呈现出不断重复的历史紧张感，却依然是一个封闭的循环。但我们要承认，这种"三世"观念在一定程度上带有历史进化的思想。及至晚清，康有为把"三世"之说中的这种进化论因子发掘出来，并提出："盖自据乱进为升平，升平进为太平，进化有渐，因革有由，验之万国，莫不同风。"[3]在这种"进化有渐"的历史观下，康有为将学术目标定位为"以三统论诸圣，以三世推

---

1 宋·王安石：《兴贤》，《王安石全集（下）》，吉林人民出版社，1996年，第745页。
2 党圣元：《中国古代文学批评中的"进步观"》，《中国社会科学报》，2008年1月29日。
3 康有为：《论语注》，中华书局，1984年，第28页。

将来"[1]。康有为虽然没有改变循环史观的思维,但已经有了从封闭至开放的转型。

进化史观在中国的普及,始于严复翻译的《天演论》横空出世。正如有学者所提出的:"《天演论》宣传的进化论观念,影响了几代中国人,直到现在,它仍是许多中国人基本的思想预设之一。如果说,中国人接受进化史观最初与民族危亡的刺激有关,那么后来更主要是由于它以现代科学的成果出现,以及进化隐含的进步的必然性。科学既是真理和公理的象征,又是现代化的利器……"[2] 这种进化史观对于新文学的"历史化"产生了很大的影响。据胡适回忆:"数年之间,许多进化名词在当时报章杂志的文字上,就成了口头禅,无数的人,都采来做自己和儿辈的名号,由是提醒他们国家与个人在生存竞争中消灭的祸害。"[3] 进化史观在近现代中国知识分子的思想变革中起到了重要作用,尤其是在民族危亡的背景下,进化史观成为一种思想武器,激发了人们的民族自尊心和自信心。从另一方面看,这种厚今薄古的思维延伸为激进地否定"现在"而期待后世的话语方式,往往显示为以对于未来的期待召唤现在的变革。

鲁迅早就说过:"许多历史家说,人类的历史是进化的,那么,中国当然不会在例外。但看中国进化的情形,却有两种很特别的现象:一种是新的来了好久之后而旧的又回复过来,即是反复;一种是新的来了好久之后而旧的并不废去,即是羼杂。然而就并不进化么?那也

---

1　康有为:《康南海自编年谱》,《戊戌变法(四)》,上海人民出版社,1957年,第117页。
2　张汝伦:《现代中国思想研究》,上海人民出版社,2014年,第71页。
3　胡适:《我的信仰》,《胡适文集1》,北京大学出版社,1998年,第12页。

不然，只是比较的慢，使我们性急的人，有一日三秋之感罢了。"[1] 从蔡元培为《中国新文学大系 1917—1927》所写的《总序》中，我们可以看出这种进化的急切感："吾国历史，现代环境，督促吾人，不得不有奔轶绝尘的猛进。吾人自期，至少应以十年的工作抵欧洲各国的百年。所以对于第一个十年先作一总审查，使吾人有以鉴既往而策将来，希望第二个十年与第三个十年时，有中国的拉飞尔与中国的莎士比亚等应运而生呵！"[2] 其中的历史观已经不仅是进化观念，甚至可以说"跃进"观念。在深入审视中国的历史与现实环境后，他坚信国人须以超越欧洲各国的速度发展，同时，中国的艺术与文学亦应奋起直追，尽快实现走出封建时代的文艺复兴。鉴于当时中国正深陷民族危机的严峻局面，蔡元培等一代知识分子有强烈的紧迫感在所难免。

这种急切的进化意识使不少新文学家将共时性的经历放在历时性的视野中考察。可以说，20 世纪上半叶中国社会和文化的动荡与邅变，使不少新文学家生出了恍如隔世的历史感。鲁迅所说的"性急"体现在不少人逐渐萌生了将刚刚过去的文学时段"历史化"的意识。较早开始以历史眼光整理新文学的人是刘半农，他编选的《初期白话诗稿》于 1933 年由北平星平堂书店出版。该书收录了 1917 年到 1919 年间，沈尹默、沈兼士、胡适、陈独秀、鲁迅等八位作家的二十六首白话诗。刘半农当时即感叹："这些稿子，都是我在民国六年至八年之间搜集起来的。当时所以搜集，只是为着好玩，并没有什么目的，更没

---

1 鲁迅：《中国小说史略·附录·中国小说的历史的变迁》，《鲁迅全集》第 9 卷，人民文学出版社，2005 年，第 311 页。
2 蔡元培：《总序》，刘运峰主编：《1917—1927 中国新文学大系导言集》，天津人民出版社，2009 年，第 6 页。

有想到过了若干年后可以变成古董。然而到了现在,竟有些像起古董来了……有一天,我看见陈衡哲女士,向她谈起要印这一部诗稿,她说那已是三代以上的事了,我们都是三代以上的人了。"[1]而沈从文则用一种总结历史经验的口吻说:"从民国六年的文学革命起始,中国有了个新文学运动,这运动因民八的'五四运动',而增加了它的意义和价值。到现在,算算时间,已有了十八年!十八年来这个新文学运动,经过了多少变迁,有了些什么成绩,它的得失何在,皆很值得国人留心。我们很希望有人肯费些精力来用一种公正谨严态度编辑一部现代中国文学发展史,给这个新文学运动结一次账。"[2]而在谈及王哲甫的《中国新文学运动史》时,茅盾提出:"我们现在只希望有一部搜罗得很完备,编排得很系统的记载'史料'的书……如果不用'编年体',也可以用'纪事本末体',把十五年来文坛上讨论过的重要问题详细记述它的发端、论争,以及结束。"[3]相比于此,阿英在史料整理中的贡献更为卓著。1934年,他以"张若英"为笔名编选的《中国新文学运动史资料》由光明书局出版,开始以"史"的名义有意识地整理新文学史资料。按照他的说法:"虽只是短短的二十年内的事,但是现在回想起来,已令人起'渺茫'之感……其实,不仅回想起来,使人起寥远之想,就是在不到二十年的现在,想搜集一些当时的文献,也真是大非易事。要想在新近出版的文学史籍里,较活泼较充实地看到一些当时的运动史实,和文献的片段,同样的是难而又难。较为详尽的新文学

---

1 刘半农:《〈初期白话诗稿〉序》,《新文学史料》,1979年第3期。
2 沈从文:《介绍〈中国新文学大系〉》,《沈从文全集》第16卷,北岳文艺出版社,2002年,第228页。
3 茅盾:《我走过的道路(上)》,人民文学出版社,1997年,第676页。

运动史，既非简易的一时的工作，为着搜集的不易，与夫避免史料的散佚，择其主要的先刊印成册，作为研究的资料，在运动上，它的意义是很重大的。"[1] 虽然放在历史长河中来看，二十年的岁月只是弹指一挥间，但是由于新文学从初创到成熟的发展速度之快，加之新文学阵营不断分化重组，不少亲历者都有了明显的今昔有别之感。

上述急于将方兴未艾的新文学进行历史化处理的现象，除了因为晚清时期从西方输入的社会进化史观影响，还在于20世纪上半叶中国社会动荡，各种新思潮目不暇接。如鲁迅所说："中国社会上的状态，简直是将几十世纪缩在一时：自油松片以至电灯，自独轮车以至飞机，自镖枪以至机关炮，自不许'妄谈法理'以至护法，自'食肉寝皮'的吃人思想以至人道主义，自迎尸拜蛇以至美育代宗教，都摩肩挨背的存在。"[2] 社会进化论强调生物种群的遗传和自然选择机制，认为这是推动物种进化的主要动力。从19世纪末到20世纪上半叶，"在进化论、实用主义、非理性主义、马克思主义唯物史观等思想武器的相继为用和相互交织中，'进步观'所确立的不断发展、不断进步的主旨伴随着新的世界观、价值标准的确立得到不断深化，并伴随着进化论之深入人心与唯物史观地位之强化最终确立了主导地位"[3]。需要强调的是，唯物史观非等同进化观，其逻辑在于经济基础制约社会发展，上层建筑反作用于经济基础；生产力决定生产关系，生产关系的解放推动生产

---

[1] 阿英：《〈中国新文学运动史资料〉序记》，《阿英全集》第4卷，安徽教育出版社，2003年，第283—284页。
[2] 鲁迅：《热风·随感录 五十四》，《鲁迅全集》第1卷，人民文学出版社，2005年，第360页。
[3] 党圣元：《中国古代文学批评中的"进步观"》，《中国社会科学报》，2008年1月29日。

力。唯物史观与社会进化论同为探讨事物发展规律的哲学理论，但是方法论意义不同。唯物史观在研究中涉及生物学和自然科学概念，修正进化论的简单线性结构，以辩证唯物主义态度看待历史。

对于刚刚接触社会进化论的中国知识分子来说，唯物史观所强调的历史发展性及规律性观念，较易接受。更为重要的是，1949年新中国成立后，历史唯物主义与辩证唯物主义成为主流意识形态的一部分，因此，唯物史观取代进化史观成为主流的历史观。然而，机械的唯物史观或庸俗社会学与科学的唯物史观存在明显区别。机械的唯物史观将人类历史视为一部机械发展的历史，把人类社会的发展归因于外力推动，否认了人类历史发展中的内在因素。它将人类社会的发展视为一种必然过程，忽略了其中复杂的偶然因素。庸俗社会学则将社会现象视为简单的、表面的，将复杂的社会现象归结为单一原因。它仅看到社会现象之间的表面联系，忽略了内在的长期联系。相较之下，科学的唯物史观认为，人类历史的发展由众多复杂因素决定，受到许多内在与外在因素的影响，是一个不断发展的过程。

二、回到科学的唯物史观

在晚清以后，特别是"五四"新文化运动之后，新史观的输入丰富了国人的历史观念，而居于主流的两种史观是进化史观和唯物史观。关于进化史观给"史界革命"带来的影响，顾颉刚说："过去人认为历史是退步的，愈古的愈好，愈到后世愈不行；到了新史观输入以后，人们才知道历史是进化的，后世的文明远过于古代，这整个改变了国人对于历史的观念。如古史传说的怀疑，各种史实的新解释，都是史观革命的表演。"进而，顾颉刚还充分肯定唯物史观的输入给中国学界所带来的进步影响："自从所谓'唯物史观'输入以后，更使过去政治中心的历史变成经济社会中心的历史，虽然这方面的成绩还少，然也不能不说是一种进步。"[1] 唯物史观的出现对中国现当代文学研究的影响同样是不可低估的。1920 年，李大钊撰写《由经济上解释中国近代思想变动的原因》一文，试图运用历史唯物主义的认识论，从经济关系变革的视角解析近代中国思想之演变。其认识论的转变，首要在于从社会经济关系视角来审视一度"独尊"的儒家思想。新文化运动中，"反孔"之论见诸报端，然而李大钊却立足于唯物史观，从经济基础变迁之角度审视作为上层建筑的文化。他并未将中国历史生搬硬套入马克思所勾勒的人类社会发展历程，而是从历史唯物主义的认识论基石出发，在探讨中国历史文化发展过程中洞察到东西方文化发展的差异，强调将马克思主义基本原理与民族特性有机结合。与此同时，尽管部分史家并非以唯物史观为指导进行历史研究，但唯物史观的一般原则仍对其产生一定影响。例如陈寅恪就对经济基础和上层建筑的关系有比较明确的认识。1927 年，在谈到封建伦理观念问题时，他说："夫纲纪本理想抽象之物，然不能不有所依托，以为具体表现之用；其所依托以表现者，实为有形之社会制度，而经济制度尤其最要者。故所依托者不变易，则依托者亦得因以保存。"[2]

相比于进化史观，唯物史观更强调历史的科学性："历史就是我们的一切，我们比其他任何一个先前的哲学学派，甚至比黑格尔，都更

---

1 顾颉刚：《当代中国史学·引论》，辽宁教育出版社，1998 年，第 3 页。
2 陈寅恪：《王观堂先生挽词序》，刘桂生、张步洲编：《陈寅恪学术文化随笔》，中国青年出版社，1996 年，第 4—5 页。

重视历史。"[1] 唯物史观还主张在社会文化基础上分析具体问题，如列宁在《论民族自决权》中指出："在分析任何一个社会问题时，马克思主义理论的绝对要求，就是要把问题提到一定的历史范围之内。"[2] 当我们回顾历史时，眼前所呈现的并非仅仅是一幅幅绚丽多彩的画面，更是一幅错综复杂的画卷。在这个过程中，各种声音、观点纷至沓来。文学史料研究尽管与政治、市场、文化等多种因素密切相关，但说到底都是由每一个生命个体参与而形成的。无论是当事人还是研究者，他们自身的意识形态立场、知识背景、情感倾向、道德伦理观念以及文化心理结构，都有可能影响乃至左右与其有关的历史叙述。

中国现当代文学研究也不例外，借助于史料，我们"试图在具体背景中，在话语形式从中产生的增长和发展的境遇中，复活话语最完善形式"[3]，从而尽可能还原当代文学的真实图景。历史的认识和理解受个体情感影响，而历史观的形成和表达带有个人情感认知。这种认知催生了历史阐释的主观思维。将历史观问题的探讨推向更隐秘、更内在的深层，我们不仅可以更深入地理解历史，也可以更深入地理解文学史中的"人"。

从人文学术的本性来看，任何观点都是主观思维与客观世界碰撞的产物。人文学术研究是人类对世界的认识和理解，其学术实践和认识发展的可能性是无限的。然而，这种无限并不是任意为之。文学史

---

1　[德] 恩格斯：《评托马斯·卡莱尔的〈过去和现在〉》，《马克思恩格斯全集》第3卷，人民出版社，2002年，第520页。
2　[俄] 列宁：《论民族自决权》，《列宁全集》第25卷，人民出版社，1988年，第229页。
3　[法] 福柯：《知识考古学》，谢强等译，生活·读书·新知三联书店，2003年，第151页。

发展是复杂的、多元的、相互联系的,任何作家作品、思潮现象都不是孤立存在的。在研究中,遵循唯物史观就要求我们在学术活动中,要尽可能地全面把握文学史,防止片面性。正如列宁所说:"要真正地认识事物,就必须把握住、研究清楚它的一切方面、一切联系和'中介'。我们永远也不会完全做到这一点,但是,全面性这一要求使我们防止错误和防止僵化。"[1]例如20世纪80年代,一度兴起的新启蒙意识并没有将现当代文学研究从"一体化"机制完全解放出来,而是在批判与建构两个相对立的向度开展史料整理与研究。这股思潮的代表性历史观念是"救亡压倒了启蒙",它借"救亡"之名否定"革命",认为启蒙是近代中国正确的选择。在他们看来,"救亡"(也就是"革命")不但"压倒了知识者或知识群对自由、平等、民主、民权和各种美妙理想的追求与需要,压倒了对个体尊严、个人权利的注视和尊重",而且还"挤压了启蒙运动和自由理想,而使封建主义乘机复活"[2],因此,自辛亥革命以来的中国近现代的战争与各类"革命"都成了"百年狂热与幼稚"[3]的产物,而延安时期的"革命"及其文学实践也不例外。于是,与80年代之初"拨乱反正"式的政治"翻案"不同,以"启蒙"而消解政治是非的"思想翻案"成了一个热潮,现代自由主义文人在启蒙意识的包装下于当代重新"热起来",受批判、受冤屈的胡风等人"代言"了当代"启蒙"精神,诸如此类的回忆史料与新发掘的史料层出不穷,乃至没有足够史料也要"故作惊人之语,强做'翻案'文章,甚至为'翻案'

---

1 [俄]列宁:《再论工会、目前局势及托洛茨基同志和布哈林同志的错误》,《列宁选集》第4卷,人民出版社,2012年,第419页。
2 李泽厚:《启蒙与救亡的双重变奏——"五四"回想之一》,《走向未来》,创刊号。
3 李泽厚、刘再复:《告别革命》,香港天地图书有限公司,2004年,第72页。

而'翻案'"[1]。

## 三、警惕消费文化下历史观的偏颇

不过话又说回来，不把学术问题政治化、道德化而是历史化，不代表历史上的一切都不容批评和质疑。在当代语境下，我们对作家曾经的言行报以"了解之同情"但不能以历史之名认同，用钱谷融的话说："对作家在当时社会、历史、时代条件下的种种情况要予以充分的理解，但理解不是无原则的宽容。"[2]在处理和使用相关史料时也应有一份历史性的原则，方能在是非问题上不失公允。

令人担忧的是，在20世纪90年代之后，由于泛文化语境和市场化、消费化的潮流影响，学术界发生了一种以文化趣味取代历史事实，以当代价值消费历史的历史观。一方面，从文化研究的角度择取史料乃至没有史料的无根空谈之风日盛；另一方面，"隐私性史料在当下的滥加开发及其本身的真假掺杂"[3]也是值得注意的问题。在实际的研究中，两者往往缠结在一起。如"周氏兄弟"评价的分歧就鲜明地反映出文化消费化的历史观所存在的问题。比如，冯骥才以当代人某些方面的知识优势，指责鲁迅说"他的国民性批判源自1840年以来西方传教士那里"，认为鲁迅是掉进了殖民主义的陷阱[4]；而他自己反而未曾意识到在缺乏史料支撑的情况下，得出这样"后殖民"式的文化遐想而非实证性的影响研究，本身就是"掉进了殖民主义的陷阱"的历史观所致。

---

1 吴义勤：《目击与守望》，山东文艺出版社，2001年，第139页。
2 钱谷融语，参见《老教授三人谈》，《文艺报》，1989年5月27日。
3 吴秀明：《当代文学学科建设与史料意识的自觉》，《福建论坛》，2011年第8期。
4 冯骥才：《鲁迅的功与"过"》，《收获》，2000年第2期。

我们并不笼统地反对文化研究，而是站在学术研究尤其是史料研究的角度，认为应该警惕以文化之名而生的消费主义和虚无主义的历史观。更有甚者，有人在刻意贬低鲁迅的同时，对周作人充满"同情"。本来，对周作人的历史问题及其评价是一项重要而又复杂的工作，它关涉到方方面面，需要做深入细致的研究。但 90 年代以后，文学及其史料研究中出现的不少周作人研究，恰恰就犯了陈寅恪所批评的"穿凿傅会之恶习"。虽然陈寅恪强调对研究对象要有"了解之同情"，不过他是有前提的，这个前提就是对这种研究思路报以充分的警惕："但此种同情之态度，最易流于穿凿傅会之恶习。"[1] 还有些当代学人在阅读周作人相关史料时会滑向一种无是非的超然的文化立场。如有学者认为："在周作人这样的悲观主义者看来，当时的中国社会如此黑暗落后，中国的政府如此腐败残忍，其失道寡助，败局已定，凭什么要人们去为它守节？……劫难临头，与其为一种虚名而死，倒不如投身苦难中做一点实在的事情，也即是'舍身饲虎'的意思。"[2] 这其实是将现代文学史与当代观念嫁接而成的逻辑思路，"对周作人'下水'的思想根源和心理因素同情和体贴到这样的程度，以至于让人们觉得，参加汪精卫政府、与日本人合作，是其时周作人最明智最合理最务实的选择"[3]。当然，这样的"同情"更多地发掘的是周作人相关史料中无奈的一面，而相较于此，在以虚无的文化观取代严肃的历史观的这方面，有学者显然走得更远。针对此，解志熙说："世界上哪有一种堪称

---

[1] 陈寅恪：《金明馆丛稿二编》，上海古籍出版社，1980 年，第 247 页。"穿凿傅会"今写作"穿凿附会"。

[2] 陈思和：《马蹄声声碎》，学林出版社，1992 年，第 137—138 页。

[3] 王彬彬：《风高放火与振翅洒水》，人民文学出版社，2004 年，第 81 页。

为文化的文化、算得上自由的自由主义、具备点个人自尊的个人主义，能允许人安然无耻以至于理直气壮地去叛国附逆！"[1] 周作人的问题并不只是"个案"，还有胡兰成等类似的文人在20世纪90年代以后都在"文化"的掩盖下受追捧。如果将其置于历史观和价值观的高度来看，那它就不仅仅是一个人在"生"与"义"两方面的选择，而是关系到一个人及一个民族、一个国家的尊严的大是大非问题。

这样的研究直到今天都依然存在，盲目悬置是非的文化批评，并不是学术研究所谓的"价值中立"原则就可以解释。严格来说，韦伯的这种价值中立观念是不可能实现的。如果站在马克斯·韦伯以降的"学术"立场上来看，致力于"中立"地"生产""客观"的"知识"看似是一种"合理"的行为，但是这种从社会学到人文学进行"旅行"的理念，使得文本不再被研究者视为作家生命经验和情感投射的产物，而是一个时代思想、文化的历史遗留，这不是人文学者应有的学术立场。当这种立场被用来解释文化批评的正当性时，正如解志熙所说，这种研究"固然可以特别瞩望更深刻、更普遍和更具超越性的发现，但这一切仍然必须接受历史主义基本原则的指导和约束。或者说，正因为旨在追求更具普遍性、超越性和深刻性的发现，所以文化批评者更需要历史主义的自觉检点。如其不然，轻则陷于欲深反浅、弄巧成拙的境地，重则堕入非历史或反历史的泥潭"[2]。

事实上，文化批评在很大程度上是对现实社会问题的反映和反思，但在消费文化盛行的时代，由于失去了对历史文化经纬的综合分

---

[1] 解志熙：《文化批评的历史性原则——从近期的周作人研究谈起》，《中州学刊》，1996年第4期。
[2] 同上。

析，往往容易生产出哗众取宠的奇谈怪论。文化批评应该关注社会现象、文化产品中的权力关系、社会矛盾等问题，从而揭示社会现象背后的深层原因和意义。如果仅仅停留在"价值中立"的观念上，文化批评就有可能失去其应有的批判性和学术生产力，更有可能造成对史料和历史人物的错误解读。

## 第三节　史观、史料与文学史

本章第一节从宏观上分析了史观和史料的关系，第二节剖析了不同时期的历史观。本节则具体到文学史研究的细部，讨论史观对史料运用的影响方式。马克思曾提出："对人类生活形式的思索，从而对这些形式的科学分析，总是采取同实际发展相反的道路。这种思索是从事后开始的，就是说，是从发展过程的完成的结果开始的。"[1]因此，我们一方面需要尊重历史、敬畏历史，按照"历史化"的要求进入"历史的情景"；另一方面又要站在今天时代的高度给予认识和评价，有一个"当代性"问题。所谓的历史观，就是"历史存在"与"历史认知"，或曰"历史化"与"当代性"之间的一种双向能动的对话关系。它是以尊重并发挥研究主体的能动性为基础的，就大的角度而言，属于认识论层面的问题，它具体地影响和支配着我们对中国现当代文学史料的运用，包括方法论与价值论。

---

1　[德]马克思：《资本论》第1卷，《马克思恩格斯全集》第44卷，人民出版社，2001年，第93页。

## 一、如何深化十七年文学研究

在十七年文学研究中，有一些学者在认识上存在着一个根本性的误区，那就是用二元对立的方式看待新文学中两个传统：五四传统和延安传统，从而将其对立起来，将文学史中的延安文学和十七年文学看成新文学所谓启蒙精神的断裂。这种误区的话语背景是李泽厚提出的所谓"救亡压倒启蒙"这样带有极强元叙述色彩的论断。有学者就曾指出："在20世纪80年代初期，确实有不少学者站在五四新文学的立场上批判革命文学传统，他们试图通过对五四新文学传统的重新阐释，以突破革命文学传统的束缚。"[1] 时至今日，在阐释现当代文学的时候，一些基于所谓启蒙立场的批评家和文学史家会认为，1942年的延安讲话之后形成的文学革命文学传统，是对五四精神的一种背离或断裂。在他们的陈述中，新时期文学被视为接续了五四传统。且不说新时期文学的源头——"伤痕文学"究竟是承继十七年文学的写作策略更多，还是真正接续了五四传统，就延安传统和五四传统来说，本身也有着某种内在的一致性。

20世纪80年代中期，学者们提出了20世纪中国文学的总主题是"改造民族灵魂"[2]，姑且不论20世纪中国文学这个文学史命名是否成立，但是改造民族灵魂这个命题还是可以被接受的，因为其主要目的都是反封建，反封建成为从五四文学到十七年文学都没有放弃的主题。从这个角度来看，五四传统和延安传统其实是殊途同归的。在五四时期，以

---

[1] 武新军：《五四新文学与革命文学关系研究述评》，《河南大学学报》（社会科学版），2008年第2期。
[2] 黄子平等：《论"二十世纪中国文学"》，《文学评论》，1985年第5期。

鲁迅等为代表的文学家们站在精英立场上认为应该改造人民大众，而自己是启蒙者。因此他们要做的是批判、揭露、挖掘民族灵魂中的劣根性，从而警醒、启蒙民众，使国民的人性走向健全。但是这条路在当时的中国没有走通。首先，文化水平差距太大。启蒙者和被启蒙者之间缺乏对话的可能，一如《祝福》中的祥林嫂和"我"一样。其次，文学接受群体错位。致力于文学启蒙理想的作家们写的作品并没有被他们希望启蒙的人接受，相反五四时期真正接受纯文学的人多是大学生和知识分子。再次，传统文化自身回击。传统文化形成了相对稳定的思想体系，虽然五四时期受到了巨大的冲击，但是在中国依然有其生长的土壤。

我们说延安传统是一个文学政治化的传统，作为政治家考虑问题的角度会和文学家有很大的出入，因此基于革命胜利和社会主义建设的需要提出让知识分子接受工农再教育，表面上是要改造知识分子，但是当我们从文学角度看的时候，在改造知识分子的同时，其实在文艺领导者的心中并没有放弃改造民族灵魂，《在延安文艺座谈会上的讲话》的重点也不是单纯的民粹思想。《讲话》中也曾提出普及与提高的问题，强调"沿着工农兵自己前进的方向去提高，沿着无产阶级前进的方向去提高"[1]。延安传统对于民族灵魂的改造的努力不应被忽视，只是它没有把工农兵改造到知识分子的文化序列中，而是在工农兵的文化序列中改造和提高他们。

在文艺政策上，作为政权的掌握者，他们一方面要求知识分子写工农兵，另一方面不断要求文人塑造"新人"形象，无论是解放区文学

---

[1] 毛泽东：《在延安文艺座谈会上的讲话》，《毛泽东选集》第3卷，人民出版社，1991年，第859—860页。

的大春、小芹还是十七年文学的梁生宝、欧阳海都是如此。文艺领导者不愿意去用揭伤疤的方式来改造群众,这样是不易被接受的,于是采用了塑造新人典型的办法,以此成为民众努力的榜样。这些典型身上是找不到民族劣根性的,他们希望民众在学习典型的过程中完成人格的自我完善,有学者就认为"正是革命使现代因素渗透到中国社会的各个阶层,最广泛地完成了现代文学'启蒙'"[1]。

应该指出的是,十七年文学时期不是一个纯艺术的选择可以实现的时期,作家的创作受到主流意识形态的规训是十分明显的。但是我们不能仅仅认为这一时期的文学作品是主流意识形态将文学召唤到场从而为自己服务,认为作家的创作毫无主体性。恰如有研究者指出:"压抑与禁忌无处不在,但文学实践活动从来没有屈从于这个限制的过程。"[2]我们在审视这些作品的时候,也应该先从文学艺术的角度入手,不应该从政治角度先宣判这些作品的"死刑",然后抨击之。鲁迅先生曾言:"惟政治是要维持现状,自然和不安于现状的文艺处在不同的方向。"[3]而十七年时期文学和政治的关系也是很复杂的,恰如有论者所言:"那时的作家在热情讴歌现实政治的同时,又有自己的切入点,在对社会阶级单纯的理解之中,又有一定的超越"[4]。

---

[1] 韩毓海:《知识的战术研究:当代中国社会关键词》,中央编译出版社,2002年,第127页。
[2] 董之林:《无法还原的历史——"十七年文学"研究的历史症结》,《学术月刊》,2007年第6期。
[3] 鲁迅:《集外集·文艺与政治的歧途》,《鲁迅全集》第7卷,人民文学出版社,2005年,第115页。
[4] 吴秀明:《论"十七年文学"的矛盾性特征——兼谈整体研究的几点思考》,《文艺研究》(人文社会科学版),2008年第8期。

那么要破除观念制约深入开展十七年时期的文学史研究，不能再陷入理论观念陷阱之中，而要回到史料，实现论从史出。然而，对于新中国文学而言，由于"当代性"因素特别是研究者当代经验的作用，史料与政治、道德、伦理、市场等诸多因素的纠葛则显得更为隐蔽。正如程光炜曾提出的："出于简单化的理解，'当代'文学会被解读成一种受到社会权力压制的结果，这在 1950—1970 年代的文学研究中多是如此。"[1] 这种"简单化的理解"毫无疑问忽视了作家个人精神世界的丰富性，以及不同层次和性格类型的作家对于外部反应的差异性。洪子诚等学者也曾表示："对 50—70 年代的文学，我们总有寻找'异端'声音的冲动，来支持我们关于这段文学并不是完全单一、苍白的想象。"[2] 尽管寻找"异端"的前提还是对文学史"一体化"的理解，但至少超越了狭隘的偏见，而认真澄清中国当代文学研究中的既定结论。

中国当代文学史料积累丰厚，但正因各家观念并出，争鸣不已，彼此相持，难免各有所偏。有研究者为佐证先验的观念，因历史观所限，常常选择性忽略不利于支撑自己观点的史料。如此，则研究结论难免失之偏颇甚或造成误导。从文学发展的"横断面"来看，对一批作家如张恨水、穆旦、师陀、端木蕻良、丁西林、鲁藜、冀汸等在 20 世纪 50 年代的创作的忽视，虽然能维系十七年文学"单一、苍白"的想象，却与文学史事实大相径庭，而研究者对十七年文学的诗学资源和诗学格局的评判也势必不够准确。这些作家在当时的创作并不全是所谓的"潜在写作"，有不少是公开发表的作品。这些作品或许与作家们

---

[1] 程光炜：《文学史的兴起》，河南大学出版社，2009 年，第 128 页。
[2] 洪子诚：《问题与方法：中国当代文学史研究讲稿》，生活·读书·新知三联书店，2002 年，第 88 页。

在新中国成立前的创作有明显差异,然而,置于当时的社会语境下,它们却拥有独特的意义。例如穆旦在20世纪50年代的主要工作并非诗歌创作,而是撰写了许多关于外国文学的论文,这些论文至今仍具有重要的学术价值。但不能忽略的是,他在十七年时期公开发表了八首诗,其中《葬歌》最值得注意。该诗在50年代发表后还遭到了批评:"这些东西已经足够说明穆旦所贩卖的是何等货色了。"[1] 尽管这些作品并未如王蒙、宗璞、李国文等年轻作家的作品大胆"干预生活"或描绘爱情,然而,穆旦的创作保留了个人话语与经验,这些元素在文本中得到了充分的体现。

以《葬歌》为例,在意象选取和自我意识的表达上,作为一个"跨代作家",穆旦不得不批判"旧我"而又对"旧我"有一定的理解、留恋。这样的公开发表的作品应该构成文学史的一部分。然而,我们现有的文学史总是会强调郭小川在创作了一批颂歌、战歌之余,还写了带有一定彷徨色彩的《望星空》。但实际上,《葬歌》将心灵的挣扎写得如此细腻,其他公开发表的诗歌可以说无出其右。《葬歌》以其细腻的心理描写和复杂的情感张力,展现了诗人在新时代背景下的内心挣扎。诗歌通过对话形式展开,以"你可是永别了,我的朋友?"作为开篇,深刻地揭示了诗人与"过去的自己"之间的矛盾和挣扎。这种自我对话的形式增强了诗歌的内在动力,使得情感的表达更为直接和强烈。在诗歌的第一部分,共十一节的结构中,情感张力主要体现在"新我"试图与"旧我"告别但又难以实现的过程中。这种告别并非简单的物理分离,而是一种深刻的心理和情感上的割舍。在这个过程中,时代中

---

[1] 李树尔:《穆旦的"葬歌"埋葬了什么?》,《诗刊》,1958年第8期。

的积极意象被转化为具有两面性的意象,例如"希望"不断叫喊着"埋葬,埋葬,埋葬",象征着对过去的一种摒弃和对未来的渴望。然而,"回忆"却紧紧拉住诗人的手,尽管抒情主人公明白"回忆"是"希望"的仇敌,但仍然无法轻易割舍。在这种复杂的情感纠葛中,穆旦巧妙地引入了"骄矜"这一概念。"骄矜"在这里不仅是个人特质的一种体现,更是诗人与过去自我联系的一种象征。诗人写道:"她有数不清的女儿,/其中'骄矜'最为美丽;/'骄矜'本是我的眼睛,/我怎能把她舍弃?"这几句深刻揭示了诗人对自我的认知和评价,以及这种认知和评价如何影响他对过去的留恋和对未来的态度。可以说这首诗不仅反映了诗人个人的情感经历,也映射了一批同类型知识分子的精神面貌。如果说《葬歌》是知识分子心灵搏斗的写照,那《问》[1]就是艺术窘境的表达,笔者不再展开论述。

与此同时,对于20世纪50年代以后,文学史料整理工作的重要收获和少数民族文艺的快速发展,我们的学术史也长期缺乏客观而全面的叙述,这种忽略并非科学的唯物史观应有之义。1949年以后,新中国基于社会主义文化建设的需要,很快构建了旨在"解放"受压迫的少数民族兄弟的"国家—民族观"。这样的"国家—民族观"当然离不开被视作"齿轮"的文学的支撑。于是,反映在具体的工作上,除了大力扶持少数民族文学创作外,政府部门还调动力量对少数民族文学文本、相关史料加以整理与研究。在这方面,政府支持的力度应该说是空前的,自然,其意义也非比寻常。

黑格尔曾经提出:"中国人却没有民族史诗,因为他们的观照方

---

[1] 该诗发表于《人民文学》,1957年第7期。

式基本上是散文性的，从有史以来最早的时期就已形成一种以散文形式安排的井井有条的历史实际情况，他们的宗教观点也不适宜于艺术表现，这对史诗的发展也是一个大障碍。"[1] 在相当长一个时期内，面对这一基本论断，因为没有新史料，中国学者也就无法推翻，只能从不同角度对黑格尔的观念进行解释并展开有限的反对。如胡适曾经提出："也许是中国古代民族的文学确是仅有风谣与祀神歌，而没有长篇的故事诗；也许是古代本有故事诗，而因为文字的困难，不曾有记录，故不得流传于后代，所流传的仅有短篇的抒情诗。这二说之中，我却倾向于前一说。《三百篇》中如《大雅》之《生民》，如《商颂》之《玄鸟》，都是很可以作故事诗的题目，然而终于没有故事诗出来。可见古代的中国民族是一种朴实而不富于想象力的民族。"[2]

然而，20世纪50年代以后，《格萨尔王传》《江格尔》等少数民族长篇史诗被重新整理，《刘三姐》等少数民族作品在史料发掘基础上得以重新创作，新华社曾对此都发新闻稿做过报道[3]；《人民文学》这样的"国刊"也对民族文学予以高度关注，为我们留下了一些宝贵史料。[4] 另外，除《天山》《新疆文学》等少数民族文学刊物之外[5]，从中央到地方都有意识地收集和保存了不少有关这方面的史料，例如中央民族文化工

---

[1] [德]黑格尔：《美学》第3卷下册，朱光潜译，商务印书馆，1981年，第170页。
[2] 胡适：《白话文学史》，《胡适全集》第11卷，安徽教育出版社，2003年，第276页。
[3] 例如《少数民族文艺简讯》，《新华社新闻稿》第2165期；《内蒙古的民族文艺工作者》，《新华社新闻稿》第1797期；《新疆各民族文学艺术的新成就》，《新华社新闻稿》第1935期，等等，诸如此类不一而足。
[4] 可参考袁向东：《民族文学的建构——以〈人民文学〉(1949—1966)为例》，暨南大学出版社，2011年。该书对此问题做了比较详细的史料研究。
[5] 《天山》编辑部还编辑出版了《新疆兄弟民族小说选》，上海文艺出版社，1962年。

作指导委员会办公室组织过多次调研，编纂过类似《1958年少数民族文艺调查资料汇编》[1]之类的史料集；云南省文联、中国作家协会昆明分会民族文学工作委员会以辑刊的形式连续出版了十七辑《云南民族文学资料》[2]；等等。1983年初，中国民间文艺研究会湖北分会和湖北省群艺馆收集到了三千多行的民间手抄唱本《黑暗传》，1985年又在神农架新华乡派出所觅得两份《黑暗传》抄本。1986年7月，中国民间研究会湖北分会根据上述搜集的资料，整理编印了《汉族长篇创世纪史诗神农架〈黑暗传〉多种版本汇编》。所有这些，学术史应该基于史料给予实事求是的评价。

**二、文学史观与历史细节的辨识**

有历史学家曾言："吾人鉴于昔日尝受毫无价值之史料所欺也，乃始注意于史料真伪之辨别；而对于假伪之史料亦已抱绝对排斥之决心。"[3]然而对于文学研究而言，不同的文学史观其实也会决定材料的价值。如陈寅恪所言："盖伪材料亦有时与真材料同一可贵！如某种伪材料，若径认为其套所依托之时代及作者之真产物，固不可也。但能考出其作伪时代及作者，即据以说明此时代及作者之思想，则变为一真材料矣。"[4]中国现当代文学史料数量庞杂，而对于不同的学者而言，每则史料的价值不同。在历史发展过程中，有不少史料在古代文学、文

---

[1] 该书1962年由民族文化工作指导委员会办公室出版发行。
[2] 第1辑由云南人民出版社1956年出版，后由中国作家协会昆明分会民间文学工作部独立出版发行，至1963年出版了17辑。
[3] 何炳松：《通史新义》，东方出版社，2012年，第13—14页。
[4] 陈寅恪：《金明馆丛稿二编》，上海古籍出版社，1980年，第248页。

献学的标准下是"伪史料",但如果放在不同的史观下,伪史料可能与真史料一样客观。

即便是一种"伪"材料,只要我们将其置回到产生伪造的语境之中,它也能够成为一种"真"。这便引发了我们的进一步思考:为何在这个时代会有人如此进行伪造?伪造的目的和意图又在何方?这种伪造又能折射出一种怎样的意识形态诉求?譬如丁玲被扣上"一本书主义"的帽子[1],这类的例子还有不少,甚至当时在查不到丁玲所谓的"一本书主义"的情况下,竟出现了如下诛心之论:"据说,前些年批评丁玲的'一本书主义'时,她不服气,申辩自己没说过'一本书主义'这五个字,其实问题不在于是否说过这五个字,而是在于丁玲是否有这种思想。"[2]总之,这一时期文学史料的使用与问题研究,体现出为了迎合某种符合政治要求的历史观,故而出现了诸多"以偏概全、断章取义,甚或有意曲解原意"[3]的情况。

为批判别人而误用和歪曲的史料之真伪相对容易辨识,但在不断变化的政治环境中,许多文人留下的史料自相矛盾处屡见不鲜。我们当然不能谴责这些知识分子在"毁誉交于前,荣辱战于心"[4]的时代中为了顺应政治需要而妥协,但他们在政治催动下放弃实事求是的历史观毕竟造成了许多史料中的抵牾之处。譬如许广平在反右运动中曾著文说:"很可恼的是还不断有别有用心的人借鲁迅的名字来攻击周扬同

---

1 有学者详细考辨过这一问题,证实丁玲的说法并不如批判者所说的那样。参见邢小群:《丁玲与文学研究所的兴衰》,山东画报出版社,2003年,第41—44页。
2 玛拉沁夫:《清除灵魂里的垃圾》,《文艺报》,1957年第22期。
3 洪子诚:《批评的"立场"断想》,贺照田、赵汀阳主编:《学术思想评论》第2辑,辽宁大学出版社,1997年,第86页。
4 孙犁:《谈赵树理》,《孙犁全集》第5卷,人民文学出版社,2004年,第111页。

志。"[1] 但十年之后，她又在另一篇文章中说："周扬等人在反右派斗争中，利用他们在文艺界窃踞的领导地位，掩盖了自己的右派政治面目，打着反对右派分子冯雪峰的幌子，玩弄了一个颠倒历史的大阴谋。"[2] 前后态度变化之大，令人惊讶。这当然不是他们有意要打乱历史叙述，而是背后有难言的隐痛和无奈。就许广平而言，因当时周扬等人拥有对文坛绝对的控制和解释权，所以在反右时，纵然是许广平这类比较受尊重的人也不得不"保护"周扬，"在中国作协的反右派运动中，可以举出很多的事例说明必须站在周扬这一派，否则，就难以过关"[3]。当然，历史观也是分层次的，如翦伯赞所言，"只有掌握了更丰富的史料，才能使中国的历史，在史料的总和中，显出它的大势；在史料的分析中，显出它的细节"[4]。

文学史观的演变影响着不同历史时期人们对于文学的认识和理解。因此，辨析大的文学史观下的历史细节，不仅有助于我们深入理解文学作品的历史内涵，也有助于我们重新审视、反思文学史的发展脉络。如周扬所说："现在有一种倾向，凡是死了的，凡是平了反的，过去都是对的、正确的，这恐怕也不是实事求是……"[5] 在政治优位的历史观下，受难与否代替了历史真实成为新的"标准"，许多蒙冤受屈的文人被成批"平反"，而在特殊年代中没有遭难的作家则面临新的审查，仿佛没被打倒的人一定是有问题的。汪曾祺就是一个例子。众所

---

[1] 许广平：《纠正错误，团结在党的周围》，《人民日报》，1957年8月14日。
[2] 许广平：《不许周扬攻击和污蔑鲁迅》，《红旗》，1966年第12期。
[3] 秦兆阳口述、秦晴记录：《想到了周扬》，《新文学史料》，2013年第1期。
[4] 翦伯赞：《史料与史学》，北京出版社，2005年，第22页。
[5] 晓山：《片段的回忆》，胡平、晓山编：《名人与冤案：中国文坛档案实录》，群众出版社，1998年，第333页。

周知,汪曾祺曾在20世纪60年代到70年代中受到重用,曾参与"样板戏"《沙家浜》剧本的写作及未完成的《山城旭日》的创作。因此,改革开放之后他不得不为此反复检讨一年有余,却始终达不到当时的要求。[1]

到了90年代,在文化消费的驱动下,有一批吸引眼球的文章脱离了"论从史出"的学风,更侧重于个人化的言说,并以或尖锐或油滑的话语方式,刺激着消费时代读者的敏感神经。如王蒙对丁玲的批评即如此:"在党的领导人面前,她深知自己活到老改造到老谦虚到老的重要性必要性;但在中、青年作家面前,她又深深地傲视那些没受过这些考验锻炼的后生小子。她自信比这些后生小子高明十倍苦难十倍深刻十倍伟大十倍至少是五倍。她最最不能正视的残酷事实是,出尽风头也受尽屈辱,茹苦含辛、销声匿迹二十余年后,复出于文坛,而她已不处于舞台中心,已不处于聚光灯的交叉照射之下。……一个有地位的老作家兼领导曾对我说丁具有'一切坏女人'的毛病:表现欲、风头欲、领袖欲、嫉妒……"[2]这样的批评显然过于"印象式",也忽视了丁玲晚年大力提携过不少年轻作家的事实。不过问题并不仅仅在于此。王蒙以这种方式批评丁玲虽然只是个例,但如果将其放到90年代的语境中看,还是具有一定的代表性,这种没有史料依据而骂名人或者损名人的文章往往也容易发表。据王蒙所说,此文就是《读书》杂志约他写的,也是《读书》某几年内乐于发表的;只是当不同意见的稿子也投往《读书》时,杂志社却退稿了——如周良沛就是因此将文章转投另一

---

[1] 陈徒手:《人有病 天知否:一九四九年后中国文坛纪实》,人民文学出版社,2000年,第338—352页。
[2] 王蒙:《我心目中的丁玲》,《读书》,1997年第2期。

杂志以求"讨点民主",该杂志配发了耐人寻味的编者按:"王蒙的文章发表后,我们已接到不少同志的电话,对这一说法表示义愤。但令人不可思议的是,有些人对一些刊物发表的事关原则是非的讨论、批评文章(比如对王蒙某些言论提出批评的文章),总要予以责备,甚至加以莫须有的罪名,而对于这一十足的人身攻击,却至今未听到他们吭一声,个中缘由到底是什么呢?"[1] 这里的原因,除政治意识形态和人际关系外,文化消费和市场化的涌动,使得不少研究者与编辑、读者的历史观发生了变化,他们感兴趣并侧重发掘的是具有商品效益的所谓的名人逸事和趣闻,并以此作为选择史料的文化取向。

总而言之,我们应该站在一个更高的着眼点上看待纷纭复杂、真假并存的历史史料。这就像钱基博所说:"夫纪实者史之所为贵;而成见者史之所大忌也。……是则偏之为害,而史之所以不传信也。"[2] 史料与史观是一个互渗互融、彼此不可分割的孪生体,而史观又与研究者个人的情感认知密切相连。我们认识到这一点并予以准确把握和理性掌控,才能使自己的研究有效避免"浮云遮望眼"的局限,而显得合情合理而又合逻辑。

### 三、现代学术意识下的史料运用

我们强调史料和史观并不意味着,我们的研究方法论完全依循历史文献学或中国古典文献学的路径。中国古典文献学与现当代史料学虽有相互联系,但各自具有独特的研究对象、方法和特点。在各类古

---

[1] 本刊编辑部:《关于发表〈重读丁玲〉及作者来信的按语》,《文艺理论与批评》,1997年第4期。
[2] 钱基博:《现代中国文学史·绪论》,上海书店出版社,2007年,第4页。

典文献学的书中，都有对孔子所谓"文献不足"的历代解释的梳理，笔者不再赘述。本部分将扼要辨析中国现当代文学史料的研究与中国古典文献学的不同。

首先，研究主体不同。在古典文献学研究中，士大夫阶层是其研究主体。他们通常以经学为学术功底，注重对古代文献及其相关文化、历史背景的深入研究。他们的研究旨在"讲清楚别人的话"，对前人的思想、文化、历史进行深入阐述和理解。然而，在现代文学史料学研究中，研究主体已转变为现代学者。他们具备专业化的素养，能够针对文学史、思想史、文化史等领域进行深入探究。与古典文献学的研究主体不同，现代学者更注重创新和发现，其研究内容也更为广泛、深刻。他们的目标不仅仅是"讲清楚别人的话"，更是"讲自己的话"，为学术界贡献新的思想和见解。

其次，学科定位与功能不同。中国古典文献学，虽然不能被轻视为"豆丁之学"，但其"考镜源流"的学术梳理功能无疑是最突出的特点。古典文献学的兴起源于人们对文献保存和传承的渴求。在漫长的历史长河中，大量的文献资料不断积累，这些资料不仅对于历史学研究具有重要意义，同时也是文学研究不可或缺的素材。这一学术领域涵盖了对古代文献的搜集、整理、解读等各个方面，其工作旨在更好地保存这些文献，并让今天的学者能够更好地理解和利用这些宝贵的资料。因此，古典文献学的学科功能主要体现在对古代文献的深入发掘和整理上。在历史学中，文献学更多地关注对古代历史事件的记录和解释，而在文学中，史料学更注重对文化现象、文学思潮、作家作品的整理和解读。相比之下，中国现当代文学史料研究，乃至整个史料学的学术功能则包含了更广泛的内容，除了中国古典文献学的

"考镜源流"功能之外，还包含了本书绪论中所提到的阐释功能。这种阐释功能体现在基于文学史料的文学作品之深度解读、对文学现象的敏锐洞察，以及对文学史料的精细分析上。因此，中国现当代文学史料学的学科功能不仅在于保存和解释史料，更在于通过对这些史料的研究，进一步激活对作家作品、文学史以及相关的文化现象的阐释向度。激活这种阐释向度，不仅有助于我们进一步理解中国现当代文学的发展历程和特点，也能为我们提供理解和评价当代文学现象的新视角。

再次，史料生成的环境和媒介不同。在中国古典文献学中，史料主要来源于青铜、甲骨、纸张等传统书面材料。这些载体上的文献资料经过长时间的历史沉淀，成为研究古代文化、历史和思想的重要依据。然而，由于这些史料形成环境的限制，其存储和传播相对困难，对后世的研究者来说，是一种挑战，也是一种机遇。然而，在中国现当代文学研究中，史料的生成环境和媒介发生了重大变革。随着科技的进步，电子媒介逐渐成为主要的史料来源。例如，电子期刊、书籍、文献数据库等成为现代文学史料的重要载体。这些电子媒介使得史料的存储和传播变得更为便捷，研究者可以在更广阔的范围内获取和分享研究成果，进一步推动了学术研究的发展。而且，在现代文学史料收集时，图片、音像等都颇为重要，特别是当下许多当代作家的网络访谈、直播等。此外，与复建的古人故居一样，现当代作家故居、文学活动场也属于非文字史料，却对于研究作家有着非常重要的作用。

最后，基于上述三点差异，两者在具体的方法论上也有明显的不同。在中国古典文献学中，对史料的研究方法注重具体的技术方法。这些技术包括版本校勘、训诂解读等，旨在解决文献本身的语义和意义问题。在古典文献学中,研究者的目的是探寻文献本身的意义,这对于理解古代的文化、历史和思想具有重要的价值。然而,在中国现当代文学史料研究中,史料不再是一个孤立的元素,研究方法更加强调学术体系的重要性。因此,研究者往往更加注重史料在学术研究中的认知功能、实证作用,以及解决理论无法解决的问题之功能。

尽管中国古典文献学与现当代文学史料学在研究主体、史料生成的环境和媒介以及史料研究方法等方面存在显著区别,但这并不妨碍两者在学术研究中寻找共通之道:这些学科的根本目的都是为了深入探究人类的文化、历史和思想。而且,随着科技的不断进步,古典文献学与现代史料学在研究手段和方法上也开始相互借鉴。例如,现代史料学的电子化、数字化技术为古典文献的存储、保护和传播提供了新的途径;而古典文献学的严谨考证、深度解读等方法也对现代史料研究具有重要的参考价值。

# 第二章 宏大历史与个人话语

当我们回首望去，历史仿若一个庞然大物矗立在我们的后方，其中每一个曾经鲜活的生命在历史巨像中所留下的印记或深或浅。无论我们如何描述文学史，都离不开曾经活生生的作家。或者说，作家的个人话语是文学史知识积累的起点，抽离个体谈整体必然流于空泛之论。在20世纪80年代学科建设中，现当代作家相关研究专辑、资料的编纂，为后来人们全面、系统地研究作家，并由此进入文学史提供了重要门径。然而，随着文学史知识积累的日渐丰厚和叙述话语的不断完善，宏大叙事所建立起来的话语往往无法吸纳带有异质话语的史料，因此，个人话语的异质性也就逐渐被忽视。要激活中国现当代文学研究的解释学循环，我们就要借助文学史料，打捞被遗留在历史现场的碎片，从而纠正和丰富对文学史、文学语境和作家作品的认识。

## 第一节　史料与个人话语类型

　　首先要指出的是，"私人性史料"是与"公共性史料"相对而言的。二者在价值意义上有着不同的维度，不存在孰高孰低的判断。与公共性史料能够承载建构宏大叙事的功能不同，私人性史料往往涉及范围较小，在公开前一般鲜为人知，且具有较强的私密性，它提供的是一种通过对个体的观照而一定程度上"回到"历史的可能。这些文献史料虽然是个人话语的重要载体，却也存在着个人性程度的差距，因此，有必要从个人性的存在方式入手对这些史料进行分类。影响个人性存在方式的既有客观因素，如意识形态环境的影响；也有主观因素，如文人写下这些文字时的心态等，笔者将之分为三类。

### 一、个人话语的真实存在

若按私密性的程度将私人性史料分层设级，那最高的便是部分文人的日记和书信。如鲁迅所言："从作家的日记或尺牍上，往往能得到比看他的作品更其明晰的意见，也就是他自己的简洁的注释。"[1] 不过，他也讽刺过清人装样子写起居注。因此，只能说对一部分作家而言，他们的部分日记和书信可以称得上是个人话语的真实存在且不加掩饰。

首先便是日记。应该说，多数作家记日记是为了记录内心世界和自己的生命过程，内容多是日常生活和私人感受。一些老作家如茅盾、巴金、老舍、沈从文等，往往还带有旧时遗留的文人士风，保持记日记的习惯，这与新中国成立后成长起来的作家大不相同。这些日记往往是个人日常活动和真实想法的呈现，对于后人编年谱、写传记和做作家论也十分有用。如张桂兴在广泛收集老舍的佚信、佚文、旧体诗的基础上编写《老舍年谱》，而随着老舍的日记陆续公开，他不得不对已出版的《老舍年谱》予以重订，补充进许多新的细节，使之更加完整。而从另一个角度来看，在特定的历史环境中，日记中所传达的私人情感往往是当事人在公共场合未曾表达的。如 1968 年陈白尘被

---

1　鲁迅：《孔另境编〈当代文人尺牍钞〉序》，《鲁迅全集》第 6 卷，人民文学出版社，2005 年，第 429 页。

关"牛棚"之时,每次上台检讨他自然不敢表达不满之心,但他在日记中则表示:"依农历,今日是我花甲初度,家中妻儿一定还要稍事庆祝的,而我则苦于赶写材料,几不能支,颇为悲愤!"[1]诸如此类史料还有很多,囿于篇幅,笔者不再重复举例。

相比于日记,私人书信(尤其是家书)表现出的个人性则是另一重面向,它往往表达了通信者内心的某些真实想法。例如沈从文在新中国成立前的日记中表示:"文学必然和宣传而为一,方能具教育多数的意义和效果……把我过去对于文学观点完全摧毁了。"[2]但他扭转自己的思想却经历了漫长的过程,直到1951年10月25日他在给张兆和的家书中说:"希望从这个历史大变中学习靠拢人民,从工作上,得到一种新的勇气,来谨谨慎慎老老实实为国家做几年事情,再学习,再用笔,写一两本新的时代新的人民作品,补一补二十年来关在书房中胡写之失。"[3]沈从文在新中国成立前后,精神上曾有过疑虑。然而,自1950年起,他实际上也在努力"融入"这一体制并"改造"自己,从而延续他的写作生涯。沈从文在家书中表达了他内心的这种转变,这更能说明他的精神蜕变是真挚的。胡风的家书也是如此。关于《时间开始了》相关章节的发表,他给妻子梅志的信详尽程度超过了给好友路翎的信,这也展现了家书在史料中的独特价值,因为写信人无需言语上的拘谨。我们不妨比对两封书信,胡风对路翎说:"第三篇抄改完,约一千八百行。不知如何发表它。第二,《文艺报》退回来了,说是应

---

[1] 陈白尘:《缄口日记》,大象出版社,2005年,第52页。
[2] 沈从文:《沈从文全集》第19卷,北岳文艺出版社,2002年,第25页。
[3] 同上,第121页。

给《人民文学》云。意思很明显,逼我向《人民文学》低头。"[1] 当然,这些表述已经是个人性话语真实的流露,只是他给妻子的信显然更详细:"我要拿出我能拿出的真诚,把爱烧成冲天的火光,打动这时代底麻木的心灵。我相信,这是无数真诚的读者们心里潜在的东西。不知道怎样发表它。《光荣赞》,果然,《文艺报》不肯发表,说应由《人民文学》发表,丁玲大小姐写来一封扭扭捏捏的信。很明显,他们经过了讨论,想逼我和茅盾合作,好可笑。昨天寄《天津日报》,再不成,就给《光明日报》,那对当局文坛并不是光彩的事。"[2] 这封家书的措辞和叙述显然避讳更少,更能直言其事,流露出自信、反感和无奈并存的心理状态。

友人之间的通信虽不比家书,但有一些至交好友在来往书信中的个人话语也都是真实的存在,并不加情感上的掩饰,如胡风与路翎就是这样。在这些挚友之间的书信里,读者间或可见后人难以知晓的历史细节或通信者内心想法的袒露。施蛰存在致古剑的信中写到 1987 年上海文坛的一些情况:"有四位老作家,向市委控诉上海作协党组,负责人是×××,据说凡有出国机会,总是轮不到老作家,×的女儿写了小说,便在作协内组稿吹捧,等等十余项。作协作了检讨,×声称要辞职。四位老作家是:吴强、柯灵、于伶,另一人未详。"[3] 这类书信的意义在于提供了更为丰富的历史细节,当后人重新进入 20 世纪 80 年代语境时可以看到,老一辈作家和年轻作家看似共享着文学的荣耀,实际上也潜藏着一代新人换旧人的矛盾。

---

1 胡风:《致路翎书信全编》,大象出版社,2004 年,第 77 页。
2 晓风选编:《胡风家书》,复旦大学出版社,2007 年,第 145 页。
3 施蛰存:《施蛰存海外书简》,大象出版社,2008 年,第 147 页。

## 二、个人话语的有限度存在

有一些私人史料本就为了出版而写作，或是原已写好的日记、回忆录遇到出版的机会便加以修改再出版，这些史料公之于众时，较之原来的个人性话语真实程度略低。以日记为例，"赵元任先生曾说过，日记有两种，一种是为自己记的，另一种是给别人看的。他认为他的日记是第一类，胡适的日记则是第二类"[1]。众所周知，胡适的日记在创作过程中已考虑到发表的可能性。尽管在中国当代文学领域此类现象并不多见，但的确存在。需要指出的是，改革开放后，登上文坛的部分作家的日记在短时间内便得以发表，或被视为散文作品，如陈忠实、贾平凹、迟子建等，但这类日记中的个人话语是有限度的，难以完全流露个人真实的情感。

以迟子建的日记为例，她的日记发表在记日记的第二年，但多是如下内容："黄昏的时候楼下的居民区传来一片哭声，我站在窗前向下一望，见是有人家死了人，楼洞口吊着灵幡。妈妈听见那哭声，神色显得有些默然……"[2]这种叙事在陈染的日记中也比较普遍[3]，而刘心武更是明确地表示在日记[4]出版前重新润色、删修。对于这些作家而言，日记的功能发生了很大变化，更多的是用散文的笔法流水账般记录生活。他们在写日记时就准备公开，因而面对的就不只是自己，还有许多"潜在"的读者，要考虑到除了私人性以外的很多因素，如此来看

---

1 王元化：《九十年代日记》，浙江人民出版社，2001年，第529页。
2 迟子建：《作家日记》，《作家》，2002年第3期。
3 陈染：《一位女作家日记》，《作家》，1994年第2期。
4 刘心武：《名人日记·人生非梦总难醒》，上海人民出版社，1995年。

反而更像自叙传式的文学作品,即便是若干年后,其史料价值始终有限。当然,这并不意味着这些日记毫无价值。作家记了什么毕竟是有选择的,也一定程度上能反映出作家内心所求,如迟子建的日记中记载了别人对她的评价:"迟子建再写上几十篇《亲亲土豆》这样的作品,不拿诺贝尔奖才怪呢。"[1] 而王元化自己也坦言,出版前他对日记做了不少修改,不能不说的是,这种修改一定程度上损害了日记作为个人话语真实记录的功能,但毕竟他的日记还是颇像日记的,因而并非没有史料价值,例如他在日记中写道:"《读书》近期刊载颂胡乔木文,谓其关心知识分子,举吕荧事为例。但据我所知,此乃将陆定一讹传为胡。"[2] 诸如此类的重要细节对学术研究也是有助益的。

相比于日记,为了发表而写作的非虚构文字也屡见不鲜,如回忆录、回忆文章、自传等。按照程光炜的理解,这些回忆录和传记"可能更在乎历史的芜杂、丰富和细节,更带有作者本人那种价值上的'倾向性'或者某种'辩护'色彩"[3],有其保留价值。改革开放之后,许多作家纷纷出版了回忆性作品,如巴金的《随想录》、杨绛的《干校六记》、夏衍的《懒寻旧梦录》、陈白尘的《云梦断忆》、萧乾的《未带地图的旅人》等;还有一些稍年轻的作家的作品,如老鬼的《我的母亲杨沫》、从维熙的《走向混沌》、梁晓声的《一个红卫兵的自白》等。但是不同作家对待历史的心态并不一样,这也就决定了他们在叙述时个人情感对于文字表述的影响,甚至在叙述时掺杂着个人的情感倾向。如

---

[1] 迟子建:《我伴我走》,中国青年出版社,2002年,第38页。
[2] 王元化:《九十年代日记》,浙江人民出版社,2001年,第209页。
[3] 程光炜:《文学史与八十年代"主流文学"》,《清华大学学报》(哲学社会科学版),2007年第3期。

巴金说："我一闭上眼睛，那些残酷的人和荒唐的事又出现在面前。我有这样一种感觉：倘使我们不下定决心，十年的悲剧又会重演。"[1] 但是同样被关"牛棚"的陈白尘面对历史的感受恰好相反："三年多的干校生活，可歌可泣、可恼可恨的事自然很多，但回忆总是蒙上彩色玻璃似的，因而也是如云如梦，总觉美丽的。因此，即使可恼的事吧，也希望从中找出些可喜的东西来。但不知这枝稍显油滑的笔可听使唤不？"[2] 两人迥异的态度显示出许多作家在自传或回忆录写作时，往往是选择性地回忆和陈述过去的事实。不得不说的是，有些作家在这些史料中也确实存在为自己辩护的痕迹，因此他们"希望通过原原本本地向人们表明他的精神性生存究竟是什么样子……为他这种精神性生存辩护"[3]。例如，几乎成了胡风集团"叛徒"代名词的舒芜，在自传中说："一涉及具体文坛，他（胡风）总是看得太差，可是我所知道的点滴情况，似乎又不完全像他讲的那样。怀疑也就慢慢地在我心里产生了。跟他坦白地一说，他火得很，结果引起很大的不满意。"[4] 由此可见，他意在解释自己当年对胡风的倒戈一击，并非完全是出于政治考虑。其他作家的一些回忆文字，虽说也是个人亲身遭遇，但考虑到当时并无录音设备，能大段复述几十年前的谈话，恐怕也不免带有文学虚构的成分在内。即使茅盾曾表示"动手写回忆录（我平生经过的事，多方面而又复杂），感到如果不是浮光掠影而是具体且正确，必须查阅

---

1 巴金：《随想录》，生活·读书·新知三联书店，1987年，第323页。
2 陈白尘：《云梦断忆》，生活·读书·新知三联书店，1984年，第15页。
3 [德] 威廉·狄尔泰：《历史中的意义》，艾彦译，译林出版社，2014年，第28页。
4 舒芜口述、许福芦撰写：《舒芜口述自传》，中国社会科学出版社，2002年，第219页。

大量旧报刊，以资确定事件发生时的年月日，参加其事的人的姓名"[1]，其回忆录也依然没能做到完全准确，沈卫威等学者还是"为《我走过的道路》考证清楚了100多处错讹"[2]。因此，这类史料只是有限度地保留了个人话语，其中的某个史料能否推翻或支持一个历史结论，尚待继续考证。

还有一些书信往往是关于工作联系、文化学术交流的。当然，有些书信中虽然私密性不甚明显，但是对于他人而言，则都是少为人知的往事，因而也十分可贵。尤其是随着改革开放，不少作家与海外汉学家的通信也渐次频繁。随着施蛰存书信的公开，我们可以看到，在20世纪80年代海外汉学史料不足的情况下，李欧梵对中国境内史料、资料的依赖程度颇高，因而若要谈论他的《上海摩登》对中国学术界的影响，实际上应该从他在施蛰存的帮助下获得了大量的资料，解开了许多疑问开始说起。1985年施蛰存给李欧梵的两封信中写道："北京人民文学出版社新出一本《新感觉派小说选》，收了我八篇小说，及穆时英小说十篇，有严家炎长序，此书足下或者可供参考。"（3月12日信）他还慷慨地帮助李欧梵的学术研究收集资料："我为足下向南京师范大学索取《参考资料》，承他们慨许赠送83、84、85年全份。"[3]（10月2日信）他也经常向李欧梵介绍中国学术界的最新成果、学术新人，让李欧梵参考，并就许多学术问题致信给李欧梵进行详细解释。如1993年，施蛰存在信中给李欧梵较为详细地回答了"前卫""颓废派"与中国现代文学的关系，《文学》杂志、中国现代派诗以及现代文学中

---

1 茅盾致周而复信，《茅盾全集》第38卷，人民文学出版社，1997年，第277页。
2 参见余连祥：《逃墨馆主茅盾传》，浙江人民出版社，2006年，第293页。
3 施蛰存：《施蛰存海外书简》，大象出版社，2008年，第3、4页。

"小品文"的热潮与西方现代派文学无关等问题[1]。同样,夏志清1984年致信师陀说自己的著作在中国受批评,师陀即去信说:"《文艺报》对你的批评我看到了,《人民日报》的批评却没有看到,因为我没有订这份报纸。就是《文艺报》也是住院期间,从病友施蛰存处借来,匆匆看了一遍。根据残留的印象,他们还算得上对你客气的"[2],但事实上袁良骏等人在《文艺报》上发表的批判文章直言夏志清政治立场错误,措辞颇为严厉。

当然,还有一种较为特殊的情况,即作家在报纸、杂志或作为他人著作的代序上发表自己的书信,这类书信往往在写作时即考虑发表,不能说其中没有个人性话语,但是毕竟不完全是私人通信。可以说自钱玄同上演"双簧戏"以来,中国现当代文学中公开发表的许多作家书简都带有将某一观念、想法公开化的话语动机在其中。改革开放之后,作家们的通信所写内容往往都是出自个人意愿,也一定程度上保留了个人话语。最为典型的例子是,当《现代小说技巧初探》出版以后,先是王蒙致信高行健[3]的信被公之于众,之后刘心武、李陀、冯骥才等人讨论此问题的来往书信也随即公开,刘心武更是在信中对冯骥才说"盼你复信驳我",旋即引起当时重要的关于"现代化"和"现代派"问题的讨论,而且这些通信现在也广为研究者引用,只不过其中的个人性话语较弱,更多的是理论辨析。

---

1 施蛰存:《施蛰存海外书简》,大象出版社,2008年,第8—11页。
2 师陀:《师陀全集8》,河南大学出版社,2004年,第95页。
3 参见王蒙:《王蒙致高行健》,《小说界》,1982年第2期;《李陀给刘心武的信》,《上海文学》,1982年第8期;《刘心武给冯骥才的信》,《上海文学》,1982年第8期。

### 三、个人话语的另类存在

首先要说明的是，这里的"另类"并非贬义，而是指其个人话语的存在方式和表现形态较特殊。个人话语的史料中还应包括作家个人化的检讨，连同传记中的他传似归在此处更为合适，而之所以称之为"另类"主要有两个方面的考虑。

一方面，在当代特殊的文化背景中，检讨作为一种特殊的文化现象，从延安文学过渡而来，但不似从前是因为自己或自己的作品被批判而检讨。另一方面，检讨不是写给自己的，虽然内中是自己的个体话语，却又是要给"组织"或"人民"审查的，作家要考虑的是检讨以后的效果和给自己带来的影响，因而其中个人话语的存在方式就显得比较另类。因此，邵燕祥有言："这一堆当代的活化石，记录着特定历史时期人的生存状态和心理状态，怎样想、怎样说、怎样做的思维方式、语言方式和行为方式。"[1]

新中国成立之初，中共中央发布了《中国共产党中央委员会关于在报纸刊物上展开批评和自我批评的决定》[2]。文艺界很多作家将"自我批评"上升为"检讨"，而检讨能否过关也一定程度上意味着作家能否从"现代"顺利过渡到"当代"。因而在这一轮的检讨中，许多作家态度诚恳但也不乏个人化的自我保护色彩。如果在自己的检讨中话说得太重，那无异于是将自己推到"反动作家"的行列，而如果隔靴搔痒势必又不能通过。我们可以看到这些老作家们高超的话语修辞技巧，以

---

[1] 邵燕祥：《人生败笔——一个灭顶者的挣扎实录·序言》，河南人民出版社，1997年，第2—3页。
[2] 参见《人民日报》，1950年4月22日。

及隐藏在文字背后的些许私心。例如曹禺在文中用设问的口吻"检讨"说："我曾经用心检查过自己的思想吗？发现个人的思想对群众有害的时候，我是否立刻决心改正，毫不徇私，在群众面前承认错误，诚诚恳恳做一个真为人民利益写作的作家呢？不，我没有这样做。"[1]这种设问本身带有一定的自我保护色彩。他并不是直接承认自己的不足，而是用问句的形式来引导读者思考，从而在某种程度上减轻了自己直接承认错误的压力。同时，他通过否定回答来间接地表明自己过去并未做到真正为人民利益而写作，这既是对自己过去的一种批评，也避免了直接面对可能的指责和批评。两年后"自我改造"中的他进一步表示："我明白我的精神领域里原来并不止于贫乏，那是一个好听的名词，一个旧知识分子在躲闪无路时找到的一个遮丑的遁词。实际上，在我的思想意识里，并非如以往自命的那样进步，那样一心追求着真理和光明。我的仓库里有大堆不见阳光的破铜烂铁，一堆发了霉味的朽木。"[2]这样不轻不重的自我批判和语言艺术使曹禺渡过了这一关。

在当时的语境下，老舍也在检讨中避重就轻地检讨："我没反对过革命，可是我的没有原则的幽默，就无可原谅地发扬了敷衍苟安，混过一天是一天的'精神'，这多么危险！"[3]实际上，老舍在文中说自己"不管立场，凡事都付之一笑"，看似在检讨，实则将自己在《猫城记》中"哄""大家夫斯基"等话语中的政治讽刺撇开不论。

新中国成立之初规模较大的"自我批评"和检讨，在实质上明确了

---

1　曹禺：《我对今后创作的初步认识》，《文艺报》，1950 年第 3 卷第 1 期。
2　曹禺：《永远向前——一个在改造中的文艺工作者的话》，《人民日报》，1952 年 5 月 24 日。
3　老舍：《认真检查自己的思想》，《文艺报》，1951 年第 5 卷第 4 期。

新中国文学接纳与排斥的对象,因此,这些自我批评及其内在话语显得尤为重要。更为常态化的自我批评则体现为一次次运动中受到批判的个体对自身的反思,以及作家对受批判作品的自我检讨。从《武训传》《我们夫妇之间》《战斗到明天》等作品受批评伊始,孙瑜、萧也牧、白刃等人的自我检讨拉开了检讨的"长河",甚至作为文化部部长的茅盾也因为自己给小说《战斗到明天》作序而检讨[1]。不能不说的是,在当时的语境下,其实有相当一部分人的检讨十分认真,如郭小川在检讨中说自己在反丁、陈斗争的末期既担心又不安,这与他1957年日记中对于丁、陈集团一次次开会审查时他记录下的自己的复杂心态是一致的,而且作为一个战士加诗人,他并没有在检讨中为求自保而污蔑其他人,或无限地上纲上线,反而经常出现"我在日记中记着""我的日记上只记有""我的日记有如下记载"的字样,这样做既可以不说昧良心的话攀扯别人,也尽量让自己过关,因此在当时已经是最大限度地保留自我检讨的真实性。

还有如胡风等一些人的检讨,之所以一直不能被当时的主流意识形态所接受,其实和他在书信中对于自己写检讨的认识是一致的。他深知:"这不能满足他们,因为这一定不像'自我检讨'。"[2]而且他还在给绿原的信中说:"为了坚持,宁受最大的侮辱,甚至人神共弃,但不能亲自歪曲什么。"[3]虽然胡风在所谓"三十万言书"中对周扬、林默涵等人极其不满,但他一直将自己视为与党和毛泽东观念一致的共产党员,并且在1955年给儿子的家书中说:"就我自己说,更要抱着完全

---

1 茅盾:《茅盾关于为〈战斗到明天〉一书作序的检讨》,《人民日报》,1952年3月13日。
2 胡风:《胡风全集》第9卷,湖北人民出版社,1999年,第590页。
3 同上,第379页。

忠实于真理、忠实于党的决心，是错的一定要检讨，自己认为不错的就一定交由历史，交给党去解决。"[1] 这些史料显示出胡风的检讨是多么不情愿。即便如此，在十七年的文艺治理机制中，胡风最终在检讨中不得不承认他"以自己的小资产阶级立场来顽强地反对以至攻击工人阶级立场的极其严重的状态"[2]。改革开放后，一些作家的检讨用的也是春秋笔法，即用巧妙的话语策略表达自己的个人话语。如在20世纪80年代初，张笑天因为《离离原上草》而受到批判，他在检讨中说"有青年同志跑来告诉我，他说从《离离原上草》的主人公杜玉凤身上学会了做人，受到了善良人性的陶冶"[3]，而他正是在这个基础上做的检讨，意在说明自己的小说明明是感人的，但是不得不检讨。由此可见，检讨、检查等虽然是作家靠近或融入公共话语的文字，但依然保留着个人话语的痕迹，而且这种痕迹与公共话语之间的龃龉更值得我们关注。

除此之外，传记也是可贵的私人性史料，如韦勒克指出："传记也为解决文学史上其他问题积累资料……有关该诗人或作家在文学传统中的地位，他所受的外界影响，以及他所汲取的生活素材等问题。"[4] 但之所以将传记中的他传归入此类，是因为其中的个人话语是借传记作者而转述的，其存在方式并非直接的表达。在传记写作中，如果说传记作者与传记主人关系密切或有过交流，则可能占有一些曾经不为人知的私人资料。这些资料本来也是极具私人性的，但是毕竟是经过他

---

1 晓风选编：《胡风家书》，复旦大学出版社，2007年，第462页。
2 胡风：《我的自我批判》，《胡风全集》第6卷，湖北人民出版社，1999年，第481页。
3 张笑天：《永远不忘社会主义作家的职责——关于〈离离原上草〉的自我批评》，《文艺报》，1984年第2期。
4 [美] 勒内·韦勒克、[美] 奥斯汀·沃伦：《文学理论》，刘象愚等译，生活·读书·新知三联书店，1984年，第80页。

人之口转述，故而其个人话语只能是以一种另类的方式存在。例如，胡风的妻子梅志在写《胡风传》时所用的许多史料就是其他人所不能见到的，而且都是真史料，但显然是经过她精心筛选的，胡风在这些史料的映衬下成为一个受难英雄，而胡风对周扬等的敌视、嘲讽的史料则被拒之书外。还有一些作者与传记主人的交往被写入传记中，也是可贵的私人性史料，如20世纪80年代夏衍在杭州大学的演讲讲到"我们这一代人，在学术素质、知识积累，比我们上一代人，如鲁迅、郭沫若、茅盾等相比就差了一大截"[1]。其中还涉及历史上许多敏感的问题，当这篇演讲要发表而《杭州大学学报》编辑表示要修改时，《夏衍传》作者之一陈坚征求夏衍的意见，夏衍最初表示"打算改一下，结果还是重新改写，否则随意乱讲，就会有不良后果"，但后来因为一些敏感问题一直修改未果，他则直接致信《杭州大学学报》编辑说"如认为仍有不妥，则可加注'文则（责）自负'字样，或退回，不打算再改了"[2]，相比于现收入《夏衍全集》的两封书信，《夏衍传》对此的记载就更为丰富。

笔者对私人性史料进行了大致归类，如此划分仅旨在概括性地表明私人性史料在个人话语表达方面存在差异，并无涉及其价值判断。实际上，这些史料在文学研究中各具作用。总体而言，它们往往从一个细节、一个侧面或一个问题上反映出当事人过去不为人知的文学活动或精神探索，理应被视为当代文学史料中不可或缺的部分。

---

1 陈坚、陈抗：《夏衍传》，北京十月文艺出版社，1998年，第602页。
2 两封原信见《夏衍全集·书信日记》，浙江文艺出版社，2005年，第74、201页。

## 第二节　如何从个人抵达历史

中国现当代文学领域的日记、书信、传记等研究越来越多，尽管这些研究多为填补遗漏的工作，但对于全面还原文学史的本来面貌，深入理解作家及作品均发挥了积极作用。有不少学者致力于阐释政治话语对作家的约束，还有不少学者针对沈从文、胡风等人的日记选取部分内容以揭示当时意识形态和文艺治理机制的问题[1]。我们文学史研究的知识谱系基本立足于宏观角度，这样的"大历史"渗透在年谱之中，成为作家文学行为的外部整体性、制约性的力量，这是宏观层面的历史话语。但年谱因为具体到日，因此，仅仅从宏观视角看视年谱，便只会注意到个人与时代风云同频共振之时或扞格之处，实际上是停留在具有通约性的、公共性的叙事层面，而有可能遮蔽了个体生命更为丰富的信息，也即微观层面的历史话语。事实上，"历史书写本身有多少种不同的话语，就有多少历史经验"[2]。当我们试图借助私人性史料回到历史现场时，微观的历史话语就不再是微不足道的个人史，其所包含的个人记忆在某些条件下也可以转化为集体记忆，就如哈布瓦赫所指出的："不存在只能在个体及以内加以保存的记忆，一旦一个回忆再现了一个集体知觉，它本身就只可能是集体性的了。"[3]借助这样的

---

1　商昌宝出版的《作家检讨与文学转型》（新星出版社，2011年）在私人性史料的运用中受既有价值观念制约尤为典型。
2　［美］海登·怀特：《后现代历史叙事学》，陈永国、张万娟译，中国社会科学出版社，2003年，第292页。
3　［法］莫里斯·哈布瓦赫：《论集体记忆》，毕然、郭金华译，上海人民出版社，2002年，第284页。

记忆转换机制,我们看待具体的史料时就会形成富有层次性的认识。

## 一、进入作家精神主体的门径

私人性史料作为作家私人生活和情感的记录、回叙,往往是研究者做到"知人论世"的重要材料。自 20 世纪 50 年代末以来,许多心理学家和历史学家开始注意到,有些历史现象无法通过更为深入的心理学方法得到全面理解。在这一背景下,心理史学(Psycho-history)应运而生,其中心理学家艾理克逊的影响尤为显著。他的研究涉及马丁·路德和甘地等历史人物,其中《青年路德》一书引起了广泛的争议。正是基于这些研究,艾理克逊提出了"生命史"的概念[1]。这一概念强调了生命个体的心理发展对历史进程产生的可能影响。通过对历史人物的研究,艾理克逊发现一个人在成长过程中,其遭遇的心理挑战与他们在历史进程中的表现密切相关。这一理论为我们理解历史事件提供了新的视角,使我们能够更深入地探讨个体与历史之间的联系。

由于中国知识分子身上传统与现代复杂观念的交织,以及当代特殊的政治文化语境,所以许多作家在不少场合因为有所顾虑而在言语中有所保留,或者不得不违心地说一些话、做一些事。但在私人性史料中,我们往往能看到作家的另一面,借此也能管窥到作家们复杂的精神世界。例如,作为一个在民国博得盛名的作家,沈从文在新中国成立后无法与时代话语对接创作,他心里清楚,"要我重新写作,明白是对我的一种极大鼓励",但"曾试写了个《炊事员》,也无法完成"[2]。

---

[1] 参见余英时:《朱熹的历史世界(下)》,生活·读书·新知三联书店,2004 年,第 70 页。
[2] 向成国编:《沈从文自述》,河南人民出版社,2006 年,第 152 页。

其心态之苦闷可想而知。他下乡时给张兆和的信中说："我每晚除看《三里湾》也看看《湘行散记》，觉得《湘行散记》作者究竟还是一个会写文章的作者。这么一只好手笔，听他隐姓埋名，真不是个办法。但是用什么办法就会让他再来舞动手中一支笔？简直是一种迷，不大好猜。可惜可惜！"[1] 可见他对于自己将才华埋没去搞文物服饰研究并非没有想法，他心里自认水平至少不比赵树理差，但是自己却没办法写出与当时主流相符合的文学作品。

与沈从文作为"桃色文艺"的代表进入当代不同的是，在十七年时期，延安来的"方向作家"赵树理并没有大红大紫，反而在一次次检讨中越来越心灰意冷。作为《说说唱唱》杂志主编的赵树理因发表了小说《金锁》而不得不做检讨，第一篇检讨发表后，面对批评之声，还存有"主人心态"的他在检讨时辩护的色彩非常明显："读者意见中，有一条说这篇作品中的主角金锁是不真实的，是对劳动人民的侮辱。我以为这是不对的。"[2] 这种口气起码是平等的讨论，而不像是"检讨"，但赵的辩护招致更严重的批评，于是他不得不在检讨中承认："大家是对的，我是错的。"[3] 紧接着，他又在1952年第1期《文艺报》上伴随着文艺界思想整顿的开展发表了《我与〈说说唱唱〉》，在文中他对自己的编辑工作做了详细的检讨。同时，赵树理《文艺报》编委的身份也被取消，与其在《说说唱唱》由主编被降职为副主编相比，失去了《文艺报》编委的地位也就意味着他与体制的龃龉已然十分明显，因而在检讨中他只得无奈地说自己"不懂今日文艺思想一定该由

---

1 沈从文：《沈从文全集》第20卷，北岳文艺出版社，2002年，第111页。
2 赵树理：《金锁发表前后》，《文艺报》，1950年第2卷第5期。
3 赵树理：《对金锁问题的再检讨》，《文艺报》，1950年第2卷第8期。

无产阶级领导"[1]。

改革开放之后,许多经历过"干校"改造的作家,在晚年纷纷写下非虚构叙事作品。我们从中可以看出,那些当年虔诚地"改造"自我的人回头再看人生路时,往往都带有一种历史的沉重感。如邵燕祥在回忆录中写给自己孩子的几句话:"你们没有写过连篇累牍的自我检查,甚至看都没看过,你们不理解一个幼稚而真诚的革命者渴求改造、渴求修养的完善而表现出的狂热的自我批评,我会从任何泛泛的反右派、批判资产阶级思想意识的报刊文章中,画线,摘录,逐条地对照自己,寻找自己灵魂深处有哪些类似的哪怕是隐藏的表现。"[2]诚然,他的话也代表了一个时代的作家的心路历程。

需要指出的是,这些带有强烈个人话语的史料,蕴含着宏大历史和个人生命碰撞中激发的许多生命体悟和情感。正因如此,在面对同一片历史天空时,他们留下了生命不同的反应方式,留下了对历史的多重回响。例如,陈白尘等作协的人被批判之后,陈白尘在日记中记道:"最后是群众喝令全体黑帮登台'示众',于是二十余人鱼贯而上,自报家门。刘白羽自称'黑帮大将',于是严文井等都是'干将'之流了,我自然也未能免俗。但张僖迟疑之后,却自称'黑帮爪牙';陈翔鹤是川腔十足,抑扬顿挫,令人忍俊不禁;白薇老太太身躯臃肿,满台乱转;臧克家衣衫瘦小,耸肩驼背,都可笑亦复可怜。"[3]这段话出自陈白尘的日记,事件不可谓不真实,而惯于使用反讽手段的陈白尘在

---

[1] 赵树理:《我与〈说说唱唱〉》,《赵树理文集》第4卷,中国工人出版社,2000年,第1663页。
[2] 邵燕祥:《沉船》,上海远东出版社,1996年,第28—29页。
[3] 陈白尘:《缄口日记》,大象出版社,2005年,第6—7页。

日记中虽然记录得看似轻松，但其实当时这些老作家们精神上所受的打击和创伤不可谓不深。不过并非上述所有作家都因为受到批斗而在新时期完全转变，晚年的刘白羽虽然在信中给巴金说："在东京和您畅谈，我讲到我走了一条错误的路，就是过去几十年间，我花了很多精力做行政工作，而没能专心致志地写作，这是发自内心的话，也是今后行动的决心。过去一年，我写了一部廿四万字的长篇报告文学《大海》，现在酝酿一部长篇小说。"[1] 但是在清除资产阶级精神污染时，刘白羽、丁玲这些受过极"左"路线之苦的作家却旗帜鲜明地在《红旗》杂志著文支持运动，可见其精神世界之复杂远不是一句"左""右"所能概括。1994 年，巴金致萧乾的信中不无感慨地说："我最初写小说是为了理解人，结局全集写《最后的话》，则是要求人们理解我。"[2] 正是有了这些私人性史料，我们才有可能进入作家的精神世界，对之复杂的精神世界有所理解。

　　不同时代的作家由于文化心理结构、生活习惯不同，在私人性史料中的表达方式也不同。通过这些史料，我们还应看到的是"五四"一代的老作家和自由主义作家往往在私人性史料中更多地表达个人话语，其语言和习惯都有着传统文人士大夫的印记，故其精神世界较易在这些史料中体现；而左翼作家和在十七年成长起来的作家相对更容易在私人性史料中以大"我"替代小"我"，这也是时代环境决定的；反观改革开放之后，大量发表非虚构性文字的作家（如陈染、史铁生、迟子建等），其书信和日记多如前文所言是为了发表而发表。如果说在老

---

[1] 上海巴金文学研究会整理：《写给巴金》，大象出版社，2008 年，第 175 页。
[2] 巴金：《佚简新编》，李存光整理，大象出版社，2003 年，第 202 页。

作家的私人性史料中还能看出作家们的精神轨迹（无论是痛苦还是激昂），那么在当下作家公开的私人性史料中却很难见到他们的精神思索，多为一些日常交流而较难见到更为私人化的话语，如鲍昌在信中谈自己的小说创作所说："第二部起，史实部分递增，缘由于史料之广博，亦属情理中事。……君谓第二部'有点平均使力'，实乃拘囿史实之故。今后，我当对此悉心注意。"[1] 这恐怕也和不同代际的作家、不同的时代环境密切相关。

## 二、对文学文本研究的辅助

文献史料的收集整理一方面是为文学史研究能"论从史出"服务，另一方面如果文学研究中没了文本的维度，那么文献史料研究与"历史学"之间的界限也就不复存在。因此，私人性文献史料对于文学文本研究，包括了解一些文学文本产生的背景，也具有一定意义上的辅助作用。

例如，因为其政治问题，尤其是江青的问题，如今的文学史对"样板戏"的评价颇低，反复被引用以支撑"样板戏"是"反现代、非人化、贫瘠化"[2] 的重要史料依据就是巴金《随想录》中的说法："用一片一片金叶贴起来的大神是多么虚假"[3]。但事实上，当我们翻开巴金日记时就会发现，在还没有受到迫害时，巴金对于已经成型而还未被"册封"的"样板戏"颇为喜爱，1964 年 12 月 30 日的日记中，他表示"看

---

1　鲍昌：《鲍昌致吴秀明》，《当代作家评论》，1985 年第 6 期。
2　董健、丁帆、王彬彬主编：《中国当代文学史新稿·绪论》（第 2 版），北京师范大学出版社，2011 年，第 3 页。
3　巴金：《随想录》，生活·读书·新知三联书店，1987 年，第 811 页。

马连良、裘盛荣、李世济主演的《杜鹃山》，相当满意"。[1]并且从其日记中可以看出，1965年4月他看了三次《红灯记》，5月他看了三次《沙家浜》。因而，可以说巴金日后对"样板戏"大相径庭的价值判断不可避免地带有经历了许多政治遭遇之后的情感投射，而戏剧专家陈白尘在日记中也说"样板戏""仅在突破京剧旧框框而表现现代生活这一点上已经是创举了"[2]。可见，"审美历史语境"（孙绍振语）对于文学文本研究评价的影响是十分明显的，从这个意义上讲，私人性史料在反映这一语境中的作用也显得十分重要。

作家们的私人性史料对理解文本更为有意义的地方在于，他们本身都善于文学创作，因此在日记、书信中也时而对他人的创作发表评论，其看法虽不及批评家系统，但也反映出一些作品在当时的接受情况，有些看法丝毫不逊于批评家。例如，1956年沈从文给张兆和的信中说："学生据说都争着看《春》、《秋》、《家》，排队领书。至于《三里湾》一类书，却不多。《铁水奔流》也不看，看后印象薄弱。"[3]从这一段话中，我们不仅能够看到赵树理作为一个"为农民"写作的作家在十七年时期的作品并不受学生欢迎，更重要的是也能看到沈从文在那个年代的矛盾心态。据他回忆，"得书店通知，全部作品并纸版皆毁去。时《福尔摩斯侦探案》《封神演义》《啼笑因缘》还大量印行"[4]。可见在当时，沈从文的作品被主流文坛排斥的程度比之那些通俗文学作品尤甚。

对于当时的一些热销小说，曾经知名的纯文学作家也有自己的看

---

[1] 巴金：《巴金日记》，大象出版社，2004年，第255页。
[2] 陈白尘：《缄口日记》，大象出版社，2005年，第116页。
[3] 沈从文：《沈从文全集》第20卷，北岳文艺出版社，2002年，第109页。
[4] 向成国编：《沈从文自述》，河南人民出版社，2006年，第159页。

法。沈从文就在 1961 年 1 月下旬曾写信给张兆和说:"我听到许多人说现代人小说都只欢喜《林海雪原》,原来欢喜的是惊险,是把看《七侠五义》的习惯情感转到新的作品而觉得动人的。"[1] 无独有偶,在沙汀日记中,李劼人"很称赞《红岩》,对于《青春之歌》,也认为不错,唯独对《林海雪原》不满,认为是公案小说,只是追求离奇的情节"[2]。而他自己则表示:"我认为《创业史》深厚,但一般人之所以感觉沉闷,由于议论较多;而它的议论,是用抒情笔调对于人物行为的阐发。"[3] 如果说作家是一类特殊的文学接受群体,那么这些私人性史料中的看法也自然可以作为研究文学文本的参照。

此外,一些作家在日记、书信、回忆录中的记述会对我们了解一些文本的产生过程有所助益。如臧克家曾说:"《七律·登庐山》中的'热风吹雨洒江天'一句,'热风吹雨'原作'热肤挥汗'是毛主席接受我的意见改的。"[4] 可见臧克家与毛泽东关于诗歌的交流甚多。从唐弢给郑择魁的信对毛泽东的诗"乱云飞渡仍从容"的解释中也可看出臧克家对此了解颇多:"我以为乱云就是乱云,不应解作革命的群众运动。倘有一点含意,那是指风云变幻的时局。我最近未遇到克家,当去信一问。"[5] 而在郭小川的日记中则有他创作过程的直接记录:"我的性格虽然也有粗暴的一面,也确有纤细的一面呵!因为有了这个特点,才产生了像《深深的山谷》这样的诗。"从他的日记中可以看出,《一个和八

---

[1] 沈从文:《沈从文全集》第 21 卷, 北岳文艺出版社, 2002 年, 第 16 页。
[2] 吴福辉编:《沙汀日记》, 山西教育出版社, 1997 年, 第 169 页。
[3] 同上, 第 162 页。
[4] 臧克家:《臧克家回忆录》, 中国工人出版社, 2008 年, 283 页。
[5] 唐弢:《唐弢文集》第 10 卷, 社会科学文献出版社, 1995 年, 第 554 页。

个》最初是没有被批判的:"'人民文学'诗歌组已经讨论过我的诗《一个和八个》,一致认为好,提不出什么意见。"[1] 但是他被打倒之后,就不得不在检讨中承认《一个和八个》存在一些"人性论"的反动观点。

与此同时,许多作家面对研究界对自己小说的定位和批评,在私人性史料中也多少表达了自己的想法。如对于汪曾祺的小说,研究界冠之以"诗化小说""散文小说",其实在汪曾祺自己看来:"我的小说,不大重视故事情节,我希望在小说中创造一种意境。在国内有人说我的小说是散文化的小说,有人说诗化的小说。其实,如果有评论家说我的小说是有画意的小说,那我是会很高兴的。"[2] 而这样一个被视为新时期文学实验的源头之一的作家对于当时的许多文学实验反而十分反感,他在致语言学家朱德熙的信中说:"随着一些'新'思想,'新手法'的作品的出现,出现了一些很怪的语言。其中突出的是'的'字的用法。如'深的湖'、'近的云'、'南方的岸'。我跟几个青年作家辩论,说这不符合中国语言的习惯。他们说:为什么要合语言习惯!……他们追求的就是这样的'现代'味儿。我觉得现在很多青年作家的现代派小说和'朦胧诗'给语言带来了很大的混乱。希望你们语言学家能出来过问一下。"[3] 以往我们认为反对朦胧诗的是艾青、臧克家这样的老诗人,其实就汪曾祺而言,他所提出的问题涉及现代汉语的规范问题,他对"朦胧诗"的看法也有其道理。从汪曾祺个人创作史来看,他在 20 世纪 40 年代写了不少现代派小说,对意识流的运用也较为自如。这样一个曾经时髦过的作家,在改革开放的语境下,不仅没有支持文

---

[1] 郭小川:《郭小川 1957 年日记》,河南人民出版社,2000 年,第 108、245 页。
[2] 汪曾祺:《汪曾祺全集》第 8 卷,北京师范大学出版社 1998 年,第 111 页。
[3] 同上,第 171 页。

学的现代实验，还提出了反对意见，其背后的问题实际上还可以更进一步展开研究。

### 三、重视史料中的话语分层

文学史的研究和编写需要回到作家个体精神层面，作品内部审美层面。我们可以借助"现象学还原"，也即胡塞尔说的，"我作为一个被现实实行的行为之旁观者，对在该行为中现实对我有效的存在客观、价值客观、价值形态等等，对此在、价值存在、行为存在和劳作存在，加括号一样，同样我现在也对'仿佛'——客观，对这个'仿佛'以及在这个'仿佛'下被改变了的法则，加括号"[1]。笔者之所以说一定程度上，指的是从既定的文学史线索出发，但又不依赖关于这种线索的元叙事中分析每一个个案，而是通过直观的方式去把握个体存在。如狄尔泰所言："在这过程中，通过现存的语法的逻辑的和历史的知识的经常相互作用，一种整体关系可以由只是相对规定的个别符号里被认识。"[2]

一方面，在研究中要善于甄别作家的个人情感表达。如周作人在给鲍耀明的信中说："听中学教员谈起，现在大中学生中间有一句话，说北京有四大不要脸，其余的不详，但第一个就是他，第二则是老舍，道听途说，聊博一笑耳。个人对他并无恶感，只看见《创造十年》上那么的攻击鲁迅，随后鲁迅死后，就高呼'大哉鲁迅'，这与歌颂斯大林说'你是铁，你是钢'同样的令人不大能够佩服也。"[3] 这些话不免有周

---

[1] [德] 胡塞尔：《第一哲学（下）》，王炳文译，商务印书馆，2013年，第175页。
[2] 洪汉鼎主编：《理解与解释：阐释学经典文选》，东方出版社，2001年，第90页。
[3] 钟叔河编订：《周作人散文全集·14》，广西师范大学出版社，2009年，第185页。

作人个人看法在其中，也与他接触的圈子有关；而沈从文在 1957 年 8 月 23 日给妻子的信中讨论被打成"反革命"的丁玲时说："自己根基不扎实，又不虚心谦退，还只想抓权，且闹小脾气，如何不出问题？"[1] 当年沈从文与丁玲的嫌隙人尽皆知，所以他在日记中表现出对丁玲的不满恐怕有历史原因，但也可以从中看到沈从文在 20 世纪 50 年代对处于中心的作家冷眼旁观；这种冷眼并非仅针对丁玲一人。当然在批评指摘别人和历史之外，还有一些作家显示出更为开阔的历史观。孙犁在致××同志[2]的一封信中说："我们这一代，经历了国家和人民的苦难、斗争、曲折艰辛的时期。对作家来说，这很难认定是幸还是不幸……整个历程并非都是悲剧。"此信所属时间为 1983 年 8 月 27 日，即在"伤痕——反思"文学退潮时所写，从中我们可以看到，作为"归来者"之一的孙犁从自己的角度出发思考一代人的命运，得出的结论与时人有所不同。

另一方面，面对作家留下的史料，研究者更应该去除自身先验的价值立场。有学者研究了朱光潜的检讨就称"要借这些尘封的历史文献以回到历史现场，并认真反思当年的'穷折腾'，以及在这样的'折腾'下知识人的精神和灵魂是如何的被扭曲，顺便也提醒当下喧嚣一时的新、老'左'派勿忘历史"[3]。其实，作家们在特定历史环境下的文字毕竟有许多无可奈何，但当时多数还是出于真心，如邵燕祥在回忆录中所言："我想像我所迎接的'审查'，像我从文件上和老同志口中

---

1 沈从文：《沈从文全集》第 20 卷，北岳文艺出版社，2002 年，第 201 页。
2 见孙犁：《云斋书简续编》，大象出版社，2004 年，第 132—135 页，该书原注释中说"××同志，不详"。
3 商昌宝：《检讨：转型期朱光潜的另类文字》，《炎黄春秋》，2010 年第 9 期。

了解的延安整风运动一样，是一件十分庄严的事情。"[1] 因而笔者以为，在学术研究中务必要注意历史性原则，要理解作家的历史处境，把学术问题政治化、道德化始终不是解决问题的办法。当然，事实上研究者不可能真正做到现象学所谓的"悬隔"，但起码应该具有一定的历史意识。比如，胡风在权力斗争中与周扬、林默涵等人的恩怨和他个人对其他作家创作的看法并不完全一样，也不能一概而论把胡风就彻底推向"十七年文学"的对立面，更不宜把他打造成一个"反主流"的受难英雄。

总而言之，无论史料的私人化程度如何，文人始终都生活在时代和社会里，透过这些"个人"抵达更为丰富的历史现场，对于我们的文学史研究和作家作品论，无疑会有新的启发。

## 第三节　多重史料的互证可能

考证是史料研究的基本方法和重要环节，如陈垣所讲："考证为史学方法之一，欲实事求是，非考证不可。彼毕生从事考证，以为尽史学之能事者固非；薄视考证以为不足道者，亦未必是也。"[2] 在实际的考证过程中，互证法就是对同一史实的不同材料的相互印证，史学家陈垣先生将其形式分为书证、物证与理证三种。在现代史料运用中，书证是最常见的："就是利用本图书以外的其他图书资料来考证。它必须精细采择，做到多见多闻，所搜集的有关资料最好达到主要资料的

---

1　邵燕祥：《沉船》，上海远东出版社，1996年，第14页。
2　陈垣：《通鉴胡注表微·考证篇》，辽宁教育出版社，1997年，第76页。

'全',而不单纯追求冷僻资料的'新气'。"[1]

## 一、文学史细节的补充与互证

当代文学史对许多文学事件、文学现象的叙述只是简单的过程描述,由于各种主客观原因,许多细节一直没能得到呈现,如钱理群所言:"历史的遮蔽与涂饰的主要表现,就是观念、意识形态的遮蔽所导致的历史事实的遮蔽。因此,如果我们想冲破重重涂饰'示人本相',就必须从被遮蔽、掩埋的历史史实的重新发掘开始。"[2]那么如何一定程度上还原那些被遮蔽的细节和史实呢?董健在为陈白尘的日记作序时曾提出,日记"能使我们通过一些个人遭遇的片段,认识那一段历史的真面貌。那些公开发表的'大文章'往往有意无意地丢失了一些个别的事件的'碎片',而当我们在日记中捡起这些'碎片'并加以一番研究之后,我们会有新的发现"[3]。这就是包括日记在内的众多私人性史料的独特价值,它为我们的文学史、学术史研究进一步深入提供了可能,可以使我们从千篇一律的大叙事中找到一些小"碎片",对于文学史细节予以补充与纠正。

1949年之前,作家们选择"南渡"或"北归",这本来是知识分子自主选择的结果,但如果不去翻阅私人性史料,就难免在叙述中遮蔽这些文人的复杂心态,也会一定程度上失去历史实感。值得注意的是,近年来已有学者在写作文学史时注意到私人性史料的特殊价值,例如:

---

[1] 来新夏:《古籍整理讲义》,南开大学出版社,2019年,第193页。
[2] 钱理群:《重视史料的"独立准备"》,《中国现代文学研究丛刊》,2004年第3期。
[3] 董健:《〈听梯楼日记〉序》,引自陈白尘:《缄口日记》,大象出版社,2005年,第150页。

"1948年底到1949年初，巨变中的北京（北平）究竟是什么样子，我们已经无从得知。亲身经历这次巨变的人，各有不同的心态。因此，他们在日记、书信、回忆性文字的叙述中，也透露出不同的观察视角、叙事风格和情感方式。"[1] 诚然，当年梁实秋"南渡"前致信陈纪滢说："小儿文骐，自愿留穗，不肯偕行，此事不能相强，只好听之，将来万一流落无依，展转到桂时，幸乞推爱照拂之，不胜感激。弟赴台亦无固定目的，不过避开炮火威胁，权且偷生耳。"[2] 可见梁实秋虽然自己有鲜明的立场，但对子女还是比较开明的。当年没有"南渡"的文人之间的区别也十分明显。沈从文在家书中表示"我不向南行，留下在这里，本来即为孩子在新环境中受教育，自己决心作牺牲"[3]，而萧乾"选择回北京的道路，并不是出于对革命的认识"，如他所说，是要"回到祖国这条船上，同它共命运"[4]。国统区作家的"北归"有着他们不同的考虑，而在当时解放区文人怀着主人心态纷纷去北京时，丁玲则在日记中表示："我不愿去北平参加全国文艺协会。但是不能，组织上的命令我只有服从，我当然也明白我是应该去的。"[5] 由此可见，丁玲的精神世界和她外在的言行之间是有差别的。其实许多风光一时的作家心中都有不为人知的一面，而这些史料对于理解他们内心世界颇为重要。

在抗美援朝战争爆发之后，许多作家到了朝鲜战地，当时的媒体清一色地说作家如何主动，但那毕竟是国际战场，直到许多私人书

---

1 张柠：《共和国文学60年》第1卷，张炯主编，广东教育出版社，2009年，第1页。
2 段怀清：《梁实秋致陈纪滢书信四封及其他》，《新文学史料》，2012年第2期。
3 沈从文：《沈从文全集》第19卷，北岳文艺出版社，2002年，第17页。
4 萧乾：《一个乐观主义者的独白》，《萧乾文集》第7卷，浙江文艺出版社，1998年，第154页。
5 张炯主编：《丁玲全集》第11卷，河北人民出版社，2001年，第379页。

信公开才让我们明白,其实并非所有人都踊跃地奔赴战场。在奔赴朝鲜的作家中,巴金、路翎等都不是自主报名参加的。当时路翎被派往朝鲜前,胡风的妻子梅志写信告诉他:"千万不要恼火,向战士们吸收食粮,储藏你的实力,准备再接再厉地斗争吧!他们这个调虎离山法,是必失败的。老虎养好精神,更能斗争!"[1]可见路翎并非自愿去的。而1952年初丁玲给巴金的信中说:"我以为你如果能获得些新生活,对群众的感情有些新体会,那是可以写出新鲜的作品来的,这是我们今天人民的国家所需要的。因此我极希望你能抽出一段时间来,如果不能去朝鲜,则去工厂也可。因此我鲁莽的把你的名字列在调集作家的名单之内,这种希望和鲁莽我以为可以得到你的谅解的。"[2]如此一来,巴金就只能以"壮士一去"的口吻写信给妻子说:"我最愿意安安稳稳在上海工作……不要责备我离开了你,不要责备我在上海时没有好好陪你玩,跟你多谈话。"[3]

对于学科史而言,个人化的回忆也有其价值。在十七年里出版的三部当代文学史中,现在看来相对比较客观的是十余万字的社科院文研所的那本。相较于当时山大、华中师院的文学史那样激进的叙述,为何这部文学史更为客观?我们虽知其然,而要知其所以然则要在参编者的回忆文章中去了解来龙去脉。"书稿打印出来后,每一章都是厚厚的一大本,十年间写出较好作品的作家基本上都提到了,而且做了详细的评论。我们都认真阅读,准备意见。后来由于政治形势的变化,1959年发表的何其芳同志的《文学艺术的春天》和毛星同志的《对十年

---

[1] 该信收入胡风:《致路翎书信全编》,大象出版社,2004年,第97页。
[2] 上海巴金文学研究会整理:《写给巴金》,大象出版社,2008年,第56页。
[3] 李小林编:《巴金家书》,浙江文艺出版社,2003年,第17页。

来新中国文学发展的一些理解》又受到批评，也影响到这部书稿的及时出版，后来经过多次删削，修改，直到 1963 年，才由作家出版社出版。书名改为《十年来的新中国文学》。"[1]

除了直接对历史细节的补充，史料之间的互证对于学术研究而言也颇为重要。当年王国维在甲骨文研究中提出地下史料与传世文献互证的"二重证据法"，笔者以为私人性史料与公共性史料、私人性史料之间也存在着"互证"的可能。因私人性史料往往带有个人情感色彩并且受制于个人的知情权，或者因年代久远而记忆不够准确的情况时有发生，因此，"互证"就显得颇有必要。如《老舍全集》中的日记在记载随团去内蒙古的行程时，与同行的叶圣陶的"内蒙访问日记"[2]就多有出入，因此与当时的公共史料相对比就能看出，叶圣陶的日记是正确的，而老舍的日记要么记载有误，要么是出版有误。

史料"互证"还可以表现在关于一个人物的行迹在不同史料之间得以互证。1949 年之前，丁玲在参与文坛事宜时表现出了犹豫的心态，但她毕竟与来自国统区的作家不同。她的犹豫是因为之前受到了冷落："我了解我的地位，我的渺小……现在我明白了，我在党内是毫不足道的……"[3]一旦中央给她安排了《文艺报》主编的位置，她似乎又恢复了"莎菲女士"的活力。从现有诸多史料中我们可以看出，在十七年时期丁玲一直有明显的主人心态，给人的印象是其态度显得骄傲些。例

---

1　卓如：《参加编写〈新中国十年文学〉的前后》，见《岁月熔金：文学研究所五十年记事》，中国社会科学出版社，2003 年，第 236 页。

2　同行的叶圣陶日记显然更为详细，可参见叶圣陶：《旅途日记五种》，生活·读书·新知三联书店，2002 年。

3　张炯主编：《丁玲全集》第 11 卷，河北人民出版社，2001 年，第 364 页。

如，当《文艺报》受到批评时，"丁玲同志实际上并不接受批评，相反，却表示极大不满，认为检查《文艺报》就是在整她"[1]。这一切也许正如贾植芳所说的，"中国的知识分子就是这样，他们永远也摆脱不掉政治情结这只'红舞鞋'"。[2] 到了20世纪50年代中期，丁玲被批判的详细过程虽不得而知，但通过不同人的日记，我们能从不同侧面看出丁玲当时的心态，如郭小川的日记写丁玲的发言"内容十分尖锐，极力争取康濯'起义'，追究责任，想找出一个阴谋来"[3]。而在郑振铎的日记中，丁玲的发言则是："只是讲理论，认错误，并不接触到具体事实。像抒情的叙述，不像自我检讨。"[4]

当然面对这样的人与事，我们毕竟还能通过史料的"互证"在一定程度上还原历史真实，但在新中国文学数十年的发展中，一些"罗生门"式的叙事已经屡见不鲜。例如，对于老舍之死当天的真实情况，不仅傅光明收集、采访获得的大量口述史料之间相异，汪曾祺在致崔道怡的信中也曾指出这一问题[5]。也许原生态历史在发生那一刻起就已经无法复现，那么通过作为遗留态的历史的文献史料，尤其是当事人留下的私人性史料之间的"互证"就显得尤为重要，在许多问题上我们也许已经不能"重返历史现场"，但起码可以最大限度地"触摸"到历史真实。

如樊骏所言："对于作家日记和书信在揭示他们的'心理''灵魂'

---

1　黎之：《文坛风云录》，河南人民出版社，1998年，第101页。
2　贾植芳：《狱里狱外》，上海远东出版社，1995年，第69页。
3　郭小川：《郭小川1957年日记》，河南人民出版社，2000年，第122页。
4　郑振铎：《郑振铎日记全编》，山西古籍出版社，2006年，第541页。
5　汪曾祺：《汪曾祺全集》第8卷，北京师范大学出版社，1998年，190页。

方面的特殊价值和把它们与文学创作相互印证，便于更为丰满深切地认识作为'灵魂的历史'的文学史的重大作用，我们都还缺少足够的估计。它们宛如一座座尚未开采的富矿，期待着人们从不同角度发掘各自所需要的矿石。"[1]然而，鉴于当代文学场域的独特性，诸多此类的历史资料因种种原因未能公之于众，或公开时存在一定程度的保留与修订。或许，随着时光流转，此问题有望逐步得以解决，否则对于后世研究者运用这些史料始终存有不便。

## 二、重视作家年谱的学术功能

年谱编纂原属于谱牒学，"魏、晋以来，实行九品中正制，以门第取士，因此谱牒学在社会政治生活以及婚姻关系中发挥着重要作用，谱牒的大量修撰就成为必然"[2]。依梁启超之见，"年谱盖兴于宋"[3]，年谱的种类很多可以分为"单谱""合谱"，也可以是"专谱"。古代文学史料学认为："年谱这种对作家及其作品的研究形式，可以清晰简明地表现作家的生平事迹，可以用编年的方式编排作家的作品，能使读者了解作家的思想演变、创作历程和风格的变异或一贯，可以全程把握作家及其作品。"[4]

陈思和认为："年谱编撰是最花时间最吃功夫，同时也是最具有学术价值的一种治学方法。研究者在学术上的真知灼见被不动声色地编

---

1 樊骏：《这是一项宏大的系统工程（上）——关于中国现代文学史料工作的总体考察》，《新文学史料》，1989年第1期。
2 孔德凌等著：《隋唐五代经学学术编年（下）》，凤凰出版社，2015年，第702页。
3 梁启超：《中国近三百年学术史》，古吴轩出版社，2018年，第284页。
4 刘刚、赵春秀：《中国古代文学史料学要论》，辽海出版社，2018年，第46页。

织在资料的选择和铺陈中，而不像那些流行的学术明星，凭着胆子大就可以胡说八道。"[1] 所谓"最吃功夫"，从现代学术范式和科技未来发展角度看，如胡适所言，"若年谱单记事实，而不能叙思想的渊源沿革，那就没有什么大价值了"[2]。作为一种"最具学术价值的治学方法"，年谱撰写需要研究者有深厚的学术功底和开阔的学术眼界，才能纠正当代文学批评"赶时髦"、主观化等才华有余、学问不足的现象，尤其是引入考据方法能够推动当代文学研究的规范化、科学化、学术化。

在古代文学研究领域，年谱的编撰不仅是深入了解历史人物和时代背景的重要手段，而且具有纠正错误学术观念的重要功能。例如，有某些学者过分强调宋元南戏的历史地位，错误地将南戏等同于温州杂剧，对于诸如汤沈之争、花雅之争等关键问题的理解也存在明显偏差。这些错误观念亟须通过严谨的史料分析和研究予以纠正。如徐朔方所言："从王国维、青木正儿以及他们之后的我的前辈学者们已经作了可贵的开拓，积聚了大量的资料，郑振铎主编的《古本戏曲丛刊》和周贻白、叶德均、冯沅君、赵景深、钱南扬诸家的考证使得南戏——传奇发展史的某些问题逐渐得到接近事实的叙述，前所未见的戏曲作品出现于研究者面前。无可讳言，同时也出现了一些新的偏见，如以南戏等同于温州杂剧；以为明代传奇全都为昆腔创作；一面给予昆腔演唱艺术以正确的评价，一面又在无形中贬低其他诸腔的存在和作用。要使这些问题得到澄清，必须提供众多曲家生平活动的详尽可信的事实。只有立足于事实，才能对一些人云亦云的想当然的说法加以检验，

---

1　陈思和：《学术年谱总序》，《东吴学术》，2014 年第 5 期。
2　胡适：《胡适全集》第 2 卷，安徽教育出版社，2003 年，第 182 页。

并从而导向应有的结论。"[1]他的这篇《晚明曲家年谱·自序》具有高度的学术价值，而且此书的每一种年谱之前还有"引论"。这些结论都是基于年谱编纂和史料梳理得出的，对中国古代戏曲领域诸多重大议题提出了创新性论述。例如，在详尽考订与汤沈之争相关的人与事之后，他认为，汤沈之争并非如人们所设想的那样，是文采派与本色派的较量，也与其政见的进步与保守程度关系不大，实质上是曲律差异引发的争论。

这样的年谱还可以启发后人，为辨明一些重要问题提供了思路。例如徐朔方提出的南戏影响、地位问题，我们今天再进一步阅读史料，就不会再简单吹捧南戏的历史地位。据史料所载："正音教坊遗曲……盛行于时，不惟伶工歌伎以为首唱，士大夫风流文雅者，酒酣兴发，辄歌之。由是与姜尧章之《暗香》《疏影》、李汉老之《汉宫春》、刘行简之《夜行船》并喧竞丽者，殆百十年。至咸淳，永嘉戏曲出，泼少年化之。而后淫哇盛，正音歇，然州里遗老犹歌用章词不置也，其苦心盖无负矣。"[2]从这段记述里我们可以看出在南宋初年，源自汴京的"正音教坊遗曲"在江南地区风靡一时。然而，至南宋末年，永嘉南戏逐渐崭露头角，深受顽劣无知的年轻人喜爱，从而导致典雅的艺术逐渐衰落。刘壎将"永嘉戏曲"称为"淫哇"，其观点不无道理。因为他不满其俚俗风格，面对"永嘉戏曲"的盛行以及对"正音"的冲击和取代，有文化的长者们表示出不认同，因此"犹歌用章词"而并不接受南戏。明代徐渭《南词叙录》也提出永嘉南戏兴起之初，文辞"语多鄙下"，

---

1 徐朔方：《自序》，《晚明曲家年谱》第1卷，浙江古籍出版社，1993年，第3页。
2 元·刘壎：《水云村稿》卷四，参见吴熊和主编：《唐宋词汇评》两宋卷第4册，浙江教育出版社，2004年，第2872页。

曲调为"里巷歌谣"且"不叶官调",属于"村坊小伎",因而有文化的人"罕有留意者"[1]。

在20世纪以后,现代学术观念的兴起使得不少年谱编者已经超越了材料梳理的初级阶段,意识到年谱可以透视"学养之由来,时代之推应,著述之历程"[2],这就已经包含着现代知识生产意识。对于中国现当代作家而言,大部分年谱是由他人编撰,平叙的或考订的:谱主生平较为单纯确切,只把谱主生平简单叙述出来的年谱叫平叙的年谱;谱主生平事功复杂且有较大争议,需要辨析考证的是考订式年谱。

总体来说,在新文学史料学体系建构之中,年谱无疑是处于非常基础的位置上。年谱的功能我们也可以加以区分归结为三个部分。

其一,考释具体时间。年谱作为一种记录作家生平事迹、创作历程和作品版本变迁的资料性文献,对于考释文学作品的历史背景、作者创作动机以及作品的版本差异具有重要意义。夏承焘在撰述晏殊的年谱时,在其七岁一年中,只写了五个字:"七岁。能属文。"[3]但在这五个字后,引入了四则宋代的史料,分别是《晏元献公碑铭》《渑水燕谈录》《续湘山野录》《挥尘后录》,这四则材料中又套引了《宋史·寇准传》《真宗实录》《续归田录》等文献中的相关材料。由此可见,晏殊七岁能文一事有三则材料为证可以相信。通过比对不同史料中对于同一事件的记载,夏承焘并未采信的说法包括晏殊七岁被宋真宗召见、被宰相寇准器重等一系列细节。这其实是年谱兼具资料性与学术性的重

---

1 孙克强主编:《中国历代分体文论选(下)》,北京交通大学出版社,2006年,第611页。
2 罗香林:《颜师古年谱》,商务印书馆,1941年,第3页。
3 夏承焘:《唐宋词人年谱》,商务印书馆,2021年,第182页。

要价值所在。我们知道，有一些传记所依据的史料往往是孤证，为了突出传主的才干，反而不加考辨地采信和发挥这些带有传奇色彩的史料，演绎成故事以致以讹传讹。然而，在中国现当代文学的年谱中，这种严谨性和资料性反而时常未能充分体现。不少年谱对于孤证缺乏必要的考释，特别轻信作家的自述，如《许钦文年谱》中有不少叙述性的文字，主要来自作者的回忆文章和相关评传，一定程度上来说不够严谨。

年谱的考释功能除了去伪存真外，还能为研究文学文本提供更为开阔的史料空间。大部分后出的年谱都会增补谱主的部分生平事迹。老舍的《骆驼祥子》一直存在不同版本的争议。通过对老舍年谱的阅读，我们可以发现老舍在创作《骆驼祥子》和后来多次修改时的社会语境和老舍的个人心境，对于他在不同时期对作品的修改、删削或补充，会有更充分的理解认识。

其二，拓展学术视域。年谱作为一种文学研究方法，可以为学术研究，特别是作家作品研究提供客观、全面的评价标准和依据。所谓"叙一人之道德、学问、事业，纤悉无遗而系以年月者，谓之年谱"[1]。年谱一般包括谱主的姓名、籍贯、家世、生平、交游、思想和著述等，有考世知人的史料价值。谱主的道德、学问和事业是评价一个人物的重要依据。谱主的交游对象往往与其有着相近的兴趣爱好和价值观，他们对谱主的人生和事业产生了重要的影响。在此基础上，我们可以对谱主的思想和著述进行深入研究。谱主的思想代表了他们所在时代

---

[1] 朱士嘉：《朱序》，引自李士涛：《中国历代名人年谱目录》，商务印书馆，1941年，第3页。

的精神风貌,而他们的著述则是他们智慧和才华的结晶。蔡尚思在《左宗棠年谱·序》中说:"年谱属于历史人物的个人编年史。它与一般编年史相同之处,在于都按照年、时、月、日的时间序列编排史事。但它的背景不及一般编年史广阔。而反映历史进程的精细程度,却超出一般编年史。"[1] 如此一区分,更能明了年谱的编年史特点和价值。

以沈从文为例,长期以来沈从文的文学成就都被锁定在《边城》《湘行散记》等少数作品上,而他的年谱记录了他从湘西封闭的环境走向世界舞台的历程。通过对《沈从文年谱》的阅读,读者会发现他在青年时期的创作类型多样、体裁多样,也可以看出这位京派作家,在全国抗战爆发后如何积极撰写大量带有民族危机意识的杂文;更能发现在 20 世纪 60 年代,沈从文公开发表的文学作品主要是古风诗歌。这些线索对于更为丰富和立体的作家论而言,无疑都是十分重要的。

其三,展开全人研究。年谱作为一种个人生活史和社会历史变迁的记录,可以帮助研究者了解作家的成长经历、思想观念以及与社会、政治、文化等方面的关系,从而拓展对作家创作思想和艺术成就的认识。年谱可以帮助研究者避免就文论文、就事论事时的局限,深入了解现代作家作为一个现代知识分子的全人气质,以及他所处的社会状态。"一方面基本上能够根据人物的生平,梳理清楚人物的发展脉络,以史信人;另一方面能够根据一个人的史实,以尽量开阔的视野,多角度地写出人物发展轨迹的成因后果,以史证人。"[2] 这考验的是撰写者的文学史观与审美判断力,要求他们能够做到论世知人,论从史出。

---

[1] 罗正钧:《左宗棠年谱》,岳麓书社,1982 年。
[2] 张琳、汤哲声:《评谢家顺〈张恨水年谱〉》,《中国现代文学研究丛刊》,2015 年第 6 期。

因此，高质量的年谱不仅需要撰写者在收集资料、澄清基本事实层面的勤与谨，也需要他们在史料基础上发表议论的思与识。

这对于现代文学研究而言尤其重要。如鲁迅所言："分类有益于揣摩文章，编年有利于明白时势，倘要知人论世，是非看编年的文集不可的，现在新作的古人年谱的流行，即证明着已经有许多人省悟了此中的消息。"[1] 梁启超说："只因本集太繁重或太珍贵了，不是人人所能得见，所能毕读的；为免读者的遗憾起见，把全集的重要见解和主张，和谱主的事迹，摘要编年，使人一目了然。这种全在去取得宜，而且还要在集外广搜有关系的资料，才可满足读者的希望。"[2] 近年来，中国现当代作家年谱的出版数量颇多，但质量参差不齐，现代学术机制下的年谱学还有待建立科学的范式。

作品不仅仅是文字的堆砌，更是作家内心世界的真实写照。而对于现代知识分子而言，他们往往并不是单纯的职业作家。以巴金为例，他的创作经历不同于鲁迅的"弃医从文"，他是在社会理想建构失败时，以文字缅怀和抒发自己的理想。本书的第四章对此有详细的论述，这里仅就其年谱的问题展开讨论。在20世纪80年代初，学者们就对巴金早年的无政府主义经历讳莫如深，如"八月《大杉荣年谱》，载1日上海《民钟》1卷9期，署苇甘。收入《革命之路》（上海自由书店1928年4月版）"[3]。大杉荣实际上是一个典型的无政府主义者。这样的记叙很容易让读者误以为巴金早年宣传的革命和革命者是社会主义

---

1　鲁迅：《且介亭杂文·序言》，《鲁迅全集》第6卷，人民文学出版社，2005年，第3页。
2　梁启超：《中国历史研究法补编》，中华书局，2010年，第87页。
3　靳丛林编：《巴金年谱（上）：1904—1949》，吉林省函授学院中文系，1982年，第13页。原文按：大杉荣系日本社会主义者。

者。90年代唐金海所编的《巴金年谱》更为翔实、完整地记录了他从四川成都一个封建家庭走向世界文坛的历程。通过对这部《巴金年谱》的阅读，读者可以了解到他在早年受到封建礼教的束缚，后来接触到安那其主义的大体脉络，以及他与鲁迅、茅盾等左翼文化名人的交往，与京派文人的交往，这对于在文学史坐标中重新定位巴金而不是孤立地阐述巴金，有着极为重要的作用。然而，受各种原因制约，书中依然无法呈现巴金在《灭亡》前的完整创作历程。这就极大地简化了巴金的复杂性，仅仅从一个作家成长的角度勾勒巴金的精神轨迹，读者便无法深入理解巴金非文学的社会交往和活动。

现代年谱学未来发展的可能已经不能局限于传统的学术路径。科技发展到如今，"互联网+年谱"在技术上已经可能。传统纸质年谱只能承载文献信息，研究者要按图索骥，很多资料又无法查到，而新形态年谱则可以增加超文本、超链接。以《鲁迅年谱》为例，编者可以将其中重要文本的不同版本做成二维码置于年谱中，如初刊的pdf文本、初版小说集pdf版、《鲁迅全集》相关内容，特别是年谱编撰者掌握的第一手材料要做成超链接，既节省篇幅，又增加了年谱的信息量和知识性。在此基础上，编者可以将整本年谱进行专题化的二次整合做成超链接，比如《鲁迅年谱》中出现的许广平次数较多，则以"许广平"作为一个链接点，将《鲁迅年谱》中所有关于鲁迅与许广平之间的交往、通信等按照"年经月纬"的方式重新整合，只要扫描二维码就会出现《鲁迅年谱》中仅仅关涉二人间交往的部分。这对于专题性问题表述得更为清晰，有利于研究者对于专门问题的考释、研究。此外，还可以增强年谱的实用功能，扩大年谱的受众群体，进一步提升学术成果辐射面和影响力。

# 第三章　作家研究的史料视域

史料在作家论之中发挥的作用不言而喻。在认识和理解作家时，我们借助史料能够突破文学史知识的局限。传统的文学史研究往往依赖于既有的文献资料，阐释作家的主要特点。通过挖掘、整理、分析史料，我们能够看到作家更为丰富、生动的形象，激活作家研究的"解释学循环"。王国维曾有言：

> 善哉，孟子之言诗也！曰："说诗者，不以文害辞，不以辞害志。以意逆志，是为得之。"顾意逆在我，志在古人，果何修而能使我之所意不失古人之志乎？此其术，孟子亦言之，曰："诵其诗，读其书，不知其人，可乎？是以论其世也。"是故由其世以知其人，由其人以逆其志，则古诗虽有不能解者，寡矣。[1]

在这段话中，王国维借用孟子的话，认为在作家作品研究中"以意逆志"和"知人论世"应当融合。"以意逆志"的阅读方法要求读者在理解文本的基础上，探寻作者的本意，而非被文字的表面含义所局限。而"知人论世"则依赖史料而展开研究。将这两种方法相结合，便是将

---

[1] 王国维：《王国维手定观堂集林》，浙江教育出版社，2014年，第499页。

史料与阐释相互融合，既避免陷入烦琐的考证，又防止流于主观的猜测。这需要借助于文本之外的史料，尤其是那些被遗忘或忽视的史料，全面且深入地了解作者的生平及其所处的时代背景。在此基础上解读文本，不仅能理解作品的内涵和意图，还可能有新的发现。本章以具体作家为例，从多个角度探讨如何通过扩展史料视角、对比和辨析史料，而更加深入、立体地理解作家和阐释文本。

## 第一节　打开赵树理的理解空间

1947年陈荒煤说"大家都同意提出赵树理方向，作为边区文艺界开展创作运动的一个号召"，并称经过讨论，"他的作品可以作为衡量边区创作的一个标尺，因为他的作品最为广大群众所欢迎"[1]。一时之间，郭沫若、周扬等一批文坛名流都著文称赞赵树理。周扬在第一次文代会上以不可辩驳的语气说，除了解放区文学的方向，"再没有第二个方向了，如果有，那就是错误的方向"[2]。然而，代表解放区文学的"赵树理方向"并未真正成为1949年以后"新中国"的文学方向，而赵树理本人也最终不免悲剧命运。赵树理的作品数量并不多，理解起来也不困难，但是赵树理的文学史命运背后所涉及的问题则复杂得多，需要我们拓宽视域，从史料出发打开赵树理的理解空间。

---

1　陈荒煤：《向赵树理方向迈进》，《人民日报》，1947年8月10日。
2　周扬：《新的人民的文艺》，《周扬文集》第1卷，人民文学出版社，1984年，第513页。

## 一、早期经验的潜在影响

从《赵树理年谱》[1]等资料以及相关史料来看,赵树理的早期经历、创作是其一生颇为重要的一部分。在"五四"运动蔚然成风之时,赵树理还在山西私塾读着传统经书,不过此时的赵树理"学会打上党戏的鼓板……他是能背诵一些的,直到晚年也不忘"[2]。除此之外,他早年曾受到鲁迅等人小说的影响,还接受过共产主义的启蒙,正是在这个意义上,有学者说"不论赵树理是怎样一个乡土作家,不论他怎样站在乡土民间和农民的立场上,然而他的内心仍然经历了现代的洗礼和革命的风暴"[3]。但细看下来,民间传统的艺术形式和文化理念对赵树理的文学观、价值观的影响也许更深切、更具体。文化社群对人的影响能烙印于深层心理结构,因为"每个出生于他那个群体的儿童都将与他共享这个群体的那些习俗"[4]。民间文化对赵树理的文化性格的形成和影响在赵树理研究中广受重视,笔者不再赘述,而要强调的是他另一方面往往被忽视的经历。

赵树理早在十九岁就曾加入共产党,但在白色统治下,共产党员的身份给他带来了不少麻烦。身份暴露之后,他被关入阎锡山治下专门"改造"政治犯的"自新院",并在《自新月刊》上发表过《悔》《白马

---

[1] 参见董大中:《赵树理年谱》,山西人民出版社,1982年,第1—45页;《赵树理年谱》,黄修己编:《赵树理研究资料》,知识产权出版社,2010年,第476—496页。
[2] 史纪言:《赵树理同志生平纪略》,《汾水》,1980年1月号。
[3] 旷新年:《赵树理的文学史意义》,《写在当代文学边上》,上海教育出版社,2005年,第20页。
[4] [美]露丝·本尼迪克特:《文化模式》,王炜等译,生活·读书·新知三联书店,1988年,第5页。

的故事》等小说。他还在国民党的《山西党讯》上发表过《糊涂县长》等作品。这些小说现在常被视为是赵树理受"五四"影响而创作的小说，形式上符合新文学的叙述特征。从内容上看，小说表达的是追悔莫及、悬崖勒马的意思，而赵树理采用"五四"新文学的笔法使悔罪意识表达得比较隐晦，也不失为一种策略。进类似"自新院"机构的经历在左翼文人中并不罕见，但从他的年谱和相关专辑可以看出，赵树理被释放后就脱离了与党组织的联系，相当长时间没有再答应入党。正是在这一段时间，为了求生存他曾加入山西的青帮，还磕了头；经宋之的介绍，他参与过拍摄歌颂阎锡山的电影。笔者旧事重提不是为了把年谱中的内容复述一遍，而是想指出在长期的赵树理研究中，关于他作为"方向作家"的光环以及他40年代以后的创作与人生遭际，学者们投入了足够的精力，但他早年这段经历其实对他创作道路的选择和文化心理的形成都至关重要。

现在来看，这段经历不应当被忽略。与其说赵树理是一个受"五四"启蒙的作家，倒不如说是农村文化和农民智慧真正滋养了他。因此，他在伦理上有着"民间"意识，在艺术形式上主张借鉴民间文艺是必然的。赵树理早年在"自新院"里写下的小说虽然有一些颇具"五四"新文学的叙事风格，比如大量的环境描写、复杂的语法等，但为数极少。从内容来看，他自己的生存法则和灵活多变的处事方式，在笔下的农民身上也体现为相应的生存"智慧"。赵树理早年的经历证明了，他是这种生存智慧的受益者。他早年在山西的活动并非像"左联"烈士那样用生命去捍卫信仰，而是懂得"留得青山在"。正因如此，我们能看到的是，他写农民关起门来盘算得失的相关段落都颇为精彩。他写来津津有味，读者读来轻松有趣。这种生存方式和狡黠来源于他长期在农村生活的切身体验。反而，我们在他的作品中很少见到像《艳阳天》里马小辫那样惨无人道地杀死小孩子的"阶级敌人"。除了《李家庄的变迁》等少数文本中有个别无恶不作的"坏人"，赵树理笔下更多的形象其实是善良而自私的农民。这种根深蒂固的认知决定了赵树理十分反感那种"好像凡是写农村的作品，都非写地主捣乱不可"[1]的作品。后来，赵树理被批评多了，索性就在小说里借人物的口说："写自己不懂的事谁也写不好。"[2]

全国抗战爆发后，赵树理在组织动员下重新加入了共产党，再次成为党员作家，并在"文摊"的道路上逐渐风生水起。《在延安文艺座谈会上的讲话》发表后，赵树理创作的《小二黑结婚》等作品适逢其会，被认定为能满足"二为方向"和"普及"需求的作品，在解放区文艺界引起了不小的轰动。周扬甚至宣称："'文艺座谈会'以后，艺术各部门都得到了重要的收获，开创了新的局面，赵树理同志的作品是文学创作上的一个重要收获，是毛泽东文艺思想在创作上实践的一个胜利。"[3]但是赵树理虽然作为一个"方向"，却只是边区的方向。放在40年代全国文艺界"多元共生"的局面中，尤其是相对于国统区和沦陷区文学，赵树理在"现代文学"中的出世无疑代表了一种异质性的诗学力量，也因此受到了左翼文艺阵营的推崇。特别值得注意的是，这样的"方向"却没有真正成为新中国文学的方向。新中国成立后，有关"赵树理方向"的说法不仅迅速销声匿迹，他自己也没有写出像《小二黑结婚》那样得到一致认可的小说。实际上，赵树理后来的创作与早期创

---

1 赵树理：《不要有套子》，《赵树理全集》第4卷，北岳文艺出版社，2019年，第336页。
2 赵树理：《卖烟叶》，《人民文学》，1964年第1期。
3 周扬：《论赵树理的创作》，《周扬文集》第1卷，人民文学出版社，1984年，第498页。

作的区别，主要表现在进一步强化了传统小说、戏曲的叙事技巧，而淡化了现代小说惯常的环境描写，故而有学者认为："赵树理对'风景'的拒绝，事实上也正是对'五四'新文艺语言及其现代性装置的拒绝。"[1]

在投身文学创作之后，赵树理"发觉新文学圈子狭小得可怜……这不过是在极少数的人中间转来转去，从文坛到文坛罢了。他把这叫文坛的循环，把这种文学叫作文坛文学"[2]。同样，早年的赵树理虽然也颇喜欢"五四"小说，但其代表性小说并未借鉴"五四"小说的资源。他大量采用的第三人称外聚焦叙事、评书和扣子式的情节结构方式，更倾向于继承口头文学的艺术路径，甚至认为"'故事'、'评书'、'小说'三者之间没有严格的界限"[3]。从1949年批评《邪不压正》的文章在《人民日报》上发表，到后来《三里湾》《"锻炼锻炼"》等作品引起争议，赵树理显然不再有文摊"摊主"和"方向作家"的风光。

回望历史，赵树理在新中国成立之初跃跃欲试的心态表现得十分明显，用钱理群的话说："老赵进城，本身就有一种象征性。"[4] 他在第一次文代会前给周扬写信即表示："最后我觉着依靠现在的条件工作，并加强今后的流动性，逐渐把自己活动的范围转移到城市去，或者是个较妥当的办法。"[5] 而在第一次文代会的内部会议上，作为解放区文

---

[1] 贺桂梅：《赵树理文学的现代性问题》，唐小兵编：《再解读：大众文艺与意识形态》（增订版），北京大学出版社，2007年，第95页。
[2] 李普：《赵树理印象记》，黄修己编：《赵树理研究资料》，知识产权出版社，2010年，第15页。
[3] 赵树理：《卖烟叶》，《赵树理全集》第2卷，北岳文艺出版社，2019年，第425页。
[4] 钱理群：《1948：天地玄黄》，中华书局，2008年，第243页。
[5] 该信见于徐庆全：《名家书札与文坛风云》，中国文史出版社，2009年，第14页。着重号是笔者所加。

艺的代表，赵树理的发言题目便是《我的水平和宏愿》，但赵树理这篇发言显示出他的理想都建构在过去的经验之上，是由他的民间文化意识所决定的。他并未怀疑这种地域性的文学经验在跨越太行山后，是否应该、是否可能成为全国性的经验。在这篇发言中，赵树理虽有几句自谦之词，但明确表示了自己的"宏愿"："旧文艺阵地还很大。上海有小人书作坊约八十家，作者约有一千个，估计能影响八十万人。旧的阵地还这样的大，我们新文艺工作者应该以最大的努力来夺取它！"[1] 在大众文艺创作研究会成立大会的讲话中，赵树理说："我常到天桥一带去，看见许多小戏园子里，人都满满的，可是表演的却不是我们文艺界的东西。我们号称人民文艺工作者，很惭愧，因为人民并未接受我们的东西。"[2] "天桥"是老北京市民文化的一个符号，"小戏园子"代表的不是旧的通俗小说而是民间艺术，"人都满满的"说明北京底层的平民喜欢这些艺术，"我们文艺界"显示出赵树理将自己视为新中国文学的正统，而"我们"和"人民"的分离实际上是他的问题。他从太行带来的文艺经验并不符合北京城里的"人民"的喜好。因此，赵树理工作逻辑的起点就是要"人民"接受"我们"的东西。这样截然的"新/旧"划分背后实际上隐含着"我们"与"他者"的立场划分。毫无疑问，赵树理已然把自己当作"新的人民文艺"的主人之一，他没有想到的是他所倡导的通俗文化是建立在边区农民文化的基础上的，而上海的"小人书"和老北京天桥的曲艺，虽然不入他的"法眼"，但却是

---

1　赵树理：《我的水平和宏愿》，《赵树理全集》第5卷，北岳文艺出版社，2019年，第238页。
2　赵树理：《在大众文艺创作研究会成立大会上的讲话》，《赵树理全集》第4卷，北岳文艺出版社，2019年，第215页。

城市中市民文化的基础。尽管二者并无优劣之分,但具有不同的"民间性",其背后的文化理念、人生态度更具差异性。以赵树理乡土的方式去"占领"城市的基层文化市场,无异于是将一种地域性的文化经验注入城市市民文化生态,而这自然很难实现。赵树理此时强烈的"主人"心态,是因为他在延安"整风运动"中非但没有受到大的波折,还逐渐声名鹊起,自然以为自己已经是"我们"。这种自我定位和他日后的尴尬地位之间有不小的落差,比如,"周扬对他曾有过很高评价……但周扬组织编写、唐弢主编的《中国现代文学史》,还是没有把他列为专章"[1]。

事实上,新中国文坛中"我们"的结构已经发生了根本的变化。党要建构和推广的是一种不同于以往的,以"统一多民族国家"为逻辑起点的文化模式。相对于赵树理从农村到城市的心态变化,"新中国"对于郭沫若、丁玲、周扬等大批曾经驻足于京沪的革命者有着不同的意义,城市对于他们来说,就像对于萧也牧笔下的"李克同志"那样,是知识分子"过去"革命的目标和期望。实际上,"我们"所接纳的一批知识分子中,有相当一部分是因为全国抗战爆发才被迫从大城市流向边区。大多数乡土作家怀着对现代性的向往涌向中心城市,而像赵树理那样乐于做"文摊""摊主"的人少之又少。赵树理一度主编的《说说唱唱》因为文化理念的问题,也曾引起了不少批评,他自己和编辑部也屡次检讨,后文还将详细论述。正因如此,新中国成立不到两年,进了城的赵树理最初的"宏愿"、语气中的"我们"都已经不复存在。

---

[1] 洪子诚:《问题与方法:中国当代文学史研究讲稿》,生活·读书·新知三联书店,2002年,第237页。

没有被城市文化生态接受的赵树理，在他的家乡还是有其文化基础的。1966 年，仅《山西日报》上登载的批判赵树理的文章数量，就远远超过了十七年间批评赵树理的文章总数，一日几篇文章批判赵树理的情况十分常见，以至于"在穷乡僻壤的厕所里，也涂满了'砸烂赵树理狗头'的标语、漫画"[1]。但是，这些大同小异的空洞文章并不意味着一个时代的人对赵树理的遗弃；相反，赵树理的小说以"手抄本"的方式流传，其根本原因是赵树理的叙事意识不同于柳青那种文化干部的意识，而是植根于民间的伦理土壤中。据他女儿回忆，在特殊年代有人"悄悄地把一本在群众中私下传阅的父亲写的《下乡集》转给我看。这是一本经过精心装订的旧书：磨秃的书角和断口都被人用透明胶纸整齐地粘贴起来，残缺的断页也被人用清秀的小字抄写补齐，笔迹不一，显然是出自众人的手"[2]。这本书被人们珍惜，悄悄传阅，让人感受到不少民众对赵树理的尊敬和深厚情感。

## 二、《说说唱唱》的办刊困境

早期经验不仅影响了赵树理的文学创作，更影响了他的文化选择。新中国成立之初，文艺界以《在延安文艺座谈会上的讲话》的精神为方向，注重文艺的"普及"，因此，"通俗化""大众化"成了一时热潮，"赵树理方向"对民间形式的借鉴成为主要路径。中宣部曾要求："每一个地方，一定要有一种报纸是给工人农民看的……一定要对好

---

[1] 戴光中：《赵树理传》，北京十月文艺出版社，1987 年，第 446 页。
[2] 赵广建：《回忆我的父亲赵树理》，黄修己编：《赵树理研究资料》，知识产权出版社，2010 年，第 49 页。

的通俗报刊,好的通俗报刊的工作者加以奖励。"[1] 各地文艺刊物如《翻身文艺》《长江文艺》《河北文艺》《山东文艺》《大众文艺》纷纷刊登具有大众化色彩的作品,尤其欢迎工农兵的创作。相比于一般地方刊物,由赵树理、老舍先后主编的《说说唱唱》最典型地反映出这一时期"大众化"的办刊特色和问题。两任主编代表的两种民间文艺价值取向同中有异,各自为刊物付出了心血,但该刊的发展始终伴随着批评之声,最终也因为没有能够实现上级领导的期待而终结。

《说说唱唱》从 1950 年 1 月创刊到 1955 年 3 月停刊,共出 63 期,最初隶属大众文艺创作研究会[2](以下简称"创研会"),由北京市文委书记李伯钊和大众文艺创作研究会执委会主席赵树理任主编。创刊时依托的创研会接近同人社团,只不过得到了官方的"关心"和"指导"。刊物的班底最开始是三批人,一批是赵树理、马烽代表的西北解放区作家,另一批是王亚平、康濯代表的华北解放区作家,还有一批是北京的作家,以老舍、汪曾祺为代表,此外还团结了部分在天津的作家。创刊号上,郭沫若、茅盾、周扬的题词分别为:"说说唱唱要表现出新时代的新风格,不仅内容要改革,说唱者的身段,服装也需得改革,请大家认真考虑一下""民族的,大众的,科学的说说唱唱""在群众中生根开花",可见文化界领导人的重视,而该刊在《文艺报》上做广告

---

1 《陆定一在中宣部通俗报刊图书出版会议上的总结报告》,袁亮主编:《中华人民共和国出版史料》第 3 辑,中国书籍出版社,1996 年,第 132—133 页。
2 创研会虽然活动只有两年左右,但是其影响力是不容忽视的,《大众文艺通讯》也是重要的大众文艺文献史料。只是这一部分学术界已有相关的研究成果,笔者没有赘述。参见张霖:《新文艺进城——"大众文艺创研会"与五十年代北京通俗文艺改造》,《文学评论》,2006 年第 6 期;苏春生:《从通俗化研究会到大众文艺创作研究会——兼及东西总布胡同之争》,《现代文学研究丛刊》,2003 年第 2 期。

时的定位是"通俗的、大众的、综合性的文艺月刊"[1]。上级的期待很高，却和首任主编赵树理的办刊理念未必一致。

赵树理的办刊思路非常清楚，他认为民间文艺形式本身就是以说和唱为主，所以他才想出这个刊名，但因为看起来有些土和俗而不被认可："这件事把赵树理惹火了，他大发雷霆，拍着桌子喊道：'弄了几个月时间，你们连办这个刊物的目的都没搞清楚！我们办它就是要提倡说唱文学，这是中国文学的正统。小说要能说，韵文要能唱，我们叫《说说唱唱》，正好体现我们的主张，这个名字有什么不好？'"[2]赵树理习惯用"我们"，但周围真正像他那样从民间文艺传统中成长起来的作家并不多。创刊号的稿约说明里要求："写各种人的生活和新的变化""力求能说能唱"[3]，从内容和形式两方面提出了要求。然而，该刊物一开始就很不顺利。第3期发表的《金锁》被认为有问题，主编赵树理在《文艺报》两次发文检讨，最终不得不承认这篇小说侮辱了劳动人民。另一篇《政府不会亏了咱》成了"歪曲现实的作品"，就算没有侮辱劳动人民，但"严重的缺点，甚至是错误，就是作者把不懂政策，卤莽无知，不调查研究，不倾听意见等恶劣作风，都集中起来，安到村干部文安身上"[4]；《种棉记》也受到了批评，作者承认"在这种思想支持下创作出来的人物形象，就歪曲了农民正在生长中的先进思想感情；同时更忘记了被工人阶级政党领导的农民们，在抗日战争和解放战争

---

1　《文艺报》，总第1卷第12期。
2　戴光中：《赵树理评传》，南京大学出版社，2013年，第253页。
3　《稿约》，《说说唱唱》，创刊号。
4　王正梅：《要正确的表现我们的干部》，《说说唱唱》，1951年3月号。"卤莽"现写作"鲁莽"。

中的伟大牺牲……想配合政策而歪曲了政策，想教育农民，却使农民失掉了正确方向"[1]。

这些作品的作者都是有一定才华的年轻人，他们不像那些老作家有历史资本和现实地位，一部作品受到批评，后来的创作道路也就终止了。赵树理刊发他们的稿子是出于对新作家的培养和提携，他主编时期确实很认真地对待青年作者的来稿，编辑部这方面工作很细致："特别是工农兵业余作者的作品。编辑人员写的稿签和以编辑部名义写给作者的信，连同来稿，都放在编辑部负责人那里，以供查阅，然后统一发出。"[2]尽管赵树理有意提携那些有一定才华的作家，但无奈力有不逮。可以说，赵树理等人在创办《说说唱唱》时，文艺理念无法完全付诸实践[3]。当然《说说唱唱》屡遭批评，其他人也要承担责任，编委和作者之一的王亚平就在《文艺报》上检讨自己说："在通俗文艺工作中产生了极端的自由主义，小资产阶级意识和封建思想残余侵进了庄严的毛泽东文艺思想领域……跳不出旧形式的圈子，写出来的作品缺乏思想性。"[4]

新作家的作品容易出问题，工农兵的创作又太简单，因此办刊者有时也得依靠从现代文学跨入新中国的作家提高刊物的整体质量。《说说唱唱》依托的"创研会"是一个非常复杂的组织，吸纳了不被新文学接受的通俗作家如张恨水，以及沦陷区作家如梅娘。梅娘在《说说唱唱》编稿时推荐了40年代华北沦陷区重要女作家雷妍的作品，她说：

---

1 李悦之、张篷：《〈种棉记〉的检讨》，《说说唱唱》，1952年1月号。
2 罗扬：《曲艺耕耘录》，中国文联出版社，2011年，第339页。
3 参见董国和：《赵树理和〈说说唱唱〉》，《山西文学》，2007年第7期。
4 王亚平：《为彻底改正通俗文艺工作中的错误而奋斗》，《文艺报》，1951年第5期。

"雷妍刊登在《说说唱唱》上的短篇《人勤地不懒》[1], 赵树理帮助她修改了四次之多。"[2] 不过沦陷区作家进入新中国以后大多换了名字, 雷妍在《说说唱唱》更是发一次作品换一个名字。相较于此, 工农兵和新作家的创作还是更多, 这就产生了王亚平概括的两面性:"这个刊物, 在开始的前两年, 在赵树理同志亲自主持、看稿、推进下, 坚持了说唱文学的道路, 很快发行到农村小镇和公社去, 对文艺的普及工作尽到了一点力量。在广大读者中起到了一定的影响, 但过分强调能说能唱, 使少数作者倾向于形式主义, 有的竟蓄意在说唱上下功夫, 取奇斗巧, 以掩盖和忽视了内容。"[3] 赵树理在甫一创刊时就身体力行, 在第1、2期上发表了鼓词《石不烂赶车(上、下)》, 树立了一个范本, 后来的《登记》更成为他的代表作。赵树理改编田间诗作的效果就出乎他的意料。有人称:"拿赵树理的《石不烂赶车》和田间的《赶车传》相比,《石不烂赶车》对新诗可说是一个很大的'讽刺', 也可以说是一个启发。"[4] 能说能唱, 新中国初期这种民间文艺观之所以能存在是因为人民喜欢, 唯其如此, 上级对这种文艺作品的思想和艺术要求就会更高, 批评也就更多、更苛刻。

概而言之,《说说唱唱》屡屡发表了"歪曲"农民或者"曲解政策"的作品, 因此1951年11月17日中国文联八次常委会扩大会议决定:"加强《说说唱唱》, 原有的《北京文艺》停止出版, 其编辑人员与《说

---

[1] 引按: 署名刘植莲。
[2] 梅娘著:《梅娘: 怀人与纪事》, 张泉选编, 中央广播电视大学出版社, 2014年, 第156页。
[3] 王亚平:《永远结不成的果实》, 文化艺术出版社, 2014年, 第211页。
[4] 萧三:《谈谈新诗》,《文艺报》, 总第1卷第12期。

说唱唱》合并,另组新的编辑委员会。《说说唱唱》应当成为发表优秀通俗文学作品和指导全国通俗文艺工作的刊物。"[1] 放在期刊史、出版史中来看,1952年前后文化管理部门对刊物的整编、对出版社的整合并不稀奇,上海的不少旧式小报和通俗刊物都停刊了。但在整编《说说唱唱》时停掉的是《北京文艺》,这显出《说说唱唱》代表的民间化、大众化方向被上级所认可,但对《说说唱唱》而言,它也因此失去了延续同人办刊方式的可能,并且非其所愿地担负起"指导全国"的责任。

赵树理虽然熟悉民间文艺,但片面强调民间文艺资源,显示出其视域的狭隘一面,之后,老舍带着他的市民经验和文学通俗化的理想来接手《说说唱唱》,他凭借着有"时代感"的思想认识编刊物。赵树理的民间文艺观到了老舍任主编的时代并未终结,但老舍的市民意识和赵树理的农村意识毕竟有城乡之别。对城市平民的精神状况与文化趣味的体认和关切,使这位曾把解放战争视为"各祷神明屠手足,齐抛肝脑决雌雄"[2] 的作家,回国后正逢其时地推广那些在城市(尤其是北京)的民间文艺,包括曲剧、相声、太平歌词等。

以老舍取代赵树理,将赵树理降为副主编,可以视为上级对解放区文学方向一定程度的扬弃。老舍受到礼遇,在他身上寄托着上级让现代文学作家在新中国推动文艺通俗化的期望。据说在欢迎他的联欢会上,周扬说:"老舍的回国将有助于中国文艺的通俗化运动。"[3] 老舍确实十分诚恳和勤劳,他在新中国成立之初就不断发表理论和创作论文章,认为"在现阶段中,为了普及,我们应当由学习而把握住大众

---

[1] 《关于调整北京市文艺刊物的决定》,《人民日报》,1951年11月26日。
[2] 老舍:《赠吴组缃》,《老舍全集》第13卷,人民文学出版社,2013年,第593页。
[3] 张桂兴编撰:《老舍年谱(下)》,上海文艺出版社,1997年,第512页。

文艺的语言与形式，了解大众生活与心理去写作大众文艺"[1]，"我们今天看到的文章，还有许多很不通俗或不够通俗的"[2]，"文艺通俗化是件不容易的事"[3]。由此可见，相比于赵树理的乐观，老舍更为清醒。

值得注意的是，老舍升任《说说唱唱》主编后第一期就发表了赵树理的《我与〈说说唱唱〉》。这其实是一篇检讨性的总结："思想错误有三次：第一次是发表了歪曲农民形象的小说《金锁》……第二次是写《武训问题介绍》……第三次是发表了用单纯经济观点宣传种棉的《种棉记》。"[4] 随着编委会的改组，原来班底和作者中的山西人在《说说唱唱》的印记渐渐淡了。今天谈《说说唱唱》不能忽略该刊从一个"半同人刊物"向"官方刊物"转型的过程。与赵树理一样，老舍从《说说唱唱》创刊起就为刊物贡献作品，《柳树井》《消灭病菌》《打锉刀》等对老舍来说不是最优秀的创作成果，但都是他努力创作的作品。老舍接任后，稿约要求也变为"通俗易懂，力求能说能唱能表演"[5]，首先强调的是"易懂"。他上任时正赶上文艺界的思想整顿，作为"指导"全国通俗文艺刊物的《说说唱唱》，仅在1952年2月号上就刊登了王亚平、端木蕻良等人的五篇自我检讨，说明它还未能"指导"别的刊物而先接受了"指导"。为了体现自身的地位并落实文联的决定，《说说唱唱》也试图将视野转向全国，但即便是老舍也不可能对各地文学大众化态势了如指掌，所谓"指导"地方文艺刊物，无非是刊登了一些介绍性文

---

1　老舍：《大众文艺怎样写》，《新建设》，1950年第2卷第3期。
2　老舍：《怎样写通俗文艺》，《北京文艺》，1951年第2卷第3期。
3　老舍：《谈文艺通俗化》，《文艺报》，1951年第4卷第11、12期合刊。
4　赵树理：《我与〈说说唱唱〉》，《说说唱唱》，1952年1月号。
5　《稿约》，《说说唱唱》，1952年7月号。

字。例如1952年3月号转载了重庆《说古唱今》编辑部工作总结《八个月来的〈说古唱今〉》，发表了一篇推荐经验的文章《巍山区组织群众说唱的经验》，并加了按语："值得介绍推广……介绍给各地做文艺宣传工作的单位作为参考"[1]。然而，《文艺报》依然发表文章批评《说说唱唱》："还远赶不上群众及各地通俗文艺工作的要求，还不能较好地完成它的任务。"[2]

1953年再次改组后的《说说唱唱》继续做出改变，表示要"阅读、研究各地的通俗文艺作品，优秀的予以推荐、介绍，拙劣的予以批评"[3]。杂志编者改为"说说唱唱社"，但老舍作为北京文联主席还是直接负责办刊事宜。现在看来，这次改组效果似乎更差。赵树理对民间文艺和农民文化需要的执念固然使《说说唱唱》发表的具体作品屡受争议，但赵树理的审美观一以贯之。老舍则不然，他是经过好几次检讨的："那时候，我不晓得应当写什么，所以抓住一粒砂子就幻想要看出一个世界；我不晓得为谁写，所以把自己的一点感触看成天大的事情。这样，我就没法不在文字技巧上绕圈子，想用文字技巧遮掩起内容的空虚与生活的贫乏。今天，我有了明确的创作目的。"[4] 新中国成立后，他否定自己过往的文艺观点，又成为郭沫若、茅盾都当不上的"人民艺术家"，因此，老舍自己的艺术观在编刊过程中很难贯彻。他试图平衡各方意见，把刊物办出"全国性"的气象。

---

1　金陇：《巍山区组织群众说唱的经验·按语》，《说说唱唱》，1952年3月号。
2　陈骢：《提高通俗文艺刊物的质量——评北京文艺刊物调整后的〈说说唱唱〉》，《文艺报》，1952年第9期。
3　说说唱唱社：《一个新的开始》，《说说唱唱》，1953年1月号。
4　老舍：《生活，学习，工作》，《老舍全集》第14卷，人民文学出版社，2013年，第542页。

其实老舍本人对民间文艺形式的利用由来已久,正如有学者所说:"他在抗战初期热心于写通俗文艺,又正是为了利用鼓词、评书、数来宝等负载过'忠君报国'思想的市民文艺与民间文艺装入现代意义上的国民人格与国家观念。"[1]但他并不在选稿用稿时坚持自己的文艺标准。老舍为人宽和,艺术观念开放,但也因此这个刊物的独特风格没有了。1953年到1955年,山药蛋派主要作家中只有赵树理在刊物上发了一个小作品,但有一大批各式各样的稿子刊出,其中有毛泽东电文,游国恩论文,京剧、评书、评弹作家和演员的剧本唱词,李季、公木的诗,王老九的诗和相关评论,志愿军的战地速写,邓友梅、方之等新人的新作,端木蕻良等老作家的作品。此外,郭沫若、贾芝、阿英、齐白石、胡絜青等也先后为之供稿。只看该刊一期可能感觉不到,若是连起来看,老舍还是如"文抗"时期那样有着广泛的人际关系,刊发名人名作的范围也反映出他一度想改革办刊思路,但刊物除了"综合"就看不出其他特色了。

赵树理执着于"普及"忽视了"提高",固然惹来不少麻烦,但赵树理离开北京之后,《说说唱唱》说是"普及",又有不少不通俗的文章;说是"提高",又登了不少采用民间形式和大众语言的文本。这大概是老舍的智慧,给刊物减少许多麻烦,但赵树理坚持的办刊方向也就终结了。当然这种后果不能全部归结在老舍身上,因为他接手时,《说说唱唱》已不是同人刊物,而成了文联机关刊物,他承受的上级领导和工农兵的双方面压力更大。他试图改革杂志社对稿件的处理方式,例如不再一一退稿:"工农兵来稿,仍按原办法处理,如不采用,提

---

[1] 宋永毅:《老舍与中国文化观念》,台北博远出版有限公司,1993年,第30页。

意见退给作者。……鼓词、快板、诗在一百二十行以内,其他文体在三千字以内,一般的不退稿。"[1] 这立刻受到"工农兵"的批评,杂志社又调整了办法,可见老舍作为主编连这样的事情都不能做主。《说说唱唱》虽然是全国性通俗刊物,出版者虽先后挂上了新华书店、人民出版社、人民文学出版社、北京大众出版社的招牌,但毕竟随时都会受到监管和批评,老舍也有他的无奈。

最终,中央决定缩小地方刊物,《说说唱唱》改回了《北京文艺》。如果说《说说唱唱》由于其强大的编辑队伍还能试图在新的"大众化"道路上办出一点特色,那么 1955 年《北京文艺》开始大幅改版并相继推出小说、散文、诗歌栏目,又变回一个规范的严肃文学期刊,而原来在《说说唱唱》看稿的汪曾祺在这之后也一度恢复了小说创作。《说说唱唱》没能成为民间与大众文艺的"样板"杂志,它的停刊反而带动了一大批地方文艺刊物在 1955 年后都逐渐合并、改版,恢复为以小说、诗歌、散文为主的文艺期刊。有学者认为,十七年时期"文学刊物的机构化扼杀了同人刊物的生存空间,标志着同人团体和同人刊物的消失"[2]。但《说说唱唱》拥有众多优秀作家编辑,它最初追求通俗化、大众化,发表了不少取法于市民或农民所"喜闻乐见"的民间形式的好作品,一定程度上对新中国文学引入民间文艺资源起到了推动作用。更为重要的是,我们在此基础上能看到赵树理方向与新中国文艺发展内在需求间的距离,可以从这个角度出发重新审视和解读赵树理在 1949 年后的创作与遭遇,重新理解延安文艺和新中国文学的复杂关联。

---

1 说说唱唱社:《本刊改进退稿办法启事》,《说说唱唱》,1952 年 5 月号。
2 王本朝:《中国当代文学制度研究(1949—1976)》,新星出版社,2007 年,第 116 页。

## 第二节　周扬与丁玲的形象辨析

在中国现当代文学史料几十年的整理和研究中，时代语境和评价机制的变化与政治、市场、文化等多种因素相关，但说到底无论是历史的亲历者还是研究者，作为"能思"的主体，他们的学术态度既受到公共环境的影响，也不可避免地掺杂带有强烈"主体性"色彩的个人认知。相较于后者，在以往的史料整理与研究中，我们对史料话语形成中时代性、公共性的影响因素之关注较为充分，特别是，对于史料在政治化的环境下受到的意识形态影响，对于市场化的环境下史料鱼龙混杂、真伪难辨等问题，学者们瞩目颇多。这些当然是对历史相对全面的把握，但他们个人认知的差异性还是在史料中或多或少地留存下来。在作家研判中，科学的史料观不仅有宏观判断还应有微观洞察，故而笔者以为在史料研究中如何处理个人认知的问题是应该引起重视的。在中国当代文学史上，关于周扬与丁玲的争论一直备受关注，相关史料也相当丰富。鉴于这种情况，并考虑到篇幅所限，本文将主要围绕两人的相关史料进行深入探讨和分析。

就周扬与丁玲的问题而言，笔者以为相关的史料可以分为三个层次：其一，周扬与丁玲的自我言说。作为当事人，他们从自身的认知出发，对于历史与现实述说虽不可避免存在着许多意气之处，但却是学术研究的第一手资料；其二，周扬与丁玲同时代的当事人所留下的史料。这些人或多或少参与过相关的事件，作为历史的见证者，他们的认知不免有个人倾向性，却能为研究者提供更为丰富的历史信息；其三，相关研究者的研究。这些研究对于既有史料的筛选和评判体现了研究者自身的价值立场。总之，历史本身是多面向的，每个人的认知都是基于相应的事件与史料产生历史实感，而有了这样一个"史迹集团"[1]，我们在史料研究中应该尽可能观照不同的个人认知，在此基础上才能更准确地把握作家的全貌。

综合各层次的史料来看，周扬与丁玲之间确实有着超出正常思想分歧范围的矛盾。在20世纪50年代丁玲受批判时，"周恩来总理曾有过指示：'由于周扬同丁玲之间成见甚深，在审查时要避免周扬和丁玲直接接触……'"[2]，但在周扬的主持下对丁玲的批判还是使人"亲见了周扬疾言厉色、咄咄逼人、令人可畏的一面"[3]。20世纪70年代末，丁玲为平反之事曾让孩子去见周扬，然而，周扬却并未对丁玲释放友好的信号："伯夏告我良鹏向他谈及祖慧见周情况。周说，四十年的表现，可除掉疑点，但不能排除污点。可见周仍坚持错误，对我毫不放松。此等人为什么要去见他！"[4] 以至于丁玲写信告诉丈夫："你去看荒，可以。切莫深谈。勿须去看'周伯伯'，要祖慧不要再找他。"[5]1979年时丁玲生活上较为困难，中组部提出先恢复丁玲曾有的待遇，周扬则驳回了这一要求："对于没有改正的'右派'分子，我们不能这么做，如果中组部要这么做，请写书面意见给我们。"[6]

---

1 梁启超：《中国历史研究法》，上海古籍出版社，2006年，第111页。
2 李之琏：《我参与丁、陈"反党小集团"案处理经过》，《作品与争鸣》，1993年第11期。
3 龚育之：《几番风雨忆周扬》，王蒙、袁鹰主编：《忆周扬》，内蒙古人民出版社，1998年，第220页。
4 张炯主编：《丁玲全集》第11卷，河北人民出版社，2001年，第451页。
5 "荒"即陈荒煤，"周伯伯"是周扬，参见张炯主编：《丁玲全集》第11卷，河北人民出版社，2001年，第268页。
6 杨桂欣：《丁玲与周扬的恩怨》，湖北人民出版社，2006年，第206页。

这就产生了我们作为研究主体如何认知和辨析史料的问题。如果从周扬的立场来看，他自认为是有道理的，要维护自己的历史行为的正当性。无论如何他无法绕过自己主导的对丁玲的政治结论："党员就是要在重要关头，在风浪中经得起考验：可是丁玲在三个关键时期——南京被捕以后；1942年在延安，革命最困难的时候；全国解放后，丁玲担负文艺界重要领导责任的时候——都没有经得起党的考验。"[1] 改革开放之后，周扬对这三个"时期"的结论并没有否定，一方面他在接受采访时说丁玲在延安时期"暴露黑暗"："当时延安有两派，一派是以鲁艺为代表，包括何其芳，当然是以我为首。一派是以文抗为代表，以丁玲为首。……我们鲁艺这一派人主张歌颂光明。而文抗这一派主张要暴露黑暗。"[2] 另一方面，对于丁玲被捕问题，周扬也耿耿于怀，据说"那时贺敬之同干部局的郝一民去征求周扬的意见，苏灵扬代替周扬表示不同意（周扬说话已不利落）"[3]。在这些史料背后，我们应该看到的是周扬并不仅仅是对"污点"问题的意见，而是再次维护他主导下的1957年丁玲案的结论。

如今，关于丁玲的"一切不实之词"中央已经彻查平反，最终给丁玲的评价是："我们化悲痛为力量，学习丁玲同志一生追求真理，坚持共产主义信仰，坚决拥护党的领导，坚持社会主义文艺方向的高贵品格……"[4] 不过，我们的文学史研究和作家论不能因此忽视了个体生命

---

[1] 《文艺界正在进行一场大辩论（周扬、邵荃麟、刘白羽、林默涵在中国作家协会党组扩大会议上的发言纪要）》，《文艺报》，1957年第20期。
[2] 赵浩生：《周扬笑谈历史功过》，原载《七十年代》（香港），1978年9月号，转引自《新文学史料》，1979年第2辑。
[3] 邢小群：《丁玲与文学研究所的兴衰》，山东画报出版社，2003年，第183页。
[4] 《丁玲同志生平》，《人民日报》，1986年3月16日。

鲜活生动的一面。有意思的是，周扬的振振有词不能说没有"证据"。在周扬的观念中，这个"证据"之所以有效的前提其实是"党性"原则高于一切，反过来也有人基于自己的认知不断给丁玲的行为寻找解释方式，诸如"革命策略"，例如看管丁玲的国民党特务的描述是："丁玲的原则性非常强。囚禁之初，从不与看守、特务说话……"[1]也有人将之理解为"如果不同冯达保持某种关系也难于应付国民党对她的折磨"[2]。而综合各种史料来看，这种主观化的理解并不可信，恐怕还得综合丁玲自己陈述的情况："我整个身心都快僵了，如果人世间还有一点点热，就让它把我暖过来吧。我是一个共产党员，我到底也还是一个人，总还留有那末一点点人的自然而然有的求生的欲望……"[3]

　　同样一个历史现象，出现了三种不同的说法。这就考验研究者在理解作家、认识作家时从什么角度出发，也涉及个人认知背后的历史观问题。丁玲这段话写于晚年，这种说法，其实可以从正面为周扬当时所提倡的所谓"异化"问题，以及当时流行的人性论、人道主义思想添一条注脚；但恰恰是寻求思想解放的周扬，用被"异化"了的眼光打量着丁玲。这就是周扬的双重标准问题。丁玲曾在"小宇宙"中呼唤人性、温暖和表露生命欲望，这在当时的宣扬人性论、人道主义论的作品中并不罕见，但周扬在20世纪80年代依然认为这是丁玲身上不能抹杀的污点。从这里也可以看出，后人为丁玲的辩解虽与周扬的逻辑

---

1 万东：《听家父讲述丁玲案》，《钟山风雨》，2009年第6期。
2 李之琏：《不该发生的故事：回忆一九五五——一九五七年处理丁玲等问题的经过》，《新文学史料》，1989年第3期。
3 丁玲：《莫干山的冬天》，《丁玲全集》第10卷，河北人民出版社，2001年，第43—44页。

小前提不同，但其大前提是一样的，是先将其看成"污点"然后为其寻找一个正义、合法的小前提，从而颠覆周扬的结论。

从另一个角度来看，当事人的个人认知虽然会有局限，但不同层次的史料其实恰恰可以形成一定程度的"互补"。例如王蒙在比较丁玲和周扬时就提出来，丁玲不谅解周扬，但是周扬"与那种只知个人恩恩怨怨，只知算旧账的领导或作家显出了差距。大与小，这两个词在汉语里的含义是很有趣味的。周扬不论功过如何，他是个大人物，不是小人"[1]。这里对丁玲等潜在的批评和对周扬的歌颂，反映出王蒙的个人倾向性和态度。尽管我们确实能看到由于上述种种恩怨纠葛，丁玲对周的不屑和不满是存在的，电视中的"周扬"被她说成"依然仰头看天，不可一世，神气活现"[2]，她在报纸上看到周扬的文章时也多有微词："读着周的大文，仍是空话大道理连篇。"[3] 然而上述史料只是这个问题的一面，王蒙等人选择性地忽视了丁玲顾全大局的一面，当年"在党的十一届三中全会精神鼓舞下，长期蒙受委屈和磨难的丁玲能以党的利益为重，不计个人恩怨，自己又有宿疾在身，主动到医院去看望周扬，这是很难得的"[4]；出访时被问到两人的关系，丁玲的回答也以大局为重："外国人总问丁玲：周扬怎么打的你呀？丁玲说：不是周扬的责任，是我们自己愿意下放锻炼。丁玲对我说：在外国人面前不能不护短。"[5] 因此在中国当代文学史料研究中，我们一方面要尊重个人

---

1 王蒙：《周扬的目光》，《读书》，1996 年第 4 期。
2 张炯主编：《丁玲全集》第 11 卷，河北人民出版社，2001 年，第 481 页。
3 同上，第 486 页。
4 甘露：《一次难忘的探视——忆丁玲探望周扬》，《新文学史料》，1991 年第 3 期。
5 王增如：《无奈的涅槃：丁玲最后的日子》，上海书店出版社，2003 年，第 75 页。

言说历史的权力和自由,但也有必要通过史料研读充分意识到当代文学史上种种复杂纠葛,不宜轻易倒向一面,而忽视另一面。

周扬与丁玲的问题虽说是两个人的问题,但两个人在文学史上具有举足轻重的位置,使我们透过史料能探析影响他们个人认知的因素,正如阿尔都塞提出的:"历史的文字并不是一种声音在说话,而是诸种结构中某种结构的作用的听不出来、阅读不出来的自我表白"[1],而深层的思想动因指向的是史料中他们没发出的"声音",这一点在周扬与丁玲的晚年表现得尤为明显。当我们重新审视二人晚年保守或激进的姿态时,"我们必须这样设想历史:它不是用来加深仇恨,或是认可党派的旧口号,而是要找出差异背后的共性,把所有生命看成那张生活网的组成部分"[2],从而在形成学术判断的过程中不忘捕捉史料背后的"声音"。

事实上,丁玲与周扬的问题受到了诸多因素,特别是政治因素的影响。丁玲在日记中不乏失望地说:"忆几十年大好年华,悄然消失,前途茫茫,而又白发苍苍,心高命薄,不觉怆然。"[3]这样的个人情绪却未在公开场合表达,而代之以:"我们中国是最有希望、最有前途、最光明的地方。我去过外国,但我总是觉得我们这个国家好啊,我们这个社会主义好啊,我们的老百姓好啊!"[4]周扬在改革开放以后多次向文艺界人士表示道歉,然而在丁玲平反的问题上却并非如此:"贺

---

1 [法]路易·阿尔都塞、艾蒂安·巴里巴尔:《读〈资本论〉》,李其庆、冯文光译,中央编译出版社,2001年,第6页。
2 [英]巴特菲尔德:《辉格党式的历史阐释》,李晋译,生活·读书·新知三联书店,2013年,第6页。
3 张炯主编:《丁玲全集》第11卷,河北人民出版社,2001年,第440页。
4 张炯主编:《丁玲全集》第8卷,河北人民出版社,2001年,第329—330页。

敬之当时是中宣部的副部长……他赞同中组部给丁玲彻底平反的文件，周扬就很厉害地说他：你以后还想不想在文艺界做工作了？"[1] 怎样看待二人乃至更多的文人都存在的类似情况？以往不少学者的看法中，总是预先设定政治对个人话语的影响是负面的，然后倾向于认为他们的政治话语是作秀，这恐怕并不准确。对于这类曾居高位的左翼文人，我们的价值判断若要能充分包容和理解他们，就不能先假定政治性的表达不合法，不能刻意从史料中找到他们"灰色"的一面展开研究。

不可否认，丁玲也好、周扬也罢，在长期的政治生活中都已经或多或少成为"政治化"的人，在丁玲看来，"现在不提文艺为政治服务，实际上，文艺不是为这个政治服务，就是为那个政治服务"[2]。这样的话仿佛是周扬十七年诸多讲话的翻版，由此可见他们的认知，尤其在思想深处，是有某些相通之处的，这也是我们讨论和理解他们的前提。改革开放之后，尽管二人对历史都有反思，但对曾经批判他们的领导，却一如既往地报以信任和尊敬，到了晚年，周扬曾表示："不无苦涩地说：我这辈子前后被打倒过三次，每一次都是我所尊敬、信任和亲近的人，相信了卑鄙小人的谗言，要打倒我。"[3] 据周扬秘书回忆说："他去世之前，我看他对毛主席还是一直有感情。他总是说：'毛主席有学识，能统一中国很了不起……'"[4] 无独有偶，丁玲在被批判后依然认

---

1 查振科、李向东整理：《陈明口述：丁玲晚年那些事》，《新文学史料》，2010年第4期。
2 张炯主编：《丁玲全集》第8卷，河北人民出版社，2001年，第194页。
3 周艾若口述、李菁整理：《我们从未走进彼此的内心——忆我的父亲周扬》，《文史博览》，2009年第8期。
4 李辉编著：《摇荡的秋千——是是非非说周扬》，海天出版社，1998年，第201页。

为:"毛主席最了不起了……他对我怎么样,不管,但我对他是一往情深的。现在看到很多人还在指桑骂槐地骂他,我心里是很难受的。"[1]在丁玲对历史的叙述中,她坚持认为自己的不幸不能归咎于党和国家领导人:"难道敬爱的周总理、王震等中央领导同志也忍心让我去北大荒喝西北风吗?我是决不相信的,死也不信的。我以为只有那么几个人,他们惯于耍弄权术,瞒上欺下,用这样表面堂皇,实则冷酷无情的手段,夺走我手中的笔,想置我于绝地。"[2]

对领导人的尊敬和爱戴在他们内在精神世界占有重要地位,亦成为他们历史认知的起点。有人据此认为他们存有"争宠"的心态,而提出"'欲与周扬试比高'的心态居然折磨了丁玲一辈子,也成为丁玲作为中国文坛最具悲剧色彩角色的因素之一"[3]。这种观点把他们想得太过简单了。丁玲的很多做法并非因为周扬的存在,而是一种政治无意识对自身认知的制约:"在访问加拿大的时候,每次被外国人问到她的过去时,丁玲对自己的国家,没有说过一句批评的话,多少个夜晚,我们在下榻的饭店闲聊时,她总是坚强地重复一句话:'我要批评自己的祖国,也不会到外国来批评。'"[4]更进一步说,没有任何史料可以直接证明丁玲的"左"倾面貌是为了对抗周扬的"自由化"。这样的误读是因为,"在他还没有深入研究任何问题之前,他就能得出针对历史问题

---

[1] 王增如、李向东编著:《丁玲年谱长编(下)》,天津人民出版社,2006年,第683页。
[2] 丁玲:《风雪人间》,《丁玲全集》第10卷,河北人民出版社,2001年,第127页。
[3] 徐庆全:《周扬与丁玲(下)》,褚钰泉主编:《悦读》第20卷,二十一世纪出版社,2011年,第81页。
[4] [加拿大]刘敦仁:《哀丁玲》,《中国》编辑部编:《丁玲纪念集》,湖南人民出版社,1987年,第504页。

似乎显而易见的判断来"[1]。因此，当周扬被迫在《人民日报》做自我批评[2]的同一天，丁玲在中央人民广播电台举办的星期演讲会上做了"认真学习、开展批评、整顿文坛、繁荣创作"[3]的报告，由此才会被论者加以主观的联系，不自觉地放大二人的对立程度。

在政治话语之外，相关史料中的道德因素也很容易干扰学者对文人的判断。如洪子诚所言："中国'当代'推动的又是一种'泛道德化'的政治实践。而对于许多革命作家、批评家来说，他们普遍持有对文学的道德承担的信仰。"[4]这样一来，当代文学研究不得不将个人认知的泛道德化问题考虑进来。丁玲在日记中贬斥周扬时说："这些小丑，总是会说假话，会说瞎话，会说坏话，真是防不胜防呵！"[5]不过，这种道德谴责在公开场合被代之以史实性说明，例如反驳周扬关于丁玲在"文抗"搞宗派的言论时，丁玲说："事实上，当时我恰恰不在'文抗'。'文抗'有七个负责人，他们是萧军、舒群、罗烽、白朗、艾青、于黑丁、刘白羽……整风以后，才把我调到'文抗'。"[6]熟悉解放区文学的人不难发现，丁玲讲的显然与既有历史事实更为接近，而且当时丁玲的发言引来不少叫好之声："诗人公木特地跑上台去，高喊：'我完全同意丁玲同志的观点！'老作家萧军在台下大声说：'周扬的春天就是我

---

[1] [英] 巴特菲尔德：《辉格党式的历史阐释》，李晋译，生活·读书·新知三联书店，2013年，第21页。
[2] 新华社：《周扬同志对新华社记者发表谈话，拥护整党决定和清除精神污染的决策就发表论述"异化"和"人道主义"文章的错误做自我批评》，《人民日报》，1983年11月6日。
[3] 张炯主编：《丁玲全集》第8卷，河北人民出版社，2001年，第376至382页。
[4] 洪子诚：《"当代"批评家的道德问题》，《南方文坛》，2011年第5期。
[5] 张炯主编：《丁玲全集》第11卷，河北人民出版社，2001年，第493页。
[6] 张炯主编：《丁玲全集》第8卷，河北人民出版社，2001年，第78页。

的冬天！'"[1]。

问题在于，不少人基于这些史料生发出道德判断，容易拘泥于道德观而显得偏颇。"解释从来不是对先行给定的东西所作的无前提的把握。"[2]例如有学者就在批评周扬而维护丁玲时用了不少道德化的语言攻击周扬。从前文的论述中我们可以看出，周扬在改革开放之后因个人倾向影响而对丁玲问题的态度未尽客观，但要注意的是，"如果我们想想这种类型的历史事件所共有的东西，就会发现，它们全都仍然在我们心中有其回响，它们中没有一个是我们可以不带感情加以探讨的历史"[3]。我们不能因为一个事件形成的个人前见而对周扬一概否定。"前见就是一种判断，它是在一切对于事物具有决定性作用的要素被最后考察之前被给予的。"[4]根据西方解释学，理解和解释并非仅是复制文本意义或反映解释者的自身理解。文本意义重要但非唯一，解释需考虑解释者的"前见"作为基础，但过分依赖前见而忽略文本本身的话语结构，则会导致解释失真。比如因为丁玲一案的反复，周扬被有的研究者指责为"经常说了不算，或朝秦暮楚，毫无定见，或以个人好恶来认定是非"[5]。这种对周扬的否定显然过于泛化。更为重要的是，如果前见变成了偏见，那么对于有利于自己的史料往往会不加考辨而运用。例如据贺敬之说，在丁玲平反前，周扬联络贺敬之要在会上反对，并

---

1 杨桂欣：《丁玲与周扬的恩怨》，湖北人民出版社，2006年，第195页。
2 [德]海德格尔：《存在与时间》，陈嘉映、王庆节译，生活·读书·新知三联书店，2006年，第176页。
3 [荷]弗兰克·安科斯密特：《历史表现中的意义、真理和指称》，周建漳译，译林出版社，2015年，第249页。
4 [德]伽达默尔：《真理与方法》，洪汉鼎译，上海译文出版社，2002年，第347页。
5 李之琏：《我参与丁、陈"反党小集团"案处理经过》，《作品与争鸣》，1993年第11期。

讲道:"我过去已经几次给你谈过,丁玲的历史污点是翻不了的……材料是否确实,对材料怎么分析判断,不同的观点会有不同的结论。"[1] 遗憾的是,这段话在不少为丁玲辩护的文章、著作中被采信。征引这则史料的行为本身就体现了引用学者的历史观偏向。在贺的表述中,周扬显得十分不可理喻,然而也有学者没有简单地采信此则史料,而是认为贺敬之的这段叙述是不真实的:"据笔者所知,这一年的6月上旬,周扬到广东,住到9月中旬才回北京,我们很难想象贺敬之会跑到广东去通知周扬'有这么一件大事'的。"[2] 由此可见,维护周扬和维护丁玲的人对同一历史细节的叙述都会大相径庭。

从另一方面看,周扬晚年受到的某些冲击,也令一部分人的认识不够客观,而抒发对周扬的道德同情和赞誉。实际上,中共中央给周扬盖棺定论的评价中不忘强调他"旗帜鲜明地反对资产阶级自由化和各种错误思潮,努力加强宣传、思想工作"[3]。然而,更多的学者对周扬加以盛赞,反而不是因为周扬反对资产阶级自由化,而是出于一种顺着研究者心意的立场:"周扬焕然一新。晚年的周扬是反思的周扬,是改革的周扬,是批判极'左'路线的周扬。"[4] 从前文周扬晚年的自述和不少言论中,我们可以看出这种判断并不客观。如李辉所言:"任何人都无法脱离历史环境而生存,但我们研究一个历史人物时,需要的是

---

[1] 贺敬之:《风雨答问录》,《贺敬之文集6》,作家出版社,2005年,第449页。
[2] 徐庆全:《丁玲历史问题结论的一波三折》,《百年潮》,2000年第7期。于光远在《周扬和我》中也讲到这段时间周扬在广州的事,参见王蒙、袁鹰主编:《忆周扬》,内蒙古人民出版社,1998年,第207页。
[3] 《周扬同志生平》,《人民日报》,1989年9月6日。
[4] 叶永烈:《胡乔木——中共中央一支笔》,人民出版社,2011年,第322页。

冷静和客观。"[1] 我们将这些史料纳入一定历史语境中分析，就不难发现政治、道德、情感倾向等诸多因素确实对丁玲、周扬的研究产生了应该引起警惕的影响。可以说，直到今天关于两人的评论和争鸣一直延续[2]，比如常年研究周扬的徐庆全，他就从一批打倒丁玲和反对丁玲平反的人那里获得了"足够"的材料而重新质疑丁玲的历史问题，尽管他在文章醒目的位置讲到"'为了生活'，丁玲被迫在犯有'政治错误'的结论上签字"[3]，而这篇通篇是史料、通篇看似客观的文章也引起了中国丁玲研究会的重视，以至于相关学者、了解丁玲一案定谳与平反的作家、中国作协、《求是》《文艺报》等刊物的相关同志联合召开讨论会。会议上，学者们讨论的对象是丁玲，反思的问题却是史料研究中历史实际和个人主观认知的关系如何处理。陈漱渝提出："史学家在铺排史料的时候不可能没有自己的倾向和感情色彩。小徐的文章中反驳李之琏，反驳周良沛，但当涉及延安'抢救运动'的时候和'文革'专案组作结论时，他却不露声色，难道这是纯客观立场，还是作者有自己的感情倾向？"而王中忱则指出徐庆全所找到的史料，"真的没有超出1956年、1957年在一些批判文章里引用的或者流传的一些东西，我觉得新鲜的是在于作者组织材料的这种方式。作为一个历史研究者，拿到材料后，怎么组织，怎么分

---

1　李辉：《摇荡的秋千》，王蒙、袁鹰主编：《忆周扬》，内蒙古人民出版社，1998年，第637页。
2　关于二人的主要评价与争议可参阅汪洪编：《左右说丁玲》，中国工人出版社，2002年；杨桂欣编：《观察丁玲》，大众文艺出版社，2001年；徐庆全：《知情者眼中的周扬》，经济日报出版社，2003年。
3　徐庆全：《丁玲历史问题结论的一波三折》，《百年潮》，2000年第7期。

析"[1]。笔者以为，这些方法论不仅针对个别学者的一两篇文章适用，而是具有普遍性的参考价值。由于"认识起因于主客体之间的相互作用"[2]，不同主体对史料的理解必会有所差异，所以想要做到"绝对的超然的客观，事实上是不可能的"[3]。但研究者要尽可能避免主观化、泛道德化的前见。在研读和处理相关史料之前，如果自己预先设定好了带有某种倾向性的认知角度，就会使研究中史料原本应起到的客观陈述效果大打折扣。

现在来看，二人身故后，文艺界一直有对二人的质疑之声，例如质疑周扬的忏悔不够真诚："如果该具体地向受屈的对象忏悔谢罪，那么，最重要的对象首先应该是胡风、冯雪峰、丁玲和原中宣部被他一手打成'反党集团'的李之琏、黎丁等几位。"[4]或者谴责丁玲"不仅未参加11月7日的萧也牧追悼会，而且至死也未能对当年挥舞极'左'的棍子批判萧也牧而有所悔悟"[5]。然而这些质疑基本上都没有超出之前讨论的框架。与此同时为二人的辩护也没有提供更重要的史料线索，或者说基本上是基于各自认知的重复表达，例如有人为丁玲申冤时指出周扬的局限："他虽然不会跟丁玲那样嚷嚷'作家是政治化了的人'，却更讲'政治'，比丁玲用'血泪经验'所换来的，他更懂得在他所在

---

[1] 涂绍钧：《拨乱反正的历史结论必须坚持——中国丁玲研究会针对〈百年潮〉杂志发表〈丁玲历史问题结论的一波三折〉一文召开的专题座谈会纪要》，《百年潮》，2001年第1期。
[2] [瑞士] 皮亚杰：《发生认识论原理》，王宪钿等译、胡世襄等校，商务印书馆，1981年，第21页。
[3] 王瑶：《评林庚著〈中国文学史〉》，《王瑶全集》第2卷，河北教育出版社，2000年，第545页。
[4] 何满子：《偶感三则》，《文学自由谈》，2005年第1期。
[5] 石湾：《红火与悲凉：萧也牧和他的同事们》，上海锦绣文章出版社，2010年，第142页。

的社会和地位所不能没有的、符合这个社会政治的'声誉'。对丁玲的这几招,也无非想以自己的'一贯正确'来光大这一'声誉'罢了。"[1]除此之外,研究者如果在史料的边边角角中去发掘,也能看到丁玲当年揭发周扬生活作风方面的问题,但不足以打破现有的虽有争议但大致稳定的研究框架,也无法使相关研究取得突破性进展。

总之,周扬与丁玲都是中国现当代文学史上极具争议的人物,其复杂性需要从多个角度综合考虑。在研究过程中,我们需要关注史料、历史认知和作家研究之间的关系。首先,我们应该注意到当事人和知情者的个人认知可能存在一定的偏差,这些偏差可能会影响史料的呈现。其次,在研究过程中我们应尽量给不同的史料提供"在场"的可能性。我们可以通过综合分析当事人、相关人士和研究者的话语动因,把握多维话语的"合力",形成更为开阔的历史意识,从而更为全面地理解文学事件和相关人物的各种角度。虽然我们可能无法完全还原历史,但在一定程度上可以避免历史观的"当代化"和"个人化"所带来的偏见与盲视。

## 第三节 重视张恨水的晚年创作

在 20 世纪上半叶,如果说通俗文学家中成就最高的人,恐怕就是曾被老舍称为"国内唯一的妇孺皆知的老作家"[2]张恨水。面对以张恨水为代表的市民文学,学术研究者打破一种学院想象(以学院教育中的

---

1 周良沛:《重读丁玲》,《文艺理论与批评》,1997 年第 4 期。
2 老舍:《一点点认识》,《老舍全集》第 14 卷,人民文学出版社,2013 年,第 360 页。

阅读想象大众的阅读）显得颇为重要。极少数的专业读者在高等院校接受的文学教育对市场上流行的文学无论怎样排斥，对其传播的影响毕竟是有限的；虽然也有一些学者从雅俗融合的角度肯定了张恨水的意义，但我们也要看到："现代通俗文学作家如张恨水等，进入文学史进而经典化是凭借自身创作中本身包含了被'纯文学'认同的审美逻辑和'现代性'的内涵。"[1] 此外，张恨水在新中国成立后的创作少有人研究。张恨水与20世纪40至50年代中国文学的关联，实际上呈现出一种错综复杂的态势。从其创作和相关史料的辨析中，我们能进一步厘清其社会影响和文学史意义，从而形成对张恨水更为全面的理解，而不是仅仅停留在引雅入俗之类的概括性判断之上。

### 一、写作的严肃性与文本的传奇性

作为一位通俗文学作家，张恨水在理论和创作方面的执着，体现了他作为报人作家对市场敏锐把握的能力，从而使他在市民阶层中具备了广泛的影响力。"我觉得章回小说，不尽是可遗弃的东西，不然，红楼水浒，何以成为世界名著呢？自然，章回小说，有其缺点存在，但这个缺点，不是无可挽救的（挽救的当然不是我）；而新派小说，虽一切前进，而文法上的组织，非习惯读中国书，说中国话的普通民众所能接受。"[2] 倘若从精英文化的视角出发，此类观念自然难以被接纳。然而，张恨水秉持市场导向，他采用"市民阶层"所能接受的艺术风格进行创作，创作主题不断改变，叙事艺术的变化却较为有限。

---

1 刘杨：《通俗文学"经典化"的另一种路径》，《世界华文文学论坛》，2014年第3期。
2 张占国、魏守忠编：《张恨水研究资料》，知识产权出版社，2009年，第237页。

对于研究者而言，要精确概括张恨水百部小说的艺术风格实属不易，但其中两个关键层面需予以关注。第一个层面是张恨水自己说的："我虽然没有正式作过礼拜六派的文章，也没有赶上那个集团。可是后来人家说我是礼拜六派文人，也不算十分冤枉。因为我没有开始写作以前，我已造成了这样一个胚子。"[1]将新文学视为先锋文学，将晚清以降以市民文学为主的通俗文学视为常态文学，二者的关系便显得明朗。归根结底，常态文学与先锋文学均需面对市场考验。然而，常态文学作家致力于将才华投入流行产品的持续创作中，以扩大再生产；而先锋文学作家则聚焦于语言、叙事及思想的创新，塑造崭新文学形态，但其过程亦伴有风险。至于作家选择守成还是创新，取决于个人抉择。张恨水的艺术选择涉及第二个层面的问题。正如袁进所说："他作为一个报人，时时处在同行的激烈竞争之中，'饭碗'攸关，他必须时时注视时代潮流的发展。这样，张恨水在同化与顺化的矛盾中便保持着他的张力……他的思想是改良的，提倡改良了儒学；他的创作是改良的，改良了章回小说的技法；他的小说题材也随着时代的需要而不断改良。"[2]

这就牵涉到张恨水创作路径的变或不变的问题。首先，在主题方面，张恨水的作品紧跟时代变迁，呈现出相应的变化；其次，在艺术技法上，他的作品也不断更新。然而，贯穿始终的不变之处在于小说的传奇性，正是这一特点吸引了广大读者。这群"读者"不仅有一般的市民，还有中共最高领导、酷爱红楼水浒的毛泽东，据说："赵超构

---

[1] 张恨水：《写作生涯回忆》，《张恨水全集》第62卷，北岳文艺出版社，1993年，第17页。
[2] 袁进：《张恨水评传》，湖南文艺出版社，1988年，第368—369页。

一天晚上与毛泽东坐在一起看戏时,两人一边看,一边就谈起了张恨水的小说。当时赵超构曾谈起张恨水写的《水浒新传》,毛泽东一听,便说:'这本《水浒新传》写得很好,等于在鼓舞大家抗日。'"[1]事实上,毛泽东确实很看重张恨水,当年他的《沁园春·雪》先在张恨水负责的《新民报》上发表,之后才在《新华日报》发表。而另据回忆,周恩来曾对张恨水说:"我觉得用小说体裁揭露黑暗势力,就是一个好办法,也不会弄到开'天窗'。恨水先生写的《八十一梦》不是就起了一定作用吗?"[2]这些领导之所以重视张恨水,即便他抱病未出席也依然将他的名字列入第一次文代会[3],固然是因为张恨水的部分创作紧跟时代风潮,也因为他的作品对中国读者确实有颇大的影响。除了上述领导人对张恨水的肯定,连国学大师陈寅恪在无法阅读张恨水的小说时,还要"听读"并赋诗《乙酉七七日听人说水浒新传适有客述近事感赋》[4]。

正是在这个意义上,我们进一步回望张恨水的创作便会发现,在一众的通俗文学家中,张恨水的社会意识和他所选取的艺术形式相结合,使得他的小说相比于类型化通俗小说,在社会概括力和辐射面上要胜出许多。改革开放以来,为张恨水"正名"的研究中,这方面的论述已有许多。从创作体量上来看,有研究者认为"张恨水 800 万言抗战文学,成为中国抗战小说创作量最多的作家,是中国现代文学史上'国家意识'最为鲜明的作家之一"[5]。

---

1 孙琴安:《毛泽东与中国文学》,重庆出版社,2000 年,第 238 页。
2 罗承烈:《难忘的深情教诲》,《四川文艺》,1977 年第 2 期。
3 谢国琴:《张恨水文传》,文汇出版社,2012 年,第 242 页。
4 陈寅恪:《陈寅恪集·诗集》,生活·读书·新知三联书店,2011 年,第 46 页。
5 芮立祥:《恨水百味》,安徽教育出版社,2014 年,第 109 页。

张恨水为什么能成功？以张恨水正面描绘抗日战场的小说《虎贲万岁》为例看，该书的创作初衷颇为简单：两位国民党军官因同胞在湖南常德遭受惨重牺牲，请张恨水将他们的事迹书写成篇。从小说的《自序》中可见，士兵们为其提供了丰富的战事资料、日记、照片、地图及印刷品等二手素材，张恨水据此铺展开一幅战争文学的画卷。不可否认，张恨水具备卓越的想象力，能够凭借二手资料及士兵的叙述将战争场景描绘得细腻入微，这在未曾亲临战场的新、旧文学作家中，无人能出其右。然而若仔细审视，张恨水虽对战场、战斗、巡防、兵种的描绘事无巨细，构建出较为完整的文学图景，但绝大多数描述都旨在营造情节紧张感。张恨水未能深入塑造战士的内心世界，而小说中的细节用现实主义文学的理念来看，"其目的并不是要使细节和整个的精神调和，而只是使每个细节本身更有趣或更美丽，这差不多总是有损于作品的总的印象，有损于它的真实和自然的"[1]。当然，这是基于严肃文学理论而得出的结论。然而，张恨水作为一位以传奇故事创作著称的作家，他在作品中对二手材料进行处理，展现了历史事实——如常德一战中，国民党军队十损八九的惨烈景象；与此同时，他将"传奇"元素留给了那些劫后余生的少数幸存者。这极少数的幸存者在如此惨烈的战役中活下来本身就是传奇，张恨水只不过把他们在炮弹下的经历写得更为神乎其神。从小说的叙事结构来看，总的趋势是国民党军队节节败退，所以不断有人牺牲，但几乎每隔几章就会出现一段神奇故事，如"敌人对着这个手榴弹出发点，已在用步枪围击，面前子弹横

---

1 ［俄］车尔尼雪夫斯基：《艺术与现实的审美关系》，周扬译，人民文学出版社，1979年，第85页。

飞不敢向前。但张营长依然是一阵阵地丢手榴弹，……就在这时，已有七八个鬼子跳上了壕沿，他右手手榴弹一抛，左手开着手枪。跑上来的敌人完全倒下，远远地听到他哈哈大笑一声"[1]。这种书写抗战的方式与当前流行的"抗日神剧"一样，暗合了传奇性的美学原则，却经不起现实逻辑的推敲。然而，小说中紧张激烈的战场细节描绘令人瞩目，而其中诸多传奇情节更是为读者带来阅读快感，深受普通市民喜爱。

就此而言，张恨水在突破过往题材束缚，关注社会、时代问题的同时，为新中国成立后的小说创作积累了经验，即把公共政治主题与艺术传奇性相结合。然而，在艺术技法方面，他并未实现本质性的创新。他的小说的可读性正如有人指出的，"恨水先生写长篇连载，随写随登，所以特别重视'卖关子'"[2]。笔者并非意图否定张恨水作品的艺术价值，而是强调其在艺术道路上的路径依赖。

### 二、新中国成立后张恨水的命运

新中国成立后，政府对张恨水的关心一方面是因为周恩来的过问[3]，另一方面是因为张恨水确实具有社会影响，政府需要张恨水恢复创作。他大病初愈即写了《冬日竹枝词》，用这种古代民间文艺形式歌颂"新北京"。整体来看，这些诗歌艺术上略显寡淡，如"凤娇日能不须猜，落锁城门面面开，户籍人逾三百万，依然潮涌客频来"[4]。但它的主

---

1　张恨水：《虎贲万岁》，《张恨水全集》第46卷，北岳文艺出版社，1993年，第171页。
2　严建平：《张恨水与长篇连载》，《新闻记者》，1998年第2期。
3　张明明：《回忆我的父亲张恨水》，百花文艺出版社，1984年，第176页。
4　张恨水：《冬日竹枝词(其一)》，《张恨水全集》第61卷，北岳文艺出版社，1993年，第168页。

要作用是在国际上形成较好的影响，显示出新中国文化管理上的开放度。张恨水身为小说家，其内心还是期待创作小说。好在新中国在艺术形式方面对旧体文学持较为开放态度，从《新儿女英雄传》的流行可以看出，文艺界领导并未否认章回小说的独特价值。然而，在题材选择方面，十七年文学以革命和社会主义建设为核心，鉴于这样的文学背景，张恨水不得不调整自己的创作主题，尽可能贴合新的文学范式。

在20世纪50年代，部分旧派通俗文学被查禁，但这些作家并没有被打入另册。这时，张恨水之前积累创作经验之意义便显示出来。一方面张恨水当时是一位较为受尊重的作家，虽然因病未能出席第一次文代会，但是"会后，周总理派人专程看望他，送去了大会文件，并聘其为文化部顾问"[1]。作为一直被新文学作家排斥、头顶过鸳鸯蝴蝶派帽子的作家，张恨水依然能在新中国出版著作并受到欢迎，应该引起我们注意。这个时期，"出版社开始出版他的旧作，先是《啼笑因缘》，接着《八十一梦》《魍魉世界》经过删节也出版了，话剧、京剧、越剧、大鼓书、评弹等各种戏剧曲艺也纷纷将《啼笑因缘》作为'传统剧目'上演……他的作品重新被市民所熟悉，受到人们的欢迎，这使他感到欣慰"[2]。而张恨水的创作也并未因其曾饱受诟病的"鸳鸯蝴蝶派"作家的身份而被限制。他早年的作品如《啼笑因缘》不仅再版，还被改编为曲剧等艺术形式得到更广泛的传播。"北京刚解放后，周扬副部长曾找恨水去谈话，希望他加强文艺生产。恨水非常兴奋，预备了四五个小说题材……他的写作方法在一定的对象上可以说是成功的，在配

---

[1] 该书编者：《张恨水年谱》，《张恨水全集》第62卷，北岳文艺出版社，1993年，第175页。

[2] 袁进：《小说奇才张恨水》，上海书店出版社，1999年，第204页。

合工农兵读力[1]这一条件上,他很能有所发挥,可惜他刚要写作就病倒了。"[2]病愈之后,张恨水转向以民间故事为素材创作中长篇小说。具体原因为:"张恨水与这些老友们商量的结果,觉得政府正提倡整理发掘民间文艺,这倒是一条写作的新路子,一来自己驾轻就熟,容易发挥长处,二来也不用宣传什么自己不熟悉的新思想,三来可以避免动辄得咎。"[3]

从另一方面看,张恨水此时在新文学家眼中依然是受歧视的,丁玲因为一次演讲中提到张恨水和巴金,还专门为此写信向巴金道歉,内云:"尤其是有一个地方可以使人怀疑我将你与张恨水放在一起了。我决没有以为你们是一样的人……我个人是一月多来,都有一种歉疚。"[4]而沈从文冷眼旁观张恨水新创作的小说在报刊连载,则显得更加失落:"报纸副刊近来刊登张恨水《孔雀东南飞》,一天刊那么一节,什么都不曾交代,描写得极浅,还是有读者。"[5]足见张恨水虽然有了一定的政治地位,也受到了必要的礼遇,但在新文学作家心中,他和他的作品依然是不能与新文学家等而论之的。

由于自身病痛和丧妻之痛,张恨水在20世纪50年代的小说创作时间并不长。较为有限的生活经验使他如果要继续创作小说,仿佛只能写《记者外传》这样的现实题材作品。然而,当张恨水将目光投向古

---

1 引按:"读力",原文如此。
2 燕上寄:《张恨水的病》,《新民报·晚会副刊》,1950年2月10日。
3 袁进:《小说奇才张恨水》,上海书店出版社,1999年,第199页。
4 丁玲1950年10月21日致巴金的信,上海巴金文学研究会整理:《写给巴金》,大象出版社,2008年,第55页。
5 沈从文1956年10月31日致张兆和的信,《沈从文全集》第20卷,北岳文艺出版社,2002年,第70页。

代文化时,他找到了一条新路。1953年张恨水开始创作《半年之间》,因对新生活不熟悉,他又转向历史题材的小说创作。3月至8月,他为准备写梁祝"研究了三十多种文献"[1]。从《梁山伯与祝英台》开始,张恨水爆发了他最后一次的创作高潮,一连写下《秋江》《牛郎织女》《白蛇传》《孔雀东南飞》《磨镜记》《逐车尘》《重起绿波》《凤求凰》等一系列小说,其中有的在境内出版,有的由上级发往境外发表或出版。因此,有的研究张恨水新中国成立后创作的成果只谈张恨水的作品当时在境外连载、出版,并强调:"这些作品无一例外地没有出过单行本。这意味着,张恨水虽然恢复了创作,但其作品的传播范围仅仅限于海外。其写作已与本土读者基本无关了。对广大国内读者而言,张恨水可以说是销声匿迹了。"[2]这种观点恐怕是不妥当的,也显示出研究者对这些市民文学出身的作家的史料关注不够。事实上,如前文所讲,张恨水新中国成立后的部分新作,由宝文堂书店、通俗文艺出版社、北京出版社等在20世纪50年代于境内公开出版发行,这才有了前文所述的沈从文鄙薄之事。

没有张恨水的这些创作,这一时期的文学史很容易给人一种旧派通俗文学在20世纪50年代的新中国已然绝迹的印象。在张恨水的创作史上,这一时期的创作也许并不一定最"经典",甚至不是他的代表作;但这些文本昭示着旧派通俗文学在当时的文学场中一息尚存,并事实上否定或修正了我们关于新中国文学最初三十年"单一""苍白"的想象。笔者将他这时的创作在艺术经验上称为"借尸还魂"的诗学

---

[1] 张伍:《我的父亲张恨水》,春风文艺出版社,2002年,第330页。
[2] 帅彦:《1949年后被边缘化的张恨水》,《各界》,2014年第6期。

"障眼法"：这不仅成功规避了意识形态的政治"改造"，还脱离了新文学传统对"市民文学"的"改造"。规避政治改造指的是他以梁祝、白素贞、刘兰芝等人物为创作内容，而突出这些故事某些"反封建"的内涵。如此一来，即便所创作的小说在表面上展现出某种"局限性"，也可以被解释为人物的"历史局限性"，而非作家本人的主观立场的问题。

从市民文学的创作过程来看，其依托的主要是作家的想象力。诸如张恨水这般著作等身的作家，虽然过去的创作并非完全基于直接的生命经验，但他所描绘的是同时代的人物，需要通过自身的生命体验去理解现代人的生活逻辑与审美情趣，并借助符合其"期待视野"的艺术想象力来讲述故事。然而在十七年时期，张恨水不仅身体状况不佳，而且在主观上也无法理解和想象工农兵，因为任何对工农兵的叙述都要接受"真实""典型"等标准的严格审视。相较于此，从古代传说、戏曲、小说中挑选符合意识形态标准的内容，则可以在不改变市民文学创作路径的前提下，直接运用自身的艺术经验展开叙事。他的部分作品得以在20世纪50年代的中国出版发行，与其小说创作的题材有着紧密的联系。然而，我们需特别留意的是，这些小说在思想层面上，几乎都与居于时代主流的工农兵话语关系甚微，内容是古代人物的有限"反抗"，而整体上其实更接近于才子佳人小说的叙事笔调。

尽管新文学家的小说创作大多在市场占有率上不如张恨水等，但在新中国成立前，张恨水自然没有足够的理论资源和新文学抗衡，尽管他也维护过旧文学。他的通俗文学创作朝着"引雅入俗"的诗学路径上走，一方面，这是在当时的文学场中保存位置的动因，另一方面也成为他日后能"回归"文学史的重要原因。然而在十七年的文学场域中，"通俗"成为"大众化"的一种重要表征，反倒是欧化白话文那种"摹欧文以国语……诘屈聱牙，过于周诰，学士费解，何论民众"[1]的形态日渐消失。张恨水此时自然不必在"引雅入俗"的路上继续求索，而是可以回到通俗文学本来的诗学面貌。他自然也明白，此"通俗"非彼"通俗"，他只能在诗学层面尽可能"通俗"，乃至写出来一些放在"才子佳人小说"中也显得无聊的对话，但在"通俗文学"的核心——故事——的层面则不能沿用旧路。

这一嬗变对张恨水、对通俗文学发展的意义值得我们进一步探讨。笔者对于新文学的思想和诗学意义高度肯定，但同时意在指出，强大的市场力量背后有着彼时彼地读者对文学的基本诉求。现代社会中的文学生产最终目的是消费，而阅读作为一种文化消费的方式，又有着不同的层次。我们固然要承认，任何一个时代都应该有作家高擎精神之塔，但文学本身的功能是多样的。从形式到思想都具先锋性的艺术家想"改造"读者时，忽略的是读者和作家在文学消费上的关系。尽管张恨水的这种通俗化的路径时至今日也没有完全被新文学接受，还需要在理论上以所谓的"现代性"进行包装。但在市场上，这种群众"喜闻乐见"的作品不仅新文学家无法禁止，连政治力量也难以长期禁止。因为精英作家也好，政府官员也好，毕竟不能强制读者去消费他们认为读者应该读的作品，即让读者花费金钱和精力去接受思想"启蒙"或"改造"，这虽然在知识分子或政府官员的心中是必要的，但对读者来说显得不切实际。

面对以张恨水为代表的市民文学，学术研究者有必要打破象牙塔

---

1 钱基博：《现代中国文学史》，上海书店出版社，2007年，第392页。

内的学院想象（以学院教育中的阅读想象大众的阅读）。在 20 世纪 50 年代，真正改变文学格局的是中央的政治指令，一夜之间便可限制大量的古、旧文学，甚至部分新文学的流通。但我们也要注意到，这种植根于大众审美需求的通俗文学所包含的审美趣味，在 20 世纪 50 年代到 70 年代并未消失，而是以"借尸还魂"的"障眼法"保留下来。这类作品在更为激进的时代语境中，则只能以"手抄本"的形式出现。如果我们仔细分析张恨水在 20 世纪 50 年代创作的文本就能看出端倪，正是这种"障眼法"使其这一时期的作品有了文学史意义和价值。

### 三、障眼法与"去雅还俗"

以小说《梁山伯与祝英台》为例来看，尽管这是一个被古代戏文不断虚构的故事，但到了 20 世纪 50 年代，祝英台这个艺术形象被冠以了"反封建"的标签，因此，张恨水选取的这个题材具有"合法性"。然而，张恨水并没有从"反封建"角度切入去写祝英台，他对祝英台一出场时的刻画就回到了古典小说的人物书写模式："那女子穿了红罗长夹衫，下面露出黄绫裙，脚踏齐云履，真是像大蝴蝶一样，和柳絮花影，贴住秋千架子飞舞。这架子旁边，站立着一位十六七岁的丫鬟，她身穿紫绫子夹袄，横腰束了一根青绫带，头梳双髻，倒也五官齐整。"[1] 当然，这种古典小说传统关于人物形象的塑造，从外貌到装束有一套叙事程式，简单而言就是在所有人物中突出主要人物，在主要人物中突出主人公。由此可见，尽管在总的主题上，张恨水接受了某些

---

[1] 张恨水：《梁山伯与祝英台》，《张恨水全集》第 53 卷，北岳文艺出版社，1993 年，第 1 页。

新理念，但一触及小说细节，他就恢复了最为传统的才子佳人小说的笔法。在祝英台离家去杭州上学而受到封建家长阻挠时，她贿赂了算卦的先生，用封建迷信成功"反封建"。祝英台的旧思想、旧观念当然是因为张恨水对自身创作路径的依赖，故而这个总体上应该"反封建"的人物，一方面心想"百年配偶，已经看定梁兄，可是黄花处女不宜和别人同睡，梁兄也不能例外呀"[1]；另一方面，"梁山伯抚摸着他[2]的手，只是轻轻地感触着，不敢有所惊动，立刻就抽收回去了。祝英台原先以为他还要摸头一下，就只是装睡"[3]。

从这种"障眼法"也可以看出张恨水在这一时期诗学路径选择中的困境。在叙事语言上大量使用新文学以前的旧白话，如："说这话时，将手一伸，那盂钵在地上腾空而起。"[4]"果然如此，实是幸会，等我来动问一二。"[5]在情节上恢复了小说的传奇性，在人物塑造上也没有像当时的"历史文学"一样，将新思想加入人物中。可以说，张恨水不仅没有贴合十七年时期的叙事成规，反而用思想主题的正确遮掩了古代白话小说和现代通俗小说在叙事技法上的区别。尤其要指出的是，如果说张恨水写《啼笑因缘》等现代通俗小说时已经出现所谓"引雅入俗"的趋势，那么他在十七年时期写的通俗小说则是更彻底的通俗化作品，

---

[1] 张恨水：《梁山伯与祝英台》，《张恨水全集》第 53 卷，北岳文艺出版社，1993 年，第 68 页。

[2] 引按："他"，原文如此。

[3] 张恨水：《梁山伯与祝英台》，《张恨水全集》第 53 卷，北岳文艺出版社，1993 年，第 70 页。

[4] 张恨水：《白蛇传》，《张恨水全集》第 54 卷，北岳文艺出版社，1993 年，第 147 页。

[5] 张恨水：《梁山伯与祝英台》，《张恨水全集》第 53 卷，北岳文艺出版社，1993 年，第 33 页。

而非像抗战时期的自我检讨说的,"近十年来,除了文法上的组织,我简直不用旧章回小说的套子了"[1]。

相对于《梁山伯与祝英台》的"才子佳人"色彩,被沈从文厌弃的长篇小说《孔雀东南飞》在反对封建家庭的压迫的一面应该更为突出。然而小说虽然有了这种"正确"的主题,但依然少不了用旧式笔法表现焦仲卿对刘兰芝的爱:"仲卿生怕她烦恼,立刻找了一些眼前事物,给她说笑。先看见一丛树林,仲卿就说这个树林已有多少年。回头看到一处村庄,仲卿就说这里很出人才。最后看到迎面而起的大山……"[2]这其实是古代才子会佳人时先要顾左右而言他的套路。在整部小说中,叙事者将叙述部分处理得极为简略,只有极少数的心理描写,但也都并不深入,如兰芝被李太守迎娶时"心里想着:这样的声音,在他人听了会觉得快到美丽之堂,这在我啊,却慢慢要进愁城呢"[3]。及至小说结尾又写回了"卅六鸳鸯同命鸟"的情感基调:"扫墓时节,树是慢慢大了,那树上果然常常有对鸳鸯。这鸳鸯高兴时常是一同鸣叫,每夜到五更呢。"[4]

正是在这个意义上,张恨水事实上还是在依赖传统小说的叙事路径讲故事,笔者将他在20世纪50年代以后的创作称之为"去雅还俗"。因此,我们要理解这一时期的张恨水,就不能不理解他在雅/俗二元中的游移。在探讨张恨水的创作时,"引雅入俗"这一观念屡见不鲜。

---

[1] 张恨水:《总答谢——并自我检讨》,《张恨水全集》第62卷,北岳文艺出版社,1993年,第104页。
[2] 张恨水:《孔雀东南飞》,《张恨水全集》第54卷,北岳文艺出版社,1993年,第51页。
[3] 同上,第134页。
[4] 同上,第163页。

然而，从形式角度来看，张恨水作品中人物性格的成长性并不强，人物一经出场，其性格特质已基本符合作者的预设，而不再在情节发展中逐步呈现。新文学与通俗小说之间的差异不仅体现在思想内涵和审美情趣上，更重要的是文学策略以及由此产生的文学特性。通俗小说也可以触及严肃的社会问题，比如《五子登科》《八十一梦》都写社会腐败，但这种揭露并不是站在一种现代知识分子对国家监督、对社会批判的"正"的立场上，而是将之作为一种不正之风的"传奇"进行书写，这就与"谴责小说"以及"黑幕小说"有一脉相承之处。

当然，我们要承认通俗文学发展到了张恨水的时代，传奇之下确实多了一层时代话语的支撑。从源头上讲，古代的白话小说是从说书发展而来的，因此它必然重视的不是叙事人的叙事能力，而是故事本身。这些作品中，叙事部分的名词比动词重要得多，在没有文字作为介质的时代，说书是以声音（语言的音响符号）作为介质使读者（接受者）直接从语言中获得审美表征的可能。对话作为通俗小说的构成部分是小说情节的核心，叙事是让位于对话的，述谓是让位于指称的。对话并不是通俗文学自身的诗学特征，但是小说中的对话从叙事功能上来讲，可以分为两类。一类是叙事者退场而形成的内聚焦对话，另一类是叙事者在场的外聚焦对话，前一类侧重于展现人物自己的诉求、心理，后一类侧重于推动情节的发展与增强故事的吸引力。二者往往在作品中根据现实需要而使用，对于传统通俗文学作家而言，叙事者的超全知视角使得小说中的人物对话往往偏重于第一类，而对于新文学作家来说，由于对人物心理呈现的偏爱，对话的叙事功能更侧重于第二类。

张恨水曾经"引雅入俗"的一个重要诗学手段，就是增强叙事性情节对人物性格的呈现作用，将作者的观点态度隐含于叙述中，例如《啼笑因缘》就颇为典型。曾经有学者指出："张恨水的'引雅入俗'，恰恰是在中国传统文学和新文学之间搭起了一座桥梁。这一座桥梁既有现代性，也有着中国特色。"[1]但这种结论的前提实际上还是将"五四"以来的新文学和通俗文学看成现代文学的"两个翅膀"，认为张恨水勾连了二者。那我们怎样看待这一时期张恨水的"去雅还俗"呢？以《白蛇传》为例，许仙初遇白素贞时，作者的一段描写是：

> 说这话时，抬头向穿白衣服的看去。只见眉目八字分开，非常的均匀。尤其她一双眼睛，向人亮灿灿地。头发梳个盘龙髻，虽然遇到大雨，并未蓬乱，还带有彩凤一只。再看刚才叫小青的那位姑娘，虽然也是骨肉匀称的面孔，但眉目之间，有几分英气。[2]

这种人物出场的描写方式，延续了白话通俗小说基本的叙事方式。而且，张恨水对旧通俗文学叙述传统的借鉴并不仅仅限于人物出场，情节演进中的细节也将这种叙事趣味纳入，因而小说看来更为贴近旧派通俗小说，比如写许仙和白素贞的日常生活：

> 白素贞："……我去摘几朵月月红来戴。"
> 许仙："这种好差事，何不派我前去。"

---

[1] 汤哲声主编：《中国现代大众文化与通俗文学三十讲》，高等教育出版社，2011年，第69页。
[2] 张恨水：《白蛇传》，《张恨水全集》第54卷，北岳文艺出版社，1993年，第7页。

白素贞:"好的,就派你前去。……"

……

白素贞:"好,可是还派你一件差事。把三朵花一齐给我戴起来。"

许仙对她头上望望,笑道:"这又是一件美差事……"

白素贞含着微笑站起,让他去端详。……[1]

这段对话在新文学的价值标准上看很是无聊的,似没有任何思想性可言,仅仅是两个人日常生活里的怡情对话。然而,对于读惯了旧小说的读者来说,这种你侬我侬、乐而不淫的对话所包含的美学趣味是"常态"。再比如,孟姜女的题材本应被用以批判封建暴政对农民的压榨,而到了张恨水笔下,小说《孟姜女》第一章写了秦始皇焚书的历史背景,但从第二章开始又转回到传统的通俗文学的路径上,比如万喜良对孟姜女说:"你看,我这好有一比,就是我们这对影子,水面一双,水底一双,纵然有一块石头,扔下水里去了,我们的影子究竟还是成双的。"[2] 张恨水的小说经过"改良"本已不太像"同命鸟""可怜虫"的写作风格了,但他内心还是习惯于用这种风格表现爱情。而到了《孟姜女》后半部分,万喜良死之前"颇有几件事情,透着奇异"[3],而所谓奇异就是万喜良挨打时,飞沙走石像"长空卷浪",吓坏了工头。这特别像传统志怪小说的迷信故事,就连孟姜女最后那句"这远的路,蒙各位不弃,前来看望我,乾坤不改,我一辈子永远记得各位这番情

---

1 张恨水:《白蛇传》,《张恨水全集》第54卷,北岳文艺出版社,1993年,第25页。
2 张恨水编著:《孟姜女》,北京出版社,1957年,第15页。
3 同上,第63页。

义的"[1]，也颇具传统小说的江湖气息。

在此基础上，对张恨水十七年时期小说创作加以诗学总结，用"去雅还俗"应该比较恰当。曾经有人从理论上总结张恨水的小说而认为："张恨水在抉择章回小说这一文学样式时，具有明显的目的性与功利性——'写章回小说，向通俗的路上走'，为'普通民众'写作。因而他以改良的目光来审视这一文学样式。"[2]实际上，张恨水对章回小说的改造是有限的，尤其是到了新中国成立后，张恨水非但没有把"引雅入俗"的诗学探索坚持到底，反而返回曾被新文学家所批判的传统通俗文学的诗学路径。1957年，通俗文学出版社邀请通俗文艺作家举行座谈会，《文艺报》予以报道。这次座谈会上，许多人的发言十分尖锐，如张友鸾就为张恨水"打抱不平"："章回小说为人民所喜爱，但章回小说家却不被重视，往往被看做旧文人。现代文学史上就没有提到过章回小说。《啼笑因缘》印得那么多，作者张恨水到底好不好？在文学史上只字不提，这不是虚无主义？不是取消主义？"[3]在笔者看来，为张恨水的旧作鸣不平自然有其理由，但从张恨水一生创作的角度来看，他在十七年时期创作的通俗文学作品与受新文学诗学影响下的《啼笑因缘》相比，显然更为通俗化，也更适合时代需要。

从新文学的对立面到20世纪50年代主流文学的边缘存在者，张恨水始终在市场上有一席之地，他在十七年时期严格的文学规范下能出版一系列作品，而且"反映不错"[4]。这也证明了舒斯特曼所言："想

---

1 张恨水编著：《孟姜女》，北京出版社，1957年，第101页。
2 汪启明：《张恨水小说理论初探》，《安庆师范学院学报》，1991年第4期。
3 参见木昊：《通俗文艺作家的呼声》，《文艺报》，1957年第10期。
4 张明明：《回忆我的父亲张恨水》，百花文艺出版社，1984年，第183页。

要创造性地表达自身和想要令大范围的受众满意之间，可以没有真正的冲突。"他还同时指出："高贵的知识分子批评家假定必然存在这种冲突，因为他们错误地相信，真正的艺术家如果旨在娱乐他人，就永远不会忠实于他们自己。"[1]只不过，对于张恨水这样的市民文学作家而言，后者是第一位的，前者是第二位的，为读者写作本身就是他们的职业习惯。

最后还要略微论及的是 1959 年张恨水的妻子去世后，他一连写了二十六首七言绝句合为《悼亡吟》（现收录于《张恨水全集》），1960 年他又写了十一首七言律诗。值得一提的是，新中国成立后，不少作家写旧体诗是常态，比如萧军、姚雪垠、田汉都写过不少旧体诗，这些甚至并不是一种自觉的、以发表为目的的创作。但是像张恨水这样写几十首诗怀念同一人的极为罕见，且这批诗作情感容量之大是其他类似作品没有的。此外，古体诗词对仗、押韵，注意用典且平仄相对工整，没有大拗不救的诗词其实并不多，而且情感内涵又能让现代人接受就更为难得。在旧体诗这种被定义为"旧"的文体研究上，本不应区分新文学作家和所谓旧派通俗作家的，因此笔者录张恨水的一首诗略加分析：

> 封碑无语尽情啼，墓对西山日又西。/流水化冰终入海，落花沾土已成泥。/誓盟今夕人空愿，缘结他生局易迷。/若是归来还识路，幽魂试听满城鸡。[2]

---

[1] [美]理查德·舒斯特曼：《生活即审美：审美经验和生活艺术》，彭锋等译，北京大学出版社，2007 年，第 69 页。
[2] 张恨水：《悼亡吟》，《张恨水全集》第 61 卷，北岳文艺出版社，1993 年，第 185 页。

这里要说明的是，张恨水妻子过世后，他的小说创作基本上也停止了，留下的主要是一批旧体诗词，且在同时代也算是高水平的诗词。上面这首诗的结构层次分明，先从眼前的"封碑"写起，再写到过去的誓盟，最后写到对未来的怅惘。首联中"封碑""西山"等意象描绘出了一幅日暮黄昏的景象，渲染出一种凄凉、冷清的氛围，奠定了全诗的基调。诗人通过"尽情啼"表达出对逝去之人的深情厚谊，以及无尽的哀思。而"誓盟今夕人空愿，缘结他生局易迷"则表达出对逝者曾许下的诺言和约定未能实现的深深遗憾，以及对于未知的来生的迷惘和无奈。

在本章中，笔者结合史料分析了赵树理、周扬、丁玲和张恨水等作家的创作历程或作品，显示出史料在作家论中的作用。对于赵树理的艺术观念，周扬与丁玲之间关涉到的文坛内部的复杂人际关系和权力斗争，还有张恨水的晚年创作，不同研究者可以有不同的看法。在作家研究中，我们既要以包容性、开放性的历史观对史料的多样化存在充分观照，也要注意有效的史料保存与合理运用、筛选，从而推动当代文学史料研究走向系统的史料学。

# 第四章 重新审视巴金的早期经验

巴金的一生"依循着独立人格的发展而追求光明、追求理想，他两次把自己奉献给某种政治信仰又两次陷于绝望，这种'心路历程'的轨迹既独特又典型，成为20世纪一部分中国知识分子生活道路的缩影"[1]。在中国现当代作家中，像他这样横亘一个世纪的老人是极少的，正因如此，巴金的一生可以被视为是"五四"时期出现的、青年一代知识分子的人生和创作的世纪缩影。尽管巴金的小说处女作《灭亡》发表于1929年，但他的写作与翻译生涯则远在此之前。1921年至1923年间，巴金的创作主要以新诗为主。然而，在20世纪20年代中期，他有一段对其个人主体性产生深刻影响的无政府主义经历。若要深入了解这一代知识分子，我们必须回溯并努力还原他们在"五四"时期的面貌，否则相关研究将难免显得隔靴搔痒。谈论巴金的"原点"，就如邵燕祥所言："谈论巴金而不涉及无政府主义，总是让人感到隔着一层。"[2] 笔者认为，20世纪20年代中期是巴金一生中最辉煌、最重要的一个时期，此时的他最当得起"五四运动的产儿"[3]这个称号。这一时期，巴金为宣传无政府主义做了大量的工作，无政府主义也深深影响

---

1　陈思和：《巴金研究十年》，香港文汇出版社，2009年，第58页。

2　邵燕祥：《闯世纪》，文汇出版社，2004年，第128页。

3　巴金：《五四运动六十周年》，《巴金全集》第16卷，人民文学出版社，1991年，第66页。

了巴金的人生观和创作观。论述巴金对无政府主义方方面面的接纳和传播并不是本书要解决的任务，笔者只从史料解读中提取与巴金后来创作有关的问题进行分析。

## 第一节　从社会经验到艺术经验

随着无政府主义运动的开展，当时处在"芾甘"时期的巴金一连写了多篇文章对马克思主义，尤其对第三国际的马克思主义进行了批判，而且这些文章不像《巴金全集》中收录的他关于无政府主义文章那样温和。在20世纪20年代中期，这种局面的大背景是，在克鲁泡特金死后，一部分无政府主义者不断批判第三国际，巴金对"无产阶级专政"持保留态度[1]。这其实是李芾甘作为作家而不仅是无政府主义者参与中国新文学的一种方式。巴金和无政府主义的关系已经有学者细致研究过[2]，相比于早期的诗歌创作，此时的他不仅翻译过无政府主义的理论和作品（包括报告文学、故事，以及论战的杂文），也写了一批文章宣传无政府主义[3]。其中有一些如《巴金全集》或相关选集收录的文章主要

---

1　芾甘：《马克思的"无产阶级专政"》，《学汇》，1925年4月3日。
2　参见[日]樋口进：《巴金与安那其主义》，[日]近藤光雄译，复旦大学出版社，2016年。当然，如作者所言："笔者查到的只有目录，没有查阅原著，当然无法准确指出文章内容。"（第54页）因此，对于巴金和他翻译的文章攻讦当时俄国政府和俄国共产党的程度的理解也受到限制。事实上，巴金这些文章主要的发表阵地是《民钟》和《学汇》，通读下来，巴金深受他所翻译的文章中的意识形态影响，自己在写作中也缺乏分寸感。这也许与他小说写作之初情感缺乏节制的特点有关。
3　可参见陈丹晨：《巴金全传（上）》（修订版），人民文学出版社，2014年，第53—56页；李存光编：《百年巴金：生平及文学活动事略》，人民文学出版社，2003年，第13—23页；吴定宇：《巴金与无政府主义》，《中国现代文学研究丛刊》，1984年第3期。

是正面介绍、宣传的。除了宣传无政府主义的面向外，其部分编译作品的思想是反对无产阶级专政的，比如《俄罗斯革命中的妇女补》《赤俄监狱中之革命者》《"欠夹"——布尔雪维克[1]的利刀》等。早年巴金主体性强烈，文章风格极为犀利，他的理想和信仰显然在日后的社会语境中无法继续，而巴金的青春气息和狂热却成为其日后创作重要的精神基础。

这种狂热难免显出幼稚，如坂井洋史所说："事实的确如此，无政府主义运动的凋落局势在一九二五年阶段大体上确定了。这样看来，我们不得不说巴金'我们的全国大联盟也快要组织好了'此一句话缺乏对于运动现状的冷静认识和对于将来的展望。"[2] 然而，不容忽视的是，无政府主义在巴金此时的文章中是作为一种理想直接表达出来的，与后来他通过小说缅怀无政府主义的理想大不相同。自"巴金"这个笔名启用以来，他作为一名怀有无政府主义信仰的知识分子，已无法如20世纪20年代中期那般，在文字中公开展示理想。他的理想只能依托于小说这一虚构性文体予以传达，然而即便如此，其作品仍屡次遭到查禁。因此，我们有理由认为，巴金这一系列小说开创了通过小说描绘青年人政治伤痛记忆的艺术传统。

显然，巴金的无政府主义观念是他个人主体性塑造的关键支撑。若置于当时的历史背景下来观察，无政府主义在中国的知识分子，特别是知识青年群体中颇受欢迎。然而，作为从西方引进的激进主义思潮之一，它显然与中国社会发展的内在逻辑和现实基础相脱节。因此，

---

1　引按：即布尔什维克。
2　［日］坂井洋史：《巴金论集》，复旦大学出版社，2013年，第56页。

尽管该思潮激发了部分年轻人的热情，但难以真正触及广泛的市民和农民阶层。在20世纪20年代中期，巴金对马克思主义、苏联以及列宁的大批判，文风之强悍、措辞之激烈只是表面现象，重要的是他对于无政府主义理论的熟稔和理论逻辑的严密。现在的问题在于，我们怎么认识巴金的早期经验对他思想和创作的影响？从大的层面说，当时社会上的"先锋"思潮之一就是无政府主义，它和"五四"在"反帝反封建"的精神上是有一致之处的，而放在这个层面来谈，才有了陈思和、李辉在20世纪80年代初发表的文章《怎样认识巴金早期的无政府主义思想》中强调其"反封建"的一面。然而，将巴金作为独立个体来看，他这一系列批判文章虽然咄咄逼人、言辞锋利，且与无政府主义思潮有着密切的联系，却有他自己的印记和个性，而这一点也许对他后来的文学创作更为重要。通观他一生的著述，最激情澎湃、最直接坦荡的文章就是这些。他作为一个"个人"即便是在《随想录》中也不像此时毫无保留、义无反顾地把自己想说的话全部说出来。

譬如在20世纪20年代中期，巴金曾著文攻击郭沫若，称他是"马克思主义的卖淫妇"[1]。其实郭沫若对巴金的批判本并未放在心上，后来郭沫若研究和巴金研究中常常提到的所谓郭回应巴金其实不准确。郭实际上只是几笔带过了对巴金的不屑："出乎意外的是一位无政府主义的青年在《学灯》上做了一篇文章……简直把他们所极端反对的马克斯[2]当成他们所极端崇拜的克鲁伯特金去了。我觉得有点过于滑稽，而

---

[1] 李芾甘：《马克思主义的卖淫妇——评洪水八期郭沫若之〈新国家的创造〉》，《时事新报·学灯》，1926年1月19日。
[2] 引按：即马克思。

且作者的态度也太不客气，所以我至今没有答复。"[1] 整篇文章无非就这几句与巴金有关。郭沫若的文章直接从德文文章论证马克思主义国家学说的正确性，以回应郭心崧的质疑。有意思的是，这篇原本不是和巴金进行理论对话的文章反而引起了巴金的进一步批判。当然，这可以理解为郭沫若的文章"引起一位青年知识分子的厌恶，即正狂热地信仰着无政府主义的李芾甘（巴金）"[2]。然而，对于在"五四"精神熏陶下成长起来的、对理想和信仰坚定执着的年轻人而言，相较于郑重其事的批判，郭沫若轻描淡写地忽略他，或许更使其感到愤慨。

因此，巴金又写了《答郭沫若的〈卖淫妇的饶舌〉》和《洗一洗不白之冤》，分别发表在《时事新报·学灯》和《洪水》上。他在文中除了大骂郭沫若"数典忘祖"，还引用了无政府主义者丑化和攻击马克思的话。从学理上看，巴金的文章存在许多问题，不过作为一个"五四"时代的年轻人，他只是理直气壮地申明自己的理想。在他还不需要借助"巴金"的名字寄托无政府主义立场时，他直率、犀利、无所顾忌。《洗一洗不白之冤》其实算不得论文，而是写给主编周全平的一封信。起因是他不满足于已经在《时事新报·学灯》发表了骂郭沫若和马克思的文章，而要在创造社的刊物上声明他的立场。《洪水》作为革命刊物，在当时还是比较开放的，周全平在信中被怀疑和指责了之后，还被巴金要求刊登他的这封信。从这个意义上讲，只有理解了巴金的早期经验，才能准确理解他作为"五四产儿"的先锋性。

有学者曾提出："上至新文化运动的领导者蔡元培、陈独秀、周作

---

1 沫若：《卖淫妇的饶舌》，《洪水》，1926年第2卷第14期。
2 咸立强：《寻找归宿的流浪者——创造社研究》，东方出版中心，2006年，第161页。

人、李大钊、吴稚晖,下至新思潮的普通接受者,无不被即将到来的理想社会所吸引,成为工读主义和新村运动的信徒。"[1]当时很多知识分子不是自觉的无政府主义者,或者说不是彻底的、纯粹的无政府主义者。新文化运动的领袖们对某些无政府主义思想和实践的鼓吹,并不是从无政府主义理论本身,而是从社会实践角度出发,比如新村主义。当陈独秀说黄凌霜"精研笃信安那其,在中国当推兄为第一人。今竟翻然有所觉悟,真算是社会改造之大幸"[2]时,实际上并不是一批知识分子放弃了无政府主义,而是无政府主义对政府本身的拒绝,使得一代知识分子在需要借由某种组织力量实现理想时意识到无政府主义的问题。如冯雪峰所言:"古人是将自己的独立的志与行,看作自己从社会所争得的一种胜利;然而不仅单有志,依然是空虚,即行也必须要有施展的地盘,必须和所依靠的社会力相结合的时候,才算是真的在行,真的不空虚。"[3]实际上,从蔡元培到胡适,五四一代的知识分子虽然"自谓颇挺出",但在深层精神结构中还是有一种"为使风俗淳"而借助政治力量改造社会的愿景。因此,这些知识分子大多并不像 20 年代中期的巴金一样是纯粹的理想主义者,而他们的基本理念实际上正如陈独秀所说:"我们无论主张什么,第一步是问要不要,第二步是问能不能。若是不能,那'要'仍然是一个空想。"[4]

到了 20 世纪 20 年代中期,随着新文化运动参与者思想上的逐渐

---

1 孟庆澍:《无政府主义与五四新文化——围绕〈新青年〉同人所作的考察》,河南大学出版社,2006 年,第 64 页。
2 独秀:《无产阶级专政》,《新青年》,1922 年第 9 卷第 6 号。
3 冯雪峰:《谈士节兼论周作人》,《雪峰文集》第 3 卷,人民文学出版社,1983 年,第 61 页。
4 陈独秀:《社会主义批评》,《新青年》,1921 年第 9 卷第 3 号。

分化，大部分所谓的"先锋"知识分子选择了与政治力量相结合。然而，无政府主义者却依然坚定地宣扬他们的理念并开展秘密活动。这使得无政府主义者陷入了难以避免的悲剧。尽管无政府主义色彩的文学在中国可以追溯到《新村正》，但真正创作出扛鼎之作的是巴金。从这个角度来看，将巴金视为从无政府主义者转向民主主义者的文学史观点，虽然在一定程度上可以维护巴金的形象，但从根本上讲，这并不完全符合巴金的理想和精神。

笔者结合史料分析巴金的这段经历，是因为无政府主义理想的失落是巴金人生最重要的一个"转折"。我们首先不能忘记，至少在1937年前他和他的"同志们"都没把写小说当成一件重要的事："他知道我写小说不过是在浪费我的青年的生命，他怜悯我，他也常常责备我。而且我也答应过他，有一天我要抛弃写作生活，去做一点有用的事情。"[1] 而到了巴金写《憩园》时，他不得不接受别人把他当成小说家的事实，而且意识到在小说中追念无政府主义运动和"同志们"只是一个幻影。小说借助女主人公的疑问而写出了自己的反思："这句话不停地反复在我的耳边响着。后来我的心给它抓住了。在我面前突然现出一个新的眼界。我第一次看见我自己的无能与失败。我的半生，我的著作、我的计划全是浪费。……我把自己关在我所选定的小世界里，我自私地活着，把年轻的生命消耗在白纸上，整天唠唠叨叨地对人讲说那些悲惨的故事。我叫善良的人受苦，热诚的人灭亡，给不幸的人增添不幸……为什么我不能伸出手去揩干旁人的眼泪？为什么我不能发

---

[1] 巴金:《关于〈发的故事〉》,《巴金全集》第11卷，人民文学出版社，1989年，第110页。

散一点点热力减少这人世的饥寒？"[1]这段文字揭示了巴金精神世界的复杂性。巴金深知小说不仅是一种自我抒发的手段，同时也会对读者产生影响。他在作品中追念无政府主义反而加重了现实的痛苦，增添了读者心中的愁情。这并非巴金的本意。他从未打算浪费生命，唠叨不休，而消除痛苦、饥饿原本就是无政府主义的实践目标。然而，由于这种实践已不再可能，他才开始创作小说。因此，巴金的痛苦在于他觉得自己终究还是"无能和失败"。

在此背景下，巴金内心的无政府主义信仰依然深藏不露，他为之痛苦不已。然而，当他步入新中国之后，"无政府主义"一词不仅成为他内心的苦涩理想，更是他在政治层面上难以承受的沉重负担。从一个细节中我们可以看出，巴金对"无政府主义"还是念念不忘："巴金在第一次文代会上的发言，标题是'我是来学习的'，这句话正是柏克曼当年回到俄罗斯在群众欢迎大会上的发言题目。"[2]谈到"无政府主义"与进入新中国之后的巴金，首先要提及的是有名的《法斯特的悲剧》。笔者认为，在20世纪50至70年代，这是巴金最重要的两篇文章之一，另一篇是后文要分析的《作家的勇气和责任心》。按他后来的说法，这是一篇奉命文学，当时的报刊连篇累牍地发表批判法斯特的文章，但巴金的论述显然绕过了核心问题，而只好借题发挥："是什么制度把阿伯特·帕尔森司和他的朋友送上绞刑台的？是什么制度把萨柯和樊塞蒂送上电椅的？是什么制度把罗森堡夫妇杀死的？这些人是不是为了信仰而处决的？"[3]对于巴金而言，一方面"他试图从知识分子

---

1　巴金：《憩园》，《巴金全集》第8卷，人民文学出版社，1989年，第64—65页。
2　陈思和：《巴金晚年思想研究论稿》，复旦大学出版社，2015年，第39页。
3　巴金：《法斯特的悲剧》，《巴金全集》第19卷，人民文学出版社，1993年，第11—12页。

的个人主义角度来解释法斯特的转向。他甚至说'我不怀疑法斯特过去的真诚'……巴金通篇惋惜声声,自然招致一阵对他的批评乃至批判"[1]。另一方面,那些批判者又没抓住"关键"。巴金写这篇文章是在重温与凝视自己思想路径中的点点滴滴:他在1937年的《死》中就引用过帕尔森司的诗,他对萨柯和樊塞蒂之死曾高度关注,他也曾著文声援罗森堡夫妇。

当时不少作家逐渐摒弃了批判精神,成为时代颂歌的歌手,甚至有人选择封笔停作。因受到文学创作中的种种约束,巴金的无政府主义理念更加无法显现,他进而将追求和平、正义及人道主义等理想作为自己的人生目标。这种富含人道主义色彩的思想追求,并非一般意义上的人道主义,而是烙印着无政府主义话语的独特追求。比如,巴金到华沙参加第二届世界保卫和平大会,他准备了一篇文章(当时没有来得及发言),后来发表在《人民日报》上,从中我们可以看到他写着写着,就超出了意识形态二元对立的理论框架:

> 撇开不同的信仰,撇开不同的宗教,撇开不同的语言,只要是善良的人,只要是爱人类的人,让我们团结在一起,为保卫和平而奋斗,为创造新的文明而奋斗。[2]

尽管当时的中国还没有完成社会主义改造,但在冷战背景下号召撇开"信仰""宗教""语言"的差异而要"爱人类",实则已经超越了一

---

[1] 陈思和、李辉:《巴金研究论稿》,复旦大学出版社,2009年,第430—431页。
[2] 巴金:《我愿献出我的一切》,《巴金全集》第18卷,人民文学出版社,1993年,第562页。

般的人道主义,渗透着无政府主义的思想追求,这和他早年反对政府、反对宗教、学习"世界语"也有一致之处。

## 第二节 重释巴金小说的艺术张力

分析了巴金的早期经验,再审视其小说创作的艺术演变,我们便能更为明确地把握其中核心意蕴。首先,谈巴金的小说依然绕不开无政府主义,不过无政府主义和巴金小说的关系不仅体现于巴金借小说创作抒发理想不得实现的苦闷,而且,无政府主义理想作为一种精神存在,在巴金小说的美学价值的形成中不是参与性的,即它不仅仅是作为一种内容参与到故事中;而是构成性的,是其小说美学张力中的一个重要的维度。

在《灭亡》中,巴金直接将一个无政府主义者推向前景作为故事的核心,杜大心思想上、精神上的痛苦是在对话中直接出场的,如果我们抛开"疾病隐喻"等理论来看,这部小说其实是巴金在从"议论"转向"创作"时的尝试,因此小说的概念化色彩十分明显。前十章杜大心沉浸在对社会的憎恶、对人性的失望和对理想不得实现的痛苦中,但是巴金在收到樊塞蒂的信后,随即写了第十一章《立誓献身的一瞬间》,其中李氏兄妹突然觉悟了,他们的觉悟丝毫不带有杜大心的消极与厌世,而是完全接受了杜大心所宣传的无政府主义。而随着他小说创作的渐渐成熟,也为了躲避图书审查制度,巴金开始注意将无政府主义思想放在情节之中。在巴金的"爱情三部曲"和《雷》中,无政府主义理想的色彩最浓厚,已构成小说的底色。出于对无政府主义运动的追念,这个系列的小说看起来如巴金所说:"它只描写一群青年的性格，活动与死亡。这一群青年有良心，有热情，想做出一些有利于大家的事情，为了这个理想他们就牺牲了他们个人的一切。他们也许幼稚，也许常常犯错误，他们的努力也许不会有一点效果。然而他们的牺牲精神，他们的英雄气概，他们的洁白的心却使得每个有良心的人都流下感激的眼泪。"[1] 从这个时候起，巴金的小说就出现了两个明晰的时空体，这两个时空体的互动性，直到《随想录》中依然存在。我们从《电》的一个细节来看：

"我就不预备活到那个时候，我只希望早一天得到一个机会把生命献出去，"敏搁下碗，用冷冷的语调说，"死并不是一件难事。我已经看见过好几次了。我记得很清楚。"……他觉得生和死的距离在一瞬间便可以跨过。他这样想，眼睛有些模糊了。他慢慢地把眼瞳往上面一翻，他看见从斜对面座位上影的背后射过来慧的眼光。是责备的，还是疑惑的，或者探索的，他分辨不出来，然而慧却知道敏在想什么。[2]

巴金在无政府主义运动遭遇挫折、目睹友人蒙受重大损失之后，创作了这部作品。在斯人已逝的背景下，巴金在写作过程中满含哀思与缅怀之情，他试图描绘的并非客观现实，而是个人历史长河中的一段独特篇章。换言之，他所记录的无政府主义运动已成为历史长河中的一部分。然而，巴金巧妙地运用了现在进行时的叙事手法，使得读

---

[1] 巴金：《总序》，《巴金全集》第 6 卷，人民文学出版社，1987 年，第 37 页。
[2] 巴金：《电》，《巴金全集》第 6 卷，人民文学出版社，1987 年，第 324 页。

者在阅读过程中感受到爱情与理想鲜活的"现场感",这在很大程度上掩盖了作品中的"历史感"。

比如上面一段话就是带有"双重历史感"的叙事,巴金讲述无政府主义者的故事是第一层历史,他要用沉重、痛苦的心情写出"同志"们对理想的执着和无所畏惧的牺牲;而小说中的人物回忆过去是第二层历史。所谓"献出去"是无政府主义者献身理想的一种表达,至少是巴金这样无政府主义者的初衷。"死"则是他们在历史上的结局,小说中的敏在这一刹那表现出的痛苦情绪不是"在场"的、仪式感很强的痛苦,而是一种抚今追昔的悲凉感。在这部小说中,敏最后制造袭击未果而导致同志们行动计划失败,而上面一段引文则为他最后的行为做了情节上的铺垫。

文学作品一旦面世,其阐释的权力便转交至读者手中。读者,包括批评家们,虽然可能被巴金文字表面的激情所感染,但也有可能对巴金的真实意图产生误解。以"激流三部曲"中的觉慧为例,无论是在当时的读者群体中,还是在现代文学史的学术研究中,他都被广泛认为是"五四"精神和反封建主题的承载者。这种理解在一定程度上是准确的,但往往忽视了觉慧其实是一个理想化且性格相对单一的角色。在小说中,觉慧的"进步"总是与大哥的"落后"相互映照,因此,当他早早逃离家庭后,他便更多地存在于书信和他人的叙述之中,而非一个立体丰满的人物形象。在《家》的《初版后记》中,巴金说:"我底主人翁是从家庭走进社会里面去了。如果还继续写的话第二部底题名便是《群》。"[1] 也就是说,觉慧的出走是巴金创作的主线,他最初想

---

[1] 巴金:《巴金全集》第 1 卷,人民文学出版社,1986 年,第 435 页。

写一个青年如何逐渐摆脱了对家庭的依赖，又如何走向了"群"。这里的"群"是巴金一直希望做的"群"的事业，小说中《黎明周报》被停刊后，他们紧接着就办了《利群周报》，从中可以看到巴金曾经和一群人一起愉快地工作过，而这也是他最初写"激流"的动因之一。经过上一节的剖析，我们可以看出青年时期的巴金与这些人物有相似之处。鉴于这种理想在现实中早已幻灭，在《春》与《秋》中觉慧书信中所展现的理想越为圆满，越凸显出巴金理想破灭后的悲哀。因此，从艺术层面来看，觉慧的形象在三兄弟中显得尤为单纯，巴金难以构想出其理想实现后的具体细节。这种在灰暗家庭环境中凸显的"亮色"，实则反映了巴金内心深处的痛苦底色。他在小说《星》中写了一个值得注意的细节。在三个曾经的"同志"见面后，志良已经成了名作家，巴金"借"家桢的口说："你的文章里面隐藏着的忧郁、绝望的调子，只有我和秋星两个人知道。……你不要强辩，你说句真话……"[1] 这其实指出了他小说被读者忽视的情感张力，即激情四射与悲哀底色。主人公志良和巴金其他小说里的人物一样，对往昔的快乐追忆一定会被现实打断，所以才在笔记本上写下："我们谈了一些从前的事情。那许多事情他们完全没有忘记。我好像又回到从前那种生活里去了。但是不知道怎样我觉得我跟他们不同……我自己变了。是的，我知道是我自己变了。"[2] 巴金小说中的这种情感张力源自对"从前那种生活"的美好回忆，以及对其不可复得的深刻认识，这种张力使得人物心理世界的起伏变化更加引人深思。例如《秋》中有一个细节：

---

[1] 巴金：《星》，《巴金全集》第 11 卷，人民文学出版社，1989 年，第 59 页。
[2] 同上，第 74 页。

充满生命的年轻的歌声在空中激荡。它不可抗拒地冲进每个人的心中,它鼓舞着他们的热诚,它煽旺了他们的渴望。它把他们(连唱歌的人都在内!)的心带着升起来,从钓台升起来,飞得高高的,飞到远的地方,梦境般的地方去。

还是这一个现实的世界。觉新和枚少爷的梦破碎了。[1]

不独《秋》如此,美好而又残酷的"过去"在巴金的小说中大多是借对人物的追念而存在的,所以直到《憩园》和《寒夜》,他的小说仍有两条时间线索在其中。正是由于"过去"时空体中无政府主义的精神"在场",小说中"现在"时空体的精神、情感甚至故事本身才不单薄。周蕾曾将巴金的创作特色概括为:"划出一条奇特的界限以区分过往压迫性世界的生动的、令人怀念的印象以及对于轮廓未明的理论未来所抱持的梦幻般的革命理想。"[2] 只不过她没有考虑到无政府主义这一层面如何构成了小说的美学基础。这种"过去"时空体中核心的语词是"无政府主义",那么,便并非仅代表了一种回忆性的场景书写。"过去"深深地影响了"现在"时空中的叙事者和主人公的心态、情感,因而无政府主义在小说中的出场就不仅具有情节性功能,而是展开了巴金小说两个时空体之间的情感状态,从而成为一种构成性的美学力量。在这个张力结构中,它构成了巴金小说的精神底色,只不过因为是底色,所以读者往往不易察觉。读者珍视巴金小说中所蕴含的理想主义与激

---

[1] 巴金:《秋》,《巴金全集》第 3 卷,人民文学出版社,1986 年,第 57—58 页。
[2] [美] 周蕾:《妇女与中国现代性》,蔡青松译,上海三联书店,2008 年,第 156 页。

情，而文学史的传统则对其作品中反帝反封建的核心主旨予以认可。然而，巴金对无政府主义的坚定信仰以及该运动在历史中的失利，为小说的审美基调增添了一抹悲凉与痛苦的色彩。这种无政府主义的深层底蕴在小说中无处不在，倘若在解析巴金的作品时忽略这一点，恐怕难以触及文本的深层次内涵。

　　王瑶、扬风等学者在20世纪50年代提出巴金由无政府主义者转变为进步民主主义者，这一结论在学术界已被广泛接受。尽管巴金小说的美学基调可能发生了变化，但其审美结构的核心要素并未发生根本性转变。因此，这种描述在全面理解巴金的文学创作及其思想内涵时，具有一定的局限性。较早意识到此问题的是夏志清，他认为："就无政府主义的狂热来说，《灭亡》胜过了巴金后期的一些小说——它们不过是同一主题的不同篇章而已……自从一九四四年开始，巴金一直保留着当初对'安那其主义'博爱的看法——那就是，这个世界需要一点更多的同情、爱和互助。但信仰虽无改变，态度倒改变了：他放弃了安那其诉诸暴力的政治行动。"[1] 巴金对家庭的怀疑，对国家的警惕，并没有因为他小说叙事中的情感节制而消失。他在20世纪40年代的中长篇小说中，直接书写无政府主义的痕迹减少了，不过他原有的叙事经验所倚重的张力结构却延续下来，例如《憩园》中出现了叙事里套故事的现象，叙事者借助小男孩之口讲出了一个"过去"的故事。在《寒夜》中，"过去"如"幽灵"般存在于文本中，小说中的社会、家庭矛盾掩盖了一个重要问题，汪文宣和曾树生是两个理想的失落者："那

---

[1] [美] 夏志清：《中国现代小说史》，刘绍铭等译，香港中文大学出版社，2001年，第207、323页。

个时候我们脑子里满是理想，我们的教育事业，我们的乡村化、家庭化的学堂。"[1]这种退而求其次的理想实现方式也被时代所打断，但他们毕竟还有理想。小说中写："他们中间只有同居关系，他们不曾正式结过婚。当初他反对举行结婚仪式，现在他却后悔他那么轻易地丢开了他可以使用的唯一的武器。"[2]这种反对资产阶级婚姻的恋爱观念是无政府主义理想的实践，而相比于曾树生与汪母之间的矛盾，汪文宣和曾树生的理想失落后在人生态度方面的矛盾更加不可调和。小说中，曾树生依然没有放弃他们曾经的理想："我们有理想，也有为理想工作的勇气。现在……其实为什么我们不能够再像从前那样过日子呢？"[3]这几句话余音相当长，显然是从她的心里吐出来的。然而，汪文宣则完全失去了对理想的追寻："就是最近几年的事。我以前并不是这样的。以前，我和树生，和我母亲，和小宣，我们不是这样地过活的。完了，我一生的幸福都给战争，给生活，给那些冠冕堂皇的门面话，还有街上到处贴的告示拿走了。"[4]

显而易见，他们之间的分歧在于"现在"是否仍然能够像"过去"那样追求人生理想。因此在《寒夜》中，"过去"的存在进一步增强了小说的美学张力。一方面，巴金的小说展现出了更加成熟的艺术风格和对于人性更深刻、更细腻的理解；另一方面，相较于他早期小说中的激进姿态，这些小说的结构和情感表达方式则显得相对平稳，缺少了那种强烈的先锋意识。可以看出，"过去"已经成为巴金内心深处的一

---

1 巴金:《寒夜》,《巴金全集》第 8 卷，人民文学出版社，1987 年，第 445 页。
2 同上，第 438 页。
3 同上，第 445 页。
4 同上，第 488 页。

种执念。他在小说中不断以温情脉脉的叙事伦理回顾着过去,试图通过与过去的对话,让读者理解他的写作意图和内心世界。

在这一点上,他像《秋》里的觉新一样:"颓丧地垂着头,眼光似乎停在面前的信笺上。其实他什么也没有看见。在他的眼前晃动的是一些从'过去'里闪出来的淡淡的影子。这些影子都是他十分熟习的。他想拉住她们,他想用心灵跟她们谈话。"[1]因此,巴金说:"每一篇小说里都混合了我的血和泪,每一篇小说都给我唤醒了一段痛苦的回忆。"[2]

新中国成立后,在小说创作的艺术经验上,巴金还是延续了这种结构时空的方式。两个时空交互影响的基本结构,出现于20世纪50年代他写的《李大海》《团圆》等小说,甚至80年代的《随想录》也有体现。对于巴金在十七年时期的小说创作,笔者并不认为其在审美价值上超越了其先前的作品。然而,若将其置于文学史的共时性背景下审视,巴金在艺术创作上的确展现出新的探索。至于这些探索是创新还是有所局限,则需要我们在文学史的框架内进行深入的辨析与判断。对于作家来说,艺术经验就像梁启超说的:"人之恒情,于其所怀抱之想象,所经阅之境界,往往有行之不知,习矣不察者。"[3]巴金在创作过程中,虽未必有意识地从诗学建构的角度出发,但他在文本创作中,显示出艺术经验的路径依赖。基于这一前提,巴金在这一时期的艺术探索具有两方面的重要价值。

一方面,巴金以自己的创作实践回应同时代作家们普遍面对的创

---

[1] 巴金:《秋》,《巴金全集》第3卷,人民文学出版社,1986年,第9页。
[2] 巴金:《代序》,《巴金全集》第9卷,人民文学出版社,1988年,第293页。
[3] 梁启超:《论小说与群治之关系》,《新小说》,1902年第1期。

作难题：如何处理现实经验与艺术虚构的关系。从创作论说，当时的理论家、批评家将文学视为服务现实政治需要的工具，而又在反映论的框架内要求文学"高于生活"而"反映"生活的本质，甚至认为"在社会历史的发展过程中，从来没有，也永远不可能有反映在文艺上的纯客观的'生活的真实'"[1]。文学叙事与社会现实并不处于同一层面。在抽象的"艺术真实"层面上，文学反映时代本质时，作家对这种"本质"的把握并非源于生命经验和现实感受，而源自政治话语对时代的预设。因此，"现实"在一定程度上呈现出政治化的特征。"现实"的描绘需要遵循主流意识形态对现实的权威解释。

对于巴金而言，他选择书写新人、新生活，并非完全或者说主要不是因为政治的干预。他说："'问题就在于我想写新的人。'结果由于自己不能充分做到'深入'与'熟悉'，虽然有真挚的感情，却也只能写些短短的散文。"[2]事实上，巴金对所谓的新人新事确实知之甚少，正如邵荃麟所说的："如果他只拥有手头收集到的一些材料，而缺乏长期社会生活积累，那末他当然很难从广博深厚的生活基础上去进行选择、比较，因而在艺术上也不容易达到较高的概括。"[3]正因如此，巴金并不致力于在抽象的精神层面虚构故事以反映时代理想，而是用了一种看似借用、转述、引述现实中的事迹、材料，并时常以第一人称叙事淡化虚构性的创作方式。因此，在有些学者看来，巴金此时的创作"在大量印象和材料的基础上点缀一些模式化的情节，抒发一些廉价的情

---

1 以群：《杂谈文艺的思想性和艺术性》，《文艺报》，1960年第2期。
2 巴金：《文学的作用》，《巴金全集》第16卷，人民文学出版社，1986年，第42页。
3 荃麟：《从一篇散文想起的》，《人民文学》，1959年第7期。

感，勉强凑成的颂歌大集锦"。[1]这种印象式批评虽有其合理之处，但遮蔽了巴金的创作困境及其突破困境的努力。对于巴金而言，他以往的小说大多是经验性的，而且常有无政府主义的思想作为精神底色。然而在新中国成立后，巴金要抽去这一层思想，就只能改变他小说创作的叙事方式。

以《黄文元同志》为例，有学者认为这篇小说"与其像'小说'，在文体上其实是'人物采访'，所以它的平实和干瘪并不奇怪"[2]。从巴金自身创作嬗变以及对这一时代小说诗学的贡献来说，除了最后把邱少云的故事嫁接在主人公身上外，对于小说的虚构过程，他是有所交代的："黄文元同志不是一个真人。我把我在朝鲜遇见的几个四川青年战士给我的印象合在一起写成这篇小说。"[3]所以他并不是把现实材料简单缀合成一篇小说。更进一步地说，巴金小说最动人心魄的力量曾来自理想与现实间的落差，此时的巴金在调整自己创作路径的同时，调整了理想与生活、叙事的关系。巴金这一时期的小说显示出现实主义文学新的可能性。他并不认同理想、价值只是高高在上地指导现实生活，而是坚信理想深植于现实之中，与日常生活紧密相连。巴金通过深入体验现实生活，亲身感受到了理想状态的现实存在方式，并运用独特的艺术手法将这种体验转化为文字。这种理想与现实间的相互作用，不仅丰富了作品内涵，更构建了独特的诗学交互结构。

茹志鹃在日记里记载政治学习内容时写道："今天在朝鲜战场上的

---

1　商昌宝：《作家检讨与文学转型》，新星出版社，2011年，第128页。
2　程光炜：《文化的转轨——"鲁郭茅巴老曹"在中国1949—1976》，光明日报出版社，2004年，第246页。
3　巴金：《巴金全集》第11卷，人民文学出版社，1989年，第373页。

战士便是世界的功臣，如能把抗美的本质写出来，把援朝写得好，那将是一部永垂不朽的作品。"[1] 然而，巴金的小说主题集中在对和平的渴望，以及战争背景下的爱情与人道主义这些他能够理解并掌握的方面。通过他的作品，读者可以看到平凡的人和故事同样可以承载并孕育理想。这种创作价值在于，作者无需依赖政治术语来构建理想大厦，而是在现实世界中寻找理想的影子。当作家的生命体验与现实产生对话时，对现实的描绘本身就足以揭示理想的存在。所以《黄文元同志》《团圆》《明珠和玉姬》等一批小说，用了大量的对话和追叙。这就赓续了他早年形成的过去与现在之间的张力结构。这些作品看起来是战地速写或者生活材料，却是一种不留痕迹的艺术虚构。

另一方面，他在不断探索个人理想与时代"共名"的结合的可能性。所谓时代"共名"，陈思和这样定义："当时代含有重大而统一的主题时，知识分子思考问题和探索问题的材料都来自时代的主题，个人的独立性被掩盖在时代主题之下。我们不妨把这样的文化状态称作'共名'，而这样状态下的文化工作和文学创作都成了'共名'的派生。"[2] 在20世纪30年代的作品中，巴金将个人理想与时代"共名"结合的最直接尝试是《火》三部曲，但这种结合其实并不成功。巴金作为"五四"的产儿，第一次将个人理想汇入时代主题，写出了带有浓厚无政府主义色彩的抗战小说《火》三部曲。尽管《火》的第三部和前两部的关系并不紧密，但至少在前两部中巴金确实在不断"进步"。在《火》的第一部中，暗杀活动被描绘为一种基于无政府主义理念的"抗日"模

---

[1] 茹志鹃：《茹志鹃日记（1947—1965）》，王安忆整理，大象出版社，2006年，第36页。
[2] 陈思和：《思和文存》第2卷，黄山书社，2013年，第133页。

式。然而，到了第二部，读者可以发现巴金笔下的人物开始与"群众"产生接触，这一变化确实反映了巴金本人思想观念的演进。因此，在第一部中出现的无政府主义者群体，不可避免地出现了分化，一部分人选择顺应时代潮流，而另一部分人则坚守原有信念。这也显示出巴金在个人思想立场和时代"共名"之间寻求平衡。而到了20世纪50年代，巴金必须继续直接回应时代"共名"时，他在思想层面上将个人生命理想中与时代"共名"相合之处作为小说的主题；在艺术层面上，他从自身的艺术资源和既往小说的诗学传统中择取其能够采用的艺术资源。

在当时同题材的小说中，巴金的相关小说特色鲜明。这一时期巴金的小说，一批是从朝鲜回国后写成的，另一批是20世纪50年代末写作的。在回忆这段经历和相关之人时，他立足于自身理想叙述情节与人物。因其理想，他观察周围的人时看到的大多是"他们的爱和同情心，他们的乐观的天性"[1]。在结构故事时，他倾向于采用第一人称限知叙事，与同时期流行的以第三人称外聚焦叙事塑造人物的手法形成鲜明反差。在20世纪40年代，他用这种方式写的小说中最成功的就是《憩园》。在《憩园》第二十六到二十七章中，第一人称叙事者几乎让位给小男孩的独白。陈平原曾提出第一人称叙事的见闻录性质："作为故事的记录者与新世界的观察者而出现的'我'，在中国古代文言小说中并不罕见。中国古代小说缺的是由'我'讲述'我'自己的故事，而这正是第一人称叙事的关键及其魅力所在。"[2] 然而当"我""讲

---

[1] 巴金：《巴金全集》第11卷，人民文学出版社，1989年，第410页。
[2] 陈平原：《中国小说叙事模式的转变》，上海人民出版社，1988年，第77页。

述我的故事"的时候,这类主观抒情小说最明显的特点是叙事者对情节深度介入,而巴金则不同。在《憩园》中,包括小男孩在内的人物讲述实际上推出了"过去"的故事,而非一般的客观叙事。小说的叙事者"我"在情节叙述过程中的介入性有限。第一人称较之于第三人称的优势是叙事者对故事情节的深度参与和情感体认,或者完全脱离情节本身而只是当一个转述者。《憩园》相当一部分篇幅中的"我"是在当一个听讲者和提问者,并使用了大量的直接引语,使人物在"现在"的叙事时空中讲述另一个"过去"的故事。但叙事者"我"在讲述自己的经历时,又安排了一个人物在"我"的讲述中直接讲述自己的经历。因此,比起《家》或《寒夜》的表达方式,这种双重的在场感会使小说的感染力更强,更适合巴金到朝鲜走马观花地收集材料后写作小说。

借用戏剧理论来说,巴金以纪实的笔法虚构了双重叙事主体,无非就是同时打破了人物和叙事者、读者之间的"第四堵墙"。巴金通过限知叙事降低了自己作为知识分子在叙事过程中的控制力,力求提升故事的"真实性",同时弥补了自身经验不足所导致的创作难题。以小说《坚强战士》为例,该作品采用第三人称内聚焦叙事,巴金充分运用其20世纪30年代的文学经验,从叙事时间、环境描绘、心理描写等多方面丰富小说的艺术表现。然而,遗憾的是,尽管这篇小说是巴金20世纪50年代的作品中最具"小说"特质的作品,但它并未打动读者,原因在于叙事失去了双重时空的艺术结构,造成了小说艺术张力的缺失,导致巴金在讲故事时情感表现趋于平面化。尽管巴金很努力地写战士的心理活动,但他对于战士濒临死亡的处境和绝望的心理无法感同身受,也就无从展开有深度的艺术想象。全知叙事者看似内聚焦的叙事，却只能是用了多次"绝望"，然后通过想起战友和毛主席而摆脱绝望。小说中，一连数日的绝望与希望的交替并没有形成一种审美变奏，而只是在一个时空间内连续发生的情感状态。巴金在直接经验不足或对叙述对象缺乏充分理解的情况下，无法仅依靠符合艺术逻辑的想象完成文本。

　　作为具备良好艺术修养的作家，他或许认识到，第三人称内聚焦的诗学体验难以持续，而这导致巴金在这一阶段较多地运用第一人称限知叙事。在这种叙事模式下，他所塑造的"我"似乎融入了巴金的情感体验与生命领悟。尽管他对人物及战争场景并不完全熟稔，但叙述者并非真实的"我"，而是事件的亲历者。在文本构建中，"我"的生命历程与另一个对话主体的生命历程共同弥补了小说美学结构的缺憾。通过此类方式，巴金既确保了小说能体现个人理想意识，同时也融入了符合时代特色的创作主题。

　　这一问题从小说《团圆》和据此改编成的电影《英雄儿女》之间的差异即可看出。电影《英雄儿女》虽然标注"根据巴金小说《团圆》改编"，但影片强化的最为重要的线索人物就是王芳的"哥哥"——那个高喊着"向我开炮"的战斗英雄王成。他在前半部分是一个高大的英雄，在后半部分人亡名在，发挥了"后死诸君多努力"般的激励功能。尽管影片中保留并依托了王芳和她两个"父亲"之间的故事构成情节，但主人公却由小说中的王芳变成了王成——这个在小说中只交代了四百余字的人物。小说中王成发挥的叙事功能纯粹是为了告诉王主任，王芳——王主任的亲生女儿——也来到了朝鲜战场。小说非但没有经典的"向我开炮"的场景，巴金笔下王主任关于王成的追叙也只有"只是王成没有能回来，他勇敢地在山头牺牲了。战事稳定之后，我常常想起我的女儿"一句，而当他再一次也是最后一次提到王成时说的是"要是王成那天没有牺牲，他也许会告诉王芳真实的情形"[1]。可见在巴金的作品中，相较于"父女情"而言，显然"英雄气"居于次要地位。倘若我们全面阅读巴金在十七年时期的文学作品便会发现，这样的情节安排并不突兀，因为他主要描绘英雄人物的生活化形象，而非孤胆英雄坚守阵地的英勇事迹。然而在电影改编中，除了突出王成的英勇举动之外，王芳的精彩镜头亦聚焦于歌唱王成，甚至脍炙人口的插曲也以王成等战斗英雄为题材。

尽管巴金并不排斥英雄气概，但他的小说更重视亲情。因此，巴金在日记中既承认了《英雄儿女》的优点也对其表示了不满："《英雄儿女》改得不错。关于王成的一部分加得好。王芳的形象也很可爱。但是影片中王芳受伤送回国以后就没有戏了，对王复标的处理也不能令人满意。总之结尾差，不够理想。"[2] 电影《英雄儿女》呈现了意识形态期望的叙事构架与审美效果，而巴金的小说《团圆》只是提供了这一叙事构想的部分故事。其实无论置于何种语境，"离乱——重逢"的母题都具备强烈的传奇色彩，犹如《憩园》中的少年故事一般。这种叙事母题有利于情节的曲折展开，揭示人物内心世界的复杂性与情感波动。然而，这也反映出巴金与主流意识形态的共鸣仅限于某种程度之上。他关于人性的理解和构想并未达到"高、大、全"的英雄崇拜境界，而是关注"小人物"的离合聚散。

如果以十七年主流小说的诗学结构来看，《团圆》的情感领域毕

---

1 巴金：《团圆》，《巴金全集》第 11 卷，人民文学出版社，1989 年，第 551 页。
2 巴金 1965 年 2 月 23 日日记，《巴金全集》第 25 卷，人民文学出版社，1995 年，第 483 页。

竟还显狭小，未能在革命题材的限制中完全地放开，这就为作品留下了欲说还休、不免气短的艺术残缺"[1]。但也正因如此，《英雄儿女》中王成线索的加强就明显能看出巴金的个人创作路径下"为生活"的理想与十七年主流话语"树英雄"的理想的指向并不在一个层面。小说《团圆》的可读性并不来自思想性，而是因为明显延续了巴金双重时空的诗学策略，以及他更为成熟而冷静地驾驭小说的叙事语调。总而言之，追念理想和理想不得实现的情感冲突，以及由之而来的双时空叙事结构，源自巴金的早期经验，经过不断变异而始终存在于巴金的创作中。

## 第三节　从一则史料看《随想录》

晚年的巴金通过《随想录》等作品，展现其深刻而独到的精神思考。他对于无政府主义的理解融入了他的生命理念之中，因而他并非那种"尤其欢喜空谈的无政府主义"[2]的人。巴金结合自身的生命理想融合了切实的人生诉求于其中："人类社会向着安那其演进的倾向，并且肯定了一个新的革命的道德之需要，这道德是与资产阶级社会的虚伪道德对立的。"[3]时过境迁，巴金那段无政府主义经历与他新中国成立以后言行的关系便值得我们注意。正如贾植芳所言："巴金先生在他的

---

[1] 程光炜：《文化的转轨——"鲁郭茅巴老曹"在中国1949—1976》，光明日报出版社，2004年，第263页。

[2] 瞿秋白：《赤都心史》，广西师范大学出版社，2004年，第17页。

[3] 巴金：《克鲁泡特金全集·总序》，《巴金全集》第17卷，人民文学出版社，1991年，第153页。

青年时代是走了一段很弯曲的道路的,这恐怕也就是解放后他往往当'风派',在各种运动中故作姿态的原因,原来他内心有很大的隐忧,不能不以高姿态来保获自己的生存耳。"[1]

面对新中国成立后的巴金,人们往往将关注的焦点集中于他在20世纪80年代后笔耕不辍写下的五卷《随想录》。关于巴金在20世纪50至70年代的思想轨迹、创作实绩,读者也容易按照他在《随想录》中所讲述的那样理解,即他的主体性不断丧失而不得不放弃自我。这种观念从大的方面讲是没错的,但值得注意的是在"反右"扩大化之后到1966年之前,一向沉稳和低调的巴金,却在1962年的一次讲话中出人意料而又意料之中地批判了新中国成立后文艺批评话语中的粗暴现象,且这次批判话语比他在"鸣放"时期的文章更为尖锐。在亲历了"反右"扩大化对相当数量知识分子的冲击后,巴金终于还是忍不住在1962年发表了真实的想法,于是就有了巴金在上海市第二次文代会上以《作家的勇气和责任心》为题的发言。据《巴金全集》注释,这篇文章曾发表于1962年5月5日的《上海文学》,巴金在那次会议上宣读了全文,但发表时他本人进行了多处删改。因此,本章采用《巴金全集》中的版本与《上海文学》(1962年第5期)上的版本,以对照的方式分析这则史料。

我们往往将《随想录》作为一部"讲真话"的书来看,认为这是巴金在经历了20世纪50至70年代的历史岁月后幡然醒悟和痛定思痛之作,正因如此,不少读者对其中的两种叙事时态所包含的两条时间线并未加以分辨。由于在《随想录》中,巴金谈及50至70年代的自己时

---

[1] 贾植芳、任敏:《解冻时节》,长江文艺出版社,2000年,第159页。

采用的是 80 年代时的政治立场，因此这种追溯式的反思构成了他对于历史的一种叙事基调，也一定程度上影响了研究者的认知基础。不可否认，巴金确如自己所反思的那样在十七年时期写了许多违心或半违心的文章，但这并不意味着巴金基于"主体性"的自觉意识，或者说作为知识分子的自省是从 80 年代开始的，也不意味着巴金的理想主义是在晚年重燃的。

从史料出发看巴金的思想变化，我们先要解决的一个问题是，《随想录》中叙述出的历史上的巴金形象是不是和实际上的巴金完全一致？这里举一个例子来看，巴金在《随想录》里对"样板戏"给他带来的痛苦，以及"样板戏"如何反动、如何缺乏人性有过激烈的批判，这也成为批判"样板戏"的学者最为常用的引证材料。但是我们看巴金日记，他在 1965 年 1 到 7 月间通过电视或到现场，三次看《红灯记》，三次看《沙家浜》，两次看芭蕾舞《白毛女》，一次看芭蕾舞《红色娘子军》。经过 1964 年现代戏汇演后，在 1965 年这些戏基本上已经定型，和后来的"样板戏"相比，艺术上虽还有粗糙之处，但巴金是喜欢看的。尤其是当时没有人要求他必须看，而是他主动地密集地看。在这期间，改编自其小说的电影《英雄儿女》他也不过看了两次。所以巴金后来抵制"样板戏"时从未提及他曾经也很热衷于看这些戏剧，而且以巴金的艺术眼光，"样板戏"既然有后来他说的那么严重的艺术问题，他在 60 年代也不会看不出来。所以，巴金对"样板戏"的批判主要是以 80 年代政治语境和文艺标准的转变为前提的。

实际上，《随想录》虽然是非虚构的作品，但在文本中巴金的创作时间和叙述内容的时间是有区别的。也就是说，《随想录》有两种经常出现和不断切换的叙事时态，即过去时和现在时。因而《随想录》中的指称词"我"便被"从事叙述的我"和"被叙述的我"[1]所共用。由于巴金严肃、真诚而强大的情感力量，读者往往会被作为叙事者的巴金所影响，而认为巴金是在改革开放之后启悟，因而写出了他的自我忏悔和控诉。这种理解忽视了《随想录》现在时叙述中其实包含着一个过去的时空体。这条过去的时间线，其实也就是巴金人生历程自然的时间线，是在现在时的叙述中出场的"过去"。因此，这条"过去"的时间线中的"个人史"被"现在"的巴金反复叙述而得以建构起来。这段个人史就成为自己如何迷失了自我而丧失了主体性，从而又在现在的叙事时间中找回了知识分子的主体意识的过程。在这个前提下，我们再看他1962年的讲话，意义就大不一样。在《随想录》中，巴金对这次讲话是这样叙述的："我有脑子，我就会思索，有时我也忍不住吐露自己的想法。一九六二年我在上海文艺界的一次会上发表了一篇讲话：《作家的勇气和责任心》。就只有那么一点点'勇气和责任心'！就只有三十几句真话！"[2]

笔者粗略统计了一下，《随想录》中近半篇目是他站在20世纪80年代的立场，对于"牛棚"或被批判经历的新认知，包括他真诚的忏悔。作为叙事者，他说："经过那十年的磨炼，我才懂得了'奴隶'这个字眼的意义……奴隶，过去我总以为自己同这个字眼毫不相干，可是我明明做了十年的奴隶！"[3]这种精神觉悟促成了他在经历苦难之后那种独特的忏悔意识。然而，他对于20世纪50至70年代文学史的深

---

1 ［法］热拉尔·热奈特：《转喻——从修辞格到虚构》，吴康茹译，漓江出版社，2013年，第127页注释①。
2 巴金：《再论说真话》，《巴金全集》第16卷，人民文学出版社，1991年，第237页。
3 巴金：《十年一梦》，《巴金全集》第16卷，人民文学出版社，1991年，第322页。

刻审视，特别是对当时语境下知识分子未能坦诚直言，甚至为求自保而发表不实言论的公开反思，实际上始于 1962 年。在 20 世纪 80 年代"拨乱反正"的语境中，巴金在《随想录》中建构起一个历史上的自我形象，刻意淡化了 1962 年的觉醒而强调自己被压抑的一面："我自己也把心藏起来，藏得很深，仿佛人已经走到深渊边缘，脚已经踏在薄冰上面，战战兢兢，只想怎样保全自己。"[1]

尽管在"过去时"的时间线中，被叙述出来的巴金是一个长期选择默然忍受的人。但是，所有的压抑其实是因为没有一个爆发的突破口和时机。1962 年无疑是新中国文学发展的重要一年，后来的文学史家总是很看重赵树理在"大连会议"上说过的"1960 年简直是天聋地哑"[2]。当然，赵树理的勇气是值得称赞的，但这毕竟不是在刊物上发表出来的言论。然而，巴金的控诉则不同。他在上海文代会上为"知识分子"鸣不平之后，还将文章发表了出来。需要进一步辨析的是，巴金一向小心谨慎，在批判《武训传》到"反右"扩大化的一系列运动中，虽时有被批评的情况，但他都宁愿屈己求全以求明哲保身，为什么在这个时候他要对棍棒批评予以控诉？回溯历史，巴金在"双百方针"推行时曾经为知识分子，尤其是作家，讲过几句话，并直接点名批评姚文元，从而招致了姚文元在后来的"拔白旗"运动中批评巴金。特别是在 1962 年的讲话中，巴金还说："我不愿意放弃我的畅所欲言的民主权利。"[3] 仔细来看，这次讲话中的抗议和控诉包含着巴金对 20 世纪 50 年

---

1 巴金：《说真话》，《巴金全集》第 16 卷，人民文学出版社，1991 年，第 230 页。
2 黎之：《文坛风云录》，河南人民出版社，1998 年，第 346 页。
3 巴金：《作家的勇气和责任心》，《巴金全集》第 19 卷，人民文学出版社，1993 年，第 186 页。这句话在讲话发表时（《上海文学》1962 年第 5 期）删去了。

代以来文学批评的不满，文章的核心观点可以概括为七个方面，其中前五点是关键。

其一，棍棒批评的恐怖。巴金提出："我有点害怕那些一手拿框框、一手捏棍子到处找毛病的人，固然我不会看见棍子就缩回头，但棍子挨多了，脑筋会给震坏的……在我们新社会里也有这样的一种人，人数很少，你平日看不见他们，也不知道他们在什么地方，但是你一开口，一拿笔，他们就出现了。"其二，棍棒批评的独断性。他指出："看到没有见惯的文章，他们会怒火上升，高举棍棒，来一个迎头痛击。他们今天说这篇文章歪曲了某一种人的形象，明天又说那一位作者污蔑了我们新社会的生活，好像我们伟大的祖国只属于他们极少数的人，没有他们的点头，谁也不能为社会主义建设事业服务。"其三，棍棒批评产生的恶劣影响。这一部分在讲话发表时也经过了删减处理，原文是："他们人数虽少，可是他们声势很大，寄稿制造舆论，他们会到处发表意见，到处寄信，到处抓别人的辫子，给别人戴帽子，然后到处乱打棍子，把有些作者整得提心吊胆，失掉了雄心壮志。"其四，知识分子的自我批判。"我们现在有的是'事后诸葛亮'。他们看到别人挨棍子是不肯站出来抱不平的，可能是害怕乱棍错打在他们的身上……当浮夸盛行的时候，许多头脑清醒的人，也闭上眼睛，隐瞒真实，我们文艺工作者并不例外，不少的人热心用艺术为武器为浮夸推波助澜。"第五，提出"讲真话"。"要是当时大家站出来讲真话，我们国家的损失便可以减少许多。我不是在这里批评别人。我自己就应当接受批评……今天我更加深切地感觉到坚持真理、热爱祖国的勇气是非常可贵的，热爱社会主义文艺事业，并且准备为它献身的勇气也是极其可贵的。"其六，对文学批评的看法。"好的批评家是作家的朋友，并不是作家的上级……谩骂决不是批评，盛气凌人更解决不了问题。"第七，对批评与创作的期望。"据我看，只有在作家和批评家互相学习、彼此帮助、互相尊重、携手前进，共同为社会主义文艺事业奋斗的紧密团结的局面下，才会有万花吐艳、百鸟鸣春的盛况。"[1]

综合来看，巴金此时对棍棒批评的批评首先是因为他自己曾经深受其害，即以姚文元等为主力的"巴金作品讨论"曾经"在三四种期刊上进行了半年"，"虽然没有能把我打翻在地，但是我那一点点'独立思考'却给磨得干干净净"[2]。但也正是因为有了后来他的这次公开讲话，我们可以看到巴金至少在1962年并不像他后来重述时说的没了"独立思考"。从另一个侧面来看，巴金对政治环境十分敏感，在1955年他即认识到"无论如何现在已经不是'出口成章，一挥而就'，或'下笔千言，倚马可待'的时代了……即使是最有才能的人也得在创作上付出很大的代价，这个代价包含着辛勤的劳动"[3]，身在上海的他并非未曾意识到60年代初的政治环境有所缓和，但当时并不是一个支持他为"知识分子"群体呼喊的年代。

巴金在50年代"鸣放"时期确实提出过很多意见，而且大部分都是为知识分子说话的。比如："我们在为上面所说的必要的活动花去大部分时间以后，还得检讨自己没有完成创作计划，有各种各样的帽子扣在自己头上。"[4] 在"鸣放"中，巴金称："我们并没有丧失独立思考的

---

[1] 巴金：《作家的勇气和责任心》，《巴金全集》第19卷，人民文学出版社，1993年，第187—192页。

[2] 巴金：《究竟属于谁》，《巴金全集》第16卷，人民文学出版社，1991年，第255页。

[3] 巴金：《在中国作家协会第二次理事会会议（扩大）上的发言》，《巴金全集》第18卷，人民文学出版社，1993年，第610页。

[4] 同上，第613页。

能力。"并在这篇文章中批判有的人"拿起教条的棍子到处巡逻,要是看见有人从套子里钻出来,他们就给他一闷棍……"[1],甚至于直接批评姚文元:"既然鼓励别人讲话,最好还是少来些限制,暂时不必发什么'恰到好处'的通行证之类。"[2] 面对批评者的上纲上线,巴金还反批评说:"我也没有遵命戴上的必要,因为今天并非乱扣帽子的时候。"[3] "双百"方针之时,许多作家已经意识到和真切感受到文艺治理机制不断传来的压力,故而在20世纪60年代初文艺政策调整时,不少作家已然不再发表激烈的言辞,更不用说坚持巴金在讲话中所说的"民主权利"。

巴金本可以不说这些话,而之所以在1962年发言并发表出来,是因为巴金的政治地位还在。他的这次发言,一方面是出于他的理想主义和道德良知,另一方面是1958年以后,由姚文元组织的对巴金的批判集中在批判其"无政府主义",而这显然是巴金所有历史问题中的"要害"之所在,而且这是比"小资产阶级"更为严重的"反动"思想。当然,姚文元和北京师范大学等高校学生的文章其实并没有做足史料功夫,因而他们主要是从小说文本中的无政府主义印记出发批判巴金。

从巴金的角度来说,他最担心的其实是他早于《灭亡》所写的那些文章。因此,当姚文元揭开了巴金小说中"无政府主义"的盖子,巴金也许不得不反批判。可以说,巴金的早期经验成为他精神世界中的一个定时炸弹。从1962年的控诉来看,巴金在20世纪50年代的创作固然是怀着一颗真诚的心完成的,但他也并非没有不满,因为他的作

---

[1] 巴金:《"独立思考"》,《巴金全集》第18卷,人民文学出版社,1993年,第626页。
[2] 巴金:《"恰到好处"》,《巴金全集》第18卷,人民文学出版社,1993年,第639页。
[3] 巴金:《辞"帽子"》,《巴金全集》第18卷,人民文学出版社,1993年,第674页。

品还被文坛"主管"作为批判他人的招牌。例如，胡风说周扬在"全军文艺创作座谈会"上的报告中说："巴金虽然不懂部队，但他看到志愿军伟大，就歌颂歌颂伟大，那就是老实，值得欢迎，对我们有好处，这就够了；但路翎偏偏要写他不懂的战士，这就是不老实，非批评不可。"[1]根据笔者前文对巴金1962年讲话的总结，他在《随想录》中勾勒出其思想发展的一条过去时的线索，说这篇文章"只有三十几句真话"实际上是为了维系他在历史上形象的统一。他对自己这些"真话"在他个人史意义的弱化，以突出他反复强调的"我相信过假话，我传播过假话，我不曾跟假话作过斗争"[2]。在许多作家不断为自己辩解时，巴金反而对历史上曾经斗争过的自己进行掩盖。陈思和在解读晚年巴金时认为，巴金"对自己的价值、行为、追求是有过宣誓的，后来做不到也就罢了，但是还不得不侮辱自己的信仰，现在回过头来，良心受到自我谴责，感到痛苦。说白了是对不起自己，而不是别人"[3]。这是对于20世纪80年代后巴金的一种解释，而放在更大的历史语境和价值尺度下来看，巴金的这种叙事策略实际上又隐含着80年代文坛某种制度性力量。

巴金用了两个时空体和"我"的两种身份区别了两个时代。他当然不会忘记这篇讲话使自己遭受批判的经历，而他有意淡化才能使被叙述和建构出的历史时空的自己显得更为整一，他在弱化自己的历史面时强化了自己的现实形象的反思力度。这种反思力度有着时代话语的

---

[1] 胡风：《关于解放以来的文艺实践情况的报告》，《胡风全集》第6卷，湖北人民出版社，1999年，第372页。
[2] 巴金：《说真话》，《巴金全集》第16卷，人民文学出版社，1991年，第231页。
[3] 陈思和：《巴金晚年的理想主义》，《名作欣赏》，2016年第7期。

支持，同时也突出和强化了《随想录》中强调"讲真话"的现实意义和力度。换言之，在巴金自我"历史化"的过程中，作为叙事者的"现实之我"所进行的叙述是一度叙事，而被叙述的"历史之我"则通过二度叙事来实现。在此过程中，二度叙事的非虚构性服务于一度叙事的需求。巴金通过在两种时态中进行价值区分，站在现在时的立场对历史中的自我思想和形象予以贬低："我脑子里好像只有一堆乱麻，我已无法独立思考，我只是感觉到自己背着一个沉重的'罪'的包袱掉在水里……"[1]，而没有强调自己其实在当时是一个很清醒的知识分子，只不过是长时间压抑了自己的主体性。他在 1962 年讲话发表的删节本中依然清醒地表示："谁又不怕挨整呢？谁又愿意因为一篇文章招来一顿痛击呢？许多人（我也在内）只好小心翼翼，不论说话作文，宁愿多说别人说过若干遍的话……无论如何我们要顶住那些大大小小的框框和各种各样的棍子。只要作家们有决心对人民负责，有勇气坚持真理，那么一切的框框和棍子都起不了作用。"[2]

由此可见，巴金并非从未反思过自身的盲从行为，以及作为知识分子在政治话语面前的弱势，甚至反思自己是否丧失了知识分子的主体性，尤其是他所提到的"勇气与责任心"。尽管这在很大程度上源于他的"无政府主义"观念遭到批判者的持续讨论而引发的不安与反感，但无论如何，他曾经控诉、自省。在"双百方针"执行时，他曾认为"我甩开了过去压在我身上的石头，我赶走了那些忧郁的思想，我

---

1　巴金：《再论说真话》，《巴金全集》第 16 卷，人民文学出版社，1991 年，第 237 页。
2　巴金：《作家的勇气和责任心》，《上海文学》，1962 年第 5 期。

好像从泥淖中自拔出来一样,感到一身轻快"[1]。受到批判后,他并没有失去对现实的批判力,而是在 1962 年再次吐露真心,之后又受到批判使他终于退了回去。因此,除了前文讲到的"勇气和责任心""无政府主义"问题这两个层面,他在后来淡化当时自己的"觉醒",也许还有另一个原因,即他不知道怎样面对和表达历史上那个真实的自己。只有用非虚构的方式认定"那些年我口口声声'改造自己',究竟想把自己改造成什么呢?我不用自己脑筋思考,只是跟着别人举手放手,为了保全自己,哪管牺牲朋友?起先打倒别人,后来打倒自己"[2],巴金才能在思想解放的同时,绕开那个其实已经"解放"过的自己,从而满足 80 年代语境下自己话语诉求的自洽性表达。

作为一个知识分子,巴金在讲述自己主体性丧失的过程时,弱化了自己在 1966 年之前十几年的创伤记忆,将这段生活概括为:"在批判会上我不敢出来替他们说一句公道话,而且时时担心怕让人当场揪出来。……现在再回头去看二十七年前的事情,我觉得自己多么可笑又可悲。我看得清清楚楚,一九五七年下半年起我就给戴上了'金箍儿'。"[3] 然后他又说:"在'牛棚'里住了十年之后,我才想起自己是一个'人',我才明白我也应当像人一样用自己的脑子思考。"[4] 其实巴金并不是不辨是非,他的历史、地位和声望使他确实经常有意识地压抑自己的主体性,压抑心中的真话。比如,在 1958 年给《文汇报》的一封

---

[1] 巴金:《作家的勇气和责任心》,《巴金全集》第 19 卷,人民文学出版社,1993 年,第 193 页。
[2] 巴金:《二十年前》,《巴金全集》第 16 卷,人民文学出版社,1991 年,第 696 页。
[3] 巴金:《"紧箍咒"》,《巴金全集》第 16 卷,人民文学出版社,1991 年,第 596—597 页。
[4] 巴金:《合订本新记》,《巴金全集》第 16 卷,人民文学出版社,1991 年,第 5 页。

信中写到在作协的座谈会上的情况："我说对于剧本的艺术的估价应当交给群众去考验，不要由少数领导同志凭个人的好恶来决定。说到最后我忽然讲出了一句'把文艺交还给文艺工作者'。话讲完，自己觉得不对，马上又站起来声明那句话是错误的，改为'交还给人民'。后来我还是觉得不对，就在一位同志谈到作协应该对作家进行思想领导和艺术领导的时候补充说：'思想领导是必需的，这要由党负责，由市委来抓。'"[1] 这封以检讨口吻所写的信中披露了不少信息，都显示对艺术家（作家）的创造性是肯定的。这封信后来的部分都是自我批判，但他举了这个例子反而更显示出他在内心深处对当时的文艺治理模式是有意见的：如果说他讲话激动时不自觉地说"把文艺交还给文艺工作者"，那他意识到不对显然是清醒了过来，却还是说"交还给人民"。这个例子鲜明地体现出巴金怎样压抑自己的主体性，他这一次会上的变化实际上是他在那个历史语境中变化的一个缩影。但我们不能忽视的一个前提是，"压抑"是因为主体性存在而存在，如果巴金早就放弃了自我意识，心中的理想之火就熄灭了，也就不需要自我压抑。

　　回过头来看，新中国成立后巴金的主体性依然未曾泯灭，他只是有意识地自我压抑，又在《随想录》中有意识地自我否定它曾经存在。对于今天乃至未来的我们而言，无论是《随想录》写作的"现在时"语境，还是在《随想录》中对"过去"的叙述都已经成为历史。站在新中国文学史和知识分子精神史的角度看待巴金，我们不能忽视1962年巴金这次讲话的意义，因为这个讲话显然不是一时兴起随便说说，也不

---

[1] 巴金：《给〈文汇报〉编辑部的信》，《巴金全集》第19卷，人民文学出版社，1993年，第25页。

是在主体性沉落过程中一朵偶然的浪花。首先，他没有失去"我控诉"的能力，而是对 20 世纪 50 年代以降的文学批评棍棒化进行了控诉。尽管以巴金的敏感和前文提及的历史包袱，他的控诉没有胡风所谓的"五把刀子"那样严重，但是在胡风集团案发后，尤其是在 1958 年之后，站在知识分子的话语立场上公开对批判者的反批判是极少见的。其次，作为知识分子的一员对自己的"勇气和责任心"的丧失进行自我批判是更难得的。作家的创作是面向人民的，巴金本着对人民负责的态度来反思知识分子。第三，基于前两点而呼唤"讲真话"。

本章基于巴金史料与创作文本，深入分析了在巴金研究领域中被忽视的史料，以及这些史料对解读作家创作的启示。通过系统整理和深入分析史料，进一步深化对作家的研究，是构建中国现当代文学解释学循环的一种路径。文学史研究应当始终以对作家及其作品的理解为核心，而非仅仅依赖于易逝的新理论。从史料的挖掘出发，可以为阐释作家开辟新的视角。在构建更为丰富和立体的作家形象之后，我们对文学史的认识与阐述将更具弹性和层次感。

# 第五章　版本研究的现代范式

中国传统学术中的版本学、校雠学已经形成了一套完整的学术方法，对当下的研究有重要借鉴意义。从学术功能的角度来看，中国现当代文学的版本研究主要基于版本差异的辨识而进行文化阐释，将文学史研究的内外界限打通，既关注审美要素的变化，也关注制度、文化、社会（消费）等因素对审美结构的影响。但是，从史料学的角度来看，现当代文学版本研究需要在融合中外版本研究知识、方法的基础上，经过大量的具体实践逐渐探索出具有通约性的现代范式。

## 第一节　如何建立现代文学版本学

在中国古代学术史上，考察版本的源流演变主要为了分析古籍有无被删改，如有删改情形如何，而对于为什么产生版本差异则较少涉及。从知识体系上说，中国现当代文学版本学需要融合中国古代版本学、校雠学和西方校勘学、出版学、叙事学、阐释学的知识。

### 一、方法论更新的必要性

在中国古代，书籍的版本有同书异名的，也有书名相同，但因排印或散失而卷数不同的，更为繁复的是"排印本、标点本、影印本、重印本、重刻本、点校本、笺注本、增补本、丛书本、石印本、(木、铜）活字本"[1] 等。中国现当代文学的版本学虽尚未建立，但在文本校勘上有不少重要成果问世，其理念和方法大多从古籍校勘延伸而来。

晚清时期比较开明的封疆大吏张之洞虽然广兴西学，但仍然提出"中学为体，西学为用"，其名著《书目答问》后附的《国朝著述诸家姓名略》中提出："由小学入经学者，其经学可信；由经学入史学者，其史学可信；由经学史学入理学者，其理学可信；以经学史学兼词章者，其词章有用；以经学史学兼经济者，其经济成就远大。"[2] 这种思维代表了清代汉学家的基本理念。或者说，传统学术需要从文字、文献入手，进而生发的思想和学理阐释才能成为"学"，而这种学问的应用价值只是兼而有之的附带价值。实际上，中国古代的版本学主要研究书籍制作的各种特征，包括装帧形式、年代、版次、内容、藏印、题跋、批校等，在此基础上对版本进行鉴别，辨明其源流、时代、真伪与优劣等，并从这些错综复杂的现象中找出规律，成为一种专门的学问。但版本学和校雠学时常是密切相关的。校雠则是指使用不同版本或其他资料，通过比较和推理，发现并纠正古书中的字句、篇章等由于抄写或翻刻而产生的错误，以恢复或接近其原始面貌。刘向在《别录》中的解释为："雠校，一人读书，校其上下，得谬误，为校……一人持本，一人读书，若冤家相对，故曰雠也。"[3] 概而言之，一人独自进行称为"校"，两人合作称为"雠"。

古人校雠有稳定的方法和目标。段玉裁在《与诸同志书论校书之

---

1 何忠礼：《中国古代史史料学》（增订本），上海古籍出版社，2012年，第14页。
2 清·张之洞：《书目答问》，朝华出版社，2017年，第191页。
3 汉·刘向、刘歆撰；清·姚振宗辑录：《七略别录佚文·七略佚文》，邓骏捷校补，上海古籍出版社，2008年，第19页。

难》里说:"校书之难,非照本改字不讹不漏之难也。定其是非之难。是非有二,曰底本之是非;曰立说之是非。必先定其底本之是非,而后可断其立说之是非。"[1] 中国古典学术中这种的版本学和校雠学在新文化运动后,就已经趋于融合。在郑振铎看来,"书贵古本,不仅因其'古'而贵之,实在是为了实事求是,要得到一个最准确、最无错误的本子,作为研究的依据,以免因一字之差,而引起误会,甚至不正确的论断"[2]。从"准确"到"论断"实际上是校勘目标的现代转换,而这与现代知识分子的自我意识和定位有关。

从中国古典文献学的角度而言,版本研究要确立一个最接近作者原本的定本或善本,而校勘对象以校订文字内容为主。"在整理作家生前出版的集子时,目前主流的做法是将初版本选作校勘底本,将报刊原刊本(下文简称'原刊本')和作者手稿等一并视为'出版前文本',用于参校;而在异文的取舍上,只要没有明显讹误,初版本通常被认为比原刊本更具权威——二者之间的异文,一般被理解为结集过程中作者的修订。然而,从原刊本到初版本的异文,是否可以不加甄别地视为作者的修订? 在上述主流做法的背后,是否存在这种习焉而不察地将初版本等同于作者原本(乃至作者意图)的'古典'迷思?"[3] 诚如此言,在中国现当代文学研究中,将初版本等同于作者原本(乃至作者意图)可能会导致对作者原本的误解。如果不加甄别地将初版本与

---

[1] 段玉裁:《经韵楼集》,清道光刊本,卷十二,第47页。
[2] 郑振铎:《影朱本楚辞集注跋》,《郑振铎文集》第7卷,人民文学出版社,1985年,第411页。
[3] 张丽华:《通向文化史的现代文本文献学——以鲁迅〈随感录〉〈新青年〉刊本与北新书局〈热风〉本的校读为例》,《文学评论》2018年第1期。

原刊本之间的异文视为作者的修订，也可能会忽略其他可能的因素，如编辑、排版错误等。因此，在进行版本研究和校勘工作时，研究者应该谨慎对待初版本和原刊本之间的异文，并进行深入的研究和分析。同时，也需要关注其他可能影响文本的因素，以更准确地还原作者原本的意图。

除了版本辨识之外，进一步的阐释也是现代学术应有之义。程千帆夫妇在古典文学研究的过程中提出："在过去的古代文学史研究工作当中，我们感到，有一个比较普遍的和比较重要的缺点，那就是，没有将考证和批评密切地结合起来。有些人对作家生平探索、作品字句的解释是曾经引经据典，以全力来搜集史料，作了许多有益的工作，但却没有能够根据这些已经取得的成绩，走进作家们精神活动的领域，揭露他们隐藏在作品中的灵魂。另外一些人，曾经反复地欣赏、玩索那些多少年来一直散发着光和热的作品……因为仅仅是从直觉中获得的印象，也就往往对于其中的'妙处'说不出一个所以然。或者虽然说出了所以然，但又没有证据，不足以服人。这样，就不免使考据陷入烦琐，批评流为空洞，无疑地，对古代文学史的研究都是不利的。基于这样的理解，我们就尝试着一种将批评建立在考据基础上的方法。"[1]在中国现当代文学作品版本研究中，考证与批评的融合确有必要。文献学主要关注作品的版本、流传、校勘等方面，而文艺学则关注作品的艺术价值、审美特征、创作背景等方面。文学作品的版本研究是文学研究的基础之一，只有通过对不同版本的比较、分析，才能还原作

---

[1] 沈祖棻：《〈古典诗歌论丛〉后记》，见巩本栋编：《程千帆沈祖棻学记》，贵州人民出版社，1997年，第135页。

品的修订过程，为进一步的阐释提供可靠的依据。基于此，我们作为文学研究者，不应满足于梳理表面的版本差异，而应深入探究作品版本变化的艺术特质和创作背景，以增强研究的深度与广度。特别是在科技高速发展的今天，版本研究可以借助现代科技工具，例如数字化技术和计算机模拟，以提升版本对比的准确性，为审美和文化阐释奠定更加坚实的基础。

在西方的文学、史学理论中，版本校勘也颇受重视，可以和中国古典学术方法进一步融合。"当初步的资料收集和编目的工作完成之后，便需开始做编辑的工作了。编辑往往是一连串极其复杂的工作，其中包括阐释和历史性的研究。有些版本的序言和注释之中就包含着重要的批评。的确，一个版本几乎包括了每一项文学研究工作。在文学研究的历史中，各种版本的编辑占了一个非常重要的地位：每一版本，都可算是一个满载学识的仓库，可作为有关一个作家的所有知识的手册……难题之一是版本校勘，实际的'版本校勘学'是一门高度发展的技术，具有久远的历史，在研究古典著作及经典方面尤其如此。"[1] 借鉴西方版本校勘学的技术和方法，还要考虑到西方的版本校勘与阐释学之间的密切关系。从《圣经》阐释学到现代阐释学，西方学术界在对文本的细致分析、对比研究等方面，也已积累了不少经验。

随着科技发展，西方现代文献学所关注的文本不仅包括数字化的文字文本，还"包括口头、视觉、口传和数字数据，以地图、印刷品和音乐的形式，记录的声音、电影、视频和任何计算机存储的信息，

---

[1] ［美］勒内·韦勒克、［美］奥斯汀·沃伦：《文学理论》，刘象愚等译，文化艺术出版社，2010年，第54页。

从题词到最新的唱片形式的一切"。[1]因此，版本研究这一学术领域如今已超越了其传统的疆界。它不再仅仅局限于对文本变迁的追踪与比对，而演变出一种更具前瞻性的研究路径。在当前的版本研究中，研究者们可以进一步探索在文本的生成、传播和改写等各个阶段中，作者修订行为、动机和社会互动所扮演的角色。他们不仅关注文本本身，更进一步探讨了作者修订行为、文化和社会制度等多个维度在文本形成和演变过程中的作用。这一研究视角的转变，为我们更深入地理解文本和话语形式的产生、演变及其与社会现象的关系提供了全新的视角。在此过程中，制度及其复杂的结构被赋予了重要的地位。它们不仅在影响过去的社会话语形式方面起到了决定性作用，同时在塑造当今社会的话语形式方面也扮演着举足轻重的角色。通过版本分析，研究者可以深入挖掘这些制度及其结构在话语形式演变中的具体作用，从而揭示出社会现象背后的深层逻辑。

### 二、回到原始版本的必要性

在中国古典文献学中，初版本极为重要："是知流俗古书，讹误羡夺，不用旧本校勘，正其是非，则所读书，悉非真书。从而以误解误，思入非非，是所读之书，庸有益哉！况可定其立说之是非乎！"[2]但在中国现当代文学研究中，以作家全集为基础的研究也已经成为学术常态。当作家全集收录作品的初版本或者初刊本时，使用作家全集对学术研究影响较小。但是，全集中的作品或史料如非初版本，可能存在

---

[1] D. F. McKenzie. *Bibliography and the Sociology of Texts.* Cambridge University Press. 1999, pp. 9–30.
[2] 胡朴安、胡道静：《校雠学》，岳麓书社，2013年，第75页。

一定的问题。从现代文学研究的视角来看，作家全集内的作品版本与其创作时期存在时间差距，以此为研究对象或存在一定风险。这种风险源于深度阅读的必要性，许多年轻研究者对此并未给予足够重视。作家全集中的文本和作家最初的文本之间有可能存在差异，随着研究的深入，研究者如果不了解这种差异，可能遗漏部分作品的原始语境。在作品生成的时代，无论是表达方式、思想内容还是措辞，都与今日存在差异。因此，我们在研究过程中需回顾原始版本，或许能有新的发现。如黄修己所言："若从研究说，不同版本的互校，从中研究出一些问题，这恐怕是一项不可少的工作，或者校勘学竟是新文学研究者的基本功。"[1]

比如沈从文的《记胡也频》中有一段话，在后来编入《沈从文全集》时就被删改过：

> 注意那些使人痛苦卑贱的世界，肮脏的人物，粗暴的灵魂，同那些人们接近，自己没有改造他们以前，就先为他们改造了自己，我想到这个时，稍稍有点为朋友担心。尽管我从来不觉得我比那些人有丝毫高尚处，而且居多还感觉到自己的充满弱点性格的卑微庸俗，可很难和另一种人走同一道路。我主要就是在任何困难下，需要有充分自由，来使用我手中这支笔。[2]

---

[1] 黄修己编：《中国现代文学研究方法论集》，首都师范大学出版社，1994年，第104页。
[2] 沈从文：《记胡也频》，《沈从文文集》第9卷，花城出版社1983年，第93页。下画线为笔者所加，这部分在收入《沈从文全集》(北岳文艺出版社2002年版和2009年版)时都被删除了。

虽然不清楚画线的文字为何被编者或责编删除，但从被删除的文字中，我们能看出沈从文的性格和文学理想与主流话语之间的龃龉。这其实决定了哪怕他出身底层，也必然不会走向"左翼文学"阵营。除了这种个别地方因为出版环境而删改的情况外，有不少现代文学的经典文本在新中国成立后被反复修改，已经超越了一般意义上的版本研究，综合考验研究者的史料功底、审美意识和理论视域。这些作品虽然是现代文学经典，但是其在新中国的文化语境下发生的版本流变，关涉到意识形态与文学生产、思想改造与作家心态、语言变革与艺术追求等诸多方面的问题，比如曹禺、老舍、巴金及其后人就在20世纪50至80年代的语境转换中对作品不断进行修订。可以说，这些作家全集哪怕是由他们或后人亲自审定的，其所收录的作品都未必是最适合于衡量作家当时创作水准的版本，比如巴金的《家》。曹禺和巴金在自己全集的修订过程中都发挥了不小的作用，这已经不是单纯的文学问题、史料问题，而需要更为细致的个案研究，如此才能充分厘清其背后所牵涉的错综复杂的学术和非学术线索。笔者试以老舍的《骆驼祥子》在新中国成立后的版本流变为中心，剖析史料、审美和理论之间的学理联系。

1955年人民文学出版社出版了《骆驼祥子》的修订本，在这个版本后有老舍写的《后记》。这次修订除了订正初版本的语言错误外，还加了注释，对于书中的一些方言、俗语、人名等做简要脚注，还做了九十余处文字修改。在修订本《后记》中，作者说："现在重印，删去些不大洁净的语言和枝冗的叙述。"事实上，删除的主要是有关"性"的文字、阮明的故事和祥子的堕落等。人民文学出版社在1962年、1978年分别根据1955年的这个修订本再版过《骆驼祥子》。在20世纪

80年代舒济编《老舍文集》(1982年5月版)时，第三卷收入了小说《骆驼祥子》。该卷的说明称小说"根据初版本校勘，并增加一些必要的简注"。《骆驼祥子》似乎按原来的面貌被收进文集，但据金宏宇通过版本对校发现："文集本《骆驼祥子》只补齐了21处，也就是说还有4处被修订本删掉的初版本中的内容并未补上。"[1]1999年，人民文学出版社重印的《骆驼祥子》单行本依据的是文集本，因而也没有恢复初版本的所有内容。有学者经过对校提出，"中国华侨出版社出版的《老舍作品经典》第二卷收入的《骆驼祥子》才算完全恢复原貌"[2]。其实，在1993年舒济、舒乙编的《老舍小说全集》(第四卷)中已经恢复了文集中没有恢复的被删之处："小棉袄本没扣着，脸前露出一对极长极大的奶来。祥子坐在了炕沿上，因为立着便不能伸直了脖子。他心中很喜欢遇上了她，常听人说，白房子有个'白面口袋'，这必定是她。"这段之后实际上还有一段曾经被删减的话：

——能一撩就放在肩头上。游客们来照顾她的，都附带的教她表演这个。可是，她的出名还不仅因为这一对异常的大乳房。她是这里的唯一的自由人。她自己甘心上这儿来混。她嫁过五次，男人都不久便像瘪臭虫似的死去，所以她停止了嫁人，而来到这里享受。因为她自由，所以她敢说话。想探听点白房子里面的事，非找她不可；别个妇人绝对不敢泄露任何事。因此，谁都知道"白面口袋"，也不断有人来打

---

1 金宏宇：《中国现代长篇小说名著版本校评》，人民文学出版社，2004年，第150页。
2 孔令云：《〈骆驼祥子〉的版本变迁——从出版与接受的角度考察》，《北京社会科学》，2006年第6期。

听事儿。自然,打听事儿也得给"茶钱",所以她的生意比别人好,也比别人轻松。祥子晓得这个,他先付了"茶钱"。"白面口袋"明白了祥子的意思,也就不再往前企扈。[1]

这里固然有塑造人物形象的需要,因为老舍在作品中力求走向新文学的现实主义观念,塑造真实、生动的人物形象。这段话虽然突出了"白面口袋"的某些特点,但也可能导致读者对她的人物形象产生不良联想,而这段话的描写风格、用词选择不够成熟,不仅或与整体作品的审美标准不符,也有可能遇到编辑或出版限制。

巴金的小说《家》不仅有初版本,还有在杂志上连载的初刊本,名为《激流》。将之与今天流行的收入《巴金全集》的版本对照,就可以看出创作思路转向的问题。本书第四章中曾分析过,巴金最初想写一个青年如何逐渐摆脱了对家庭的依赖,又如何走向了"群"。这里的"群"是巴金一直希望做的"群"的事业,而这也是使他最初写"激流"的动因。然而,随着时间的推移,在之后的《春》和《秋》中,觉慧都不再是主人公,而巴金把写"群"的理想延宕了。我们可以看到,在小说修订过程中,特别是新中国成立后,巴金把小说初版本中无政府主义的爱人、爱一切人、牺牲、献身等理念淡化了,使这部小说主要集中在家庭矛盾与反封建的主题上。

此外,小说情感表达方式的修订也不容忽视。在巴金的精神结构中,除了无政府主义,还有自法国的左拉形成的知识分子传统。我们可以在不止一处看到巴金意图通过小说表达"我控诉"的意愿。因此,他

---

[1] 舒济、舒乙编:《老舍小说全集》第4卷,长江文艺出版社,1993年,第421页。

在小说连载本中的情感表达是汪洋恣肆，甚至缺乏节制的。这种遍布于文本之中的、无处安放的狂热理想与青春悸动，在如今全集本的《家》中已经显得沉稳了很多。这是巴金经过数次修改之后的结果。尽管现在看《巴金全集》，我们依旧会觉得《家》的语言和情感，相对于《秋》还是显得粗糙了些，和《憩园》《寒夜》更无法相比，但相对于连载本和出版本已经显得精练与节制。随着巴金年岁的增长和情感经历的变化，小说中溢于言表的各类情感都被重新处理。不仅觉慧不再矫情地亲吻鸣凤坐过的石凳，连他和觉民之间的兄弟情也被淡化。巴金把觉慧和觉民的关系改为兄友弟恭，比如连载时，"民哥，你真是我底好哥哥"一句就被改为了"二哥你真好"，而觉民"非常温和而且同情地看着弟弟说"就变成了"觉民同情地对觉慧说"。从巴金的修改中我们能看到，他降低了人物的感性化表达，而使人物的理性成分增加，从而让小说的思想结构更清晰，也使三个兄弟的情感、认知和生活之间的区分度更为明显。

我们重申研究初版本的重要性，目的在于通过对比初版与后续版本，深入理解作家的创作初衷与作品的原始状态。初版本展现了作家创作初期的文学素养与审美，是研究者剖析其创作水准和动机的关键。同时，它也展现了作品在特定历史背景下的真实面貌，并帮助我们理解作家如何调整作品以迎合市场需求和读者期待。此外，初版本还帮助我们了解作品初次发表时引发的读者反响，从而更客观地评价其在不同时期的影响力。总之，初版本是全面、深入探讨作家文学水平和作品价值的重要研究对象。

### 三、副文本研究的重要性

20 世纪中叶以后，叙事学、符号学理论的兴起，任何一个文本都有可能被视为一个符号。符号学里讲的文本（Text）跟我们讲的作品（Work）是不太一样的。在符号学中，一个建筑物也可以被称为文本。符号很少会单独出现，一般总是与其他符号形成组合，如果这样的符号组成一个合一的表意单元，就可以称为文本。符号学中的文本有宽窄之分。最窄的意义，指文字文本；较窄的意义，指任何文化产品。在当代符号学研究中，文本的意义极为宽泛：“任何携带意义等待解释的都是文本：人的身体是文本，整个宇宙可以是一个文本，甚至任何思想概念，只要携带意义，都是文本。”[1]

热奈特提出了一种理论视角，强调了文本之间的互动并非独立的，而是一种文本间性（intertextuality）的体现，这一现象源于两个或多个文本之间在意义解释上存在的空白区域，并且这种动态的交互是由主体间性（inter-subjectivity）的变化所促进的。此外，除了核心文本的存在，还伴随有一系列的附属文本（para-text），或称副文本。在热奈特的理论架构内，这些附属于主文本的边缘元素被界定为副文本。在1982年发表的著作《隐迹稿本：第二阶段的写作》中，热奈特对副文本的概念进行了深入阐述，并把它纳入了他的跨文本性分类中的五种类型之一[2]。现代文学的版本研究自然涉及多种类型的副文本，包括标题、目录、序言、前言、后记、题词、献词、脚注、尾注、注释、插图说明以及参考文献等。这些副文本构成了读者理解和解释主文本的重要辅助信息，同时，它们也影响着读者的阅读体验与对作品的整体感知。从理论层面而言，副文本不仅填补了主文本的意义空白，而

---

[1] 赵毅衡：《符号学原理与推演》，南京大学出版社，2011年，第43页。
[2] ［法］热拉尔·热奈特：《热奈特论文集》，史忠义译，百花文艺出版社，2001年，第64、68、69页。

且塑造了文本接收与解读的框架，从而揭示了阅读过程中的主体间性互动。

举例而言，《凤凰涅槃》初版本的副标题是："一名'菲尼克司的科美体'"。1944年明天出版社出版的版本中删去"一名"二字。1957年此文被收入人民文学出版社出版的《沫若文集》时，郭沫若彻底删除了此副标题。在诗歌发表时，郭沫若还曾致信宗白华解释称："拙诗中以为凤凰即'菲尼克司'底原因：（一）凤与phoen——字音相近,（二）同为火精，神怪的程度相等,（三）凤本产于南荒，地点与印度天方等相近。"[1]副标题中的"科美体"为Comedy（喜剧）的音译，在五四时期，这表现出来作家对于新生的渴望。这种精神重生，寓意着心灵的升华和万物的更新，因而这一副标题代表的是共时性的喜悦情绪。然而在1957年，时代风貌已经发生了变化，新中国意味着中国的新生，而"五四"的那种喜悦感和"五四"之后三十年间的社会动荡之间形成了鲜明的反差。因此，作家历史地来看自己的作品，更着意于作品中自我价值的确立，不再强调新生的喜悦，而更凸显凤凰浴火重生之际坚韧不屈的精神风貌。

茅盾的代表作《子夜》手稿中的书名英文是"Twilight"，展现了作品与时代潮流的紧密联系。而副标题"The Romance of China in 1930"，则精确地概括了作品的主题，对于那些追求骑士冒险故事的读者而言，无疑具有极大的吸引力。《子夜》的核心在于塑造"20世纪机械工业时代的英雄骑士"，这一主题赋予了作品独特的内涵。它不仅是一部小说，更是一种精神寄托，一种对未来的探索与思考。若未能

---

[1] 郭沫若1920年1月26日致宗白华信，见《时事新报·学灯》1920年2月4日。

深入理解这一核心，对《子夜》的理解将大打折扣，这也凸显了副标题的重要性。大多数文学史将《子夜》定位为社会分析小说，茅盾也说过这一作品试图解答中国未来的发展道路问题。这一主题的设定，虽然有其深远的意义，但也可能与作品本身的浪漫主义内涵产生冲突。这一副标题实际上显示出茅盾在创作过程中，对于浪漫主义的追求是预先设定的，这使得他在描绘上海的繁华与衰败、欲望与现实时，所展现出的浪漫主义情调与现实主义精神相互激荡，从而成就了《子夜》。《子夜》的另一个重要的外副文本，是《东方杂志》上的广告：

> 本书为茅盾新作，一部三十余万言的长篇小说。作者以一九三〇年在世界经济恐慌与国内战争交迫下的中国社会经济现象作为题材，支配了八十多个人物。从民族工业的衰败到劳资斗争，从现金集中上海到公债投机的热狂，从内战的猛烈到一般社会的恐慌乃至颓废享乐，一切衰溃期中的社会现象都有了深刻的描写。"中国社会到底是一个怎样的社会呢？"这是近年来许多人的争论题目。茅盾在这部三十余万言的小说内也就企图作一个解答。可是这样的一个社会科学上的题目经作者以艺术的手法写出来，全书三十余万言却没有一些枯燥无味的地方。故事的穿插，人物个性的描写，都比作者前此诸长篇更见缜密深刻。尤其在结构方面，全书自首至尾是戏剧的动作，非常的紧张。中国新文坛自有长篇小说以来，大多数的题材尚属知识分子的青年男女生活。这部《子夜》虽也有青年男女生活的描写，而主要题材却是广阔

得多了。书由开明书店出版，实价一元五角。[1]

此广告的重要性在于，它精准地捕捉了《子夜》这部小说的核心要素与特色，以及茅盾的创作初衷。后来，文学史上对《子夜》的评价维度，大体上未超出这则广告所概括的五个方面：凸显作品的主题与背景，强调作品的规模和人物众多，展示作品的广泛题材，突出作品的艺术性和结构特点，以及与其他作品比较。由此可见，尽管广告的本质目的是推广销售，但其在促进长篇小说市场销售的同时，由于撰写者（主要是作家和编辑）具备较高的文学鉴赏力，使得其创作的广告文本不仅能为读者提前勾勒出长篇小说的"预告"，引导读者形成期待视域，以便更好地接受和认同作品，甚至成为小说经典化的起点。

在古代文学传播过程中，文学作品直接面向读者，由此形成的"作品——读者"交流模式未涉及复杂的传播中介。然而，新文学传播模式已转向一个更为多元和层次化的结构。在这一结构中，作家的创作活动虽仍是传播过程的源泉，但报刊、图书等文化传播媒介已逐渐成为枢纽角色，构建起文学传播的新桥梁。文化传媒机构不仅负责传递文本，还在筛选、重构及赋予文学作品新意义方面发挥着重要作用。在此变革过程中，广告作为媒介的一种形式，其作用不容忽视。广告在传播链条中不仅简单地宣传信息，还塑造了读者对作品的期待视野，其所蕴含的意识形态和商业策略，影响着读者对新文学的接触和理解。这样来看，广告作为外副文本，不仅是信息的传递者，还影响和调节

---

1 见《东方杂志》第 30 卷第 1 号，1933 年 1 月 1 日。

着读者预期甚至作品评价。

除了上述三点，在中国现当代文学版本研究中，对版本的阐释是一项核心的学术任务。版本阐释可以分为两种路径：其一，将版本的变化置于文学史的视野中进行解读；其二，基于文本的变迁展开文化层面的阐释。本章的第二节和第三节分别遵循这两种路径，通过具体案例的剖析，将问题意识融入版本解读的过程中。

## 第二节　版本研究中的文学史意识

长期以来，金庸作为华语武侠小说作家的代表，拥有庞大的读者群和深远的影响。改革开放之后，中国新中国学术界逐渐将金庸纳入学术研究的视野，尽管也有不少争议延续至今，但毫无疑问的是，相较于同代武侠小说家梁羽生、古龙等，以及几乎同时进入读者视野的言情小说家琼瑶等，金庸所受到的学术关注是最高的。金庸的小说版本系统较为复杂，在新中国文学史上，金庸受到关注凭借的是经过十年修改之后的"流行版"，也因此他超越了一般的通俗文学作家，在学术史上留下了"经典作家"之名。虽然有许多复杂的原因共同促成了这一结果，不过从学术史本身来看，金庸从畅销书作家到经典作家的转变与其曾耗时十年修改作品密切相关。回顾学术史，现代通俗文学作家如张恨水等进入文学史进而被经典化，是凭借自身创作中本身包含了被"纯文学"认同的审美逻辑和"现代性"的内涵。然而，金庸与此并不相同，在笔者看来，金庸对其小说历时十年的大幅修改，实际上开辟了另一种"通俗文学"经典化的路径，这也是其学术史的意义之所在。

## 一、从"流行"到"经典"的学术史线索

随着金庸影响的一步步扩大,金庸小说的版本研究也逐渐受到学术界的关注[1],目前学术界认为金庸小说的版本系统有三个,一个是报刊连载版和连载后出版的单行本,林保淳在研究中认为二者"最大的区别在于删除了每日刊载的小标,其余的略无更动,因此可以视为同系"[2]。如今通行的金庸小说则主要有另外两个版本系统:一个是十年修订版,笔者称之为是"流行版";还有就是金庸最新修订后由花城出版社出版的版本,笔者称为"新修版"。金庸本人在新修版中保留了流行版的后记,也为我们了解金庸在作品修订中所做的修改和背后的原因,提供了一个明晰的线索。我们关注金庸小说的版本,不仅仅因为其影响之大,更是因为金庸与通俗文学的地位乃至当代文学的研究都有着密切的关系。

在改革开放之前,金庸的小说在内地是没有公开发行的,所以读者当时也很难读到这一时期的小说版本。金庸小说的连载本以及由连载而来的初版本目前在香港也很珍贵,倪匡早在20世纪80年代初就这样说:"如今读者可以看到的,已全是'新版',旧版书已在市面上绝迹,只有十年以上读龄的老读者,私人保存若干,珍贵非凡。有金庸旧版小说者,切勿轻易借给他人。我保有的几部,连金庸之子来借,都要还了一部,再借一部新的。"[3]正因如此,金庸在学术界产生全国性

---

[1] 相关成果如林保淳在《解构金庸》(远流出版事业股份有限公司,2000年)中收录的论文《金庸小说版本学》;陈镇辉:《金庸小说版本追昔》,汇智出版有限公司,2003年。
[2] 林保淳:《解构金庸》,远流出版事业股份有限公司,2000年,第202页。
[3] 倪匡:《我看金庸小说》,时代文艺出版社,1997年,第9页。

关注可以说并不是源于这个版本。

　　金庸引起读者的关注是在20世纪80年代，由其作品改编的相关影视剧更成为一代人的集体记忆。然而，他曾引起的第一次大范围的学术争议是90年代所谓的"重排文学大师"事件。1994年，金庸小说的修改本，也即"流行版"由三联书店在内地第一次正式出版，而这一年《20世纪中国文学大师文库》也出版了，这套文库的评价标准和排行随即引起了关注。有论者随即指出："据报道，有人搞出一份新文学以来的小说家排行榜，一出台就引起轰动。这份榜单出手不凡，还带一点'重写文学史'的味道。其位次如下：一、鲁迅，二、沈从文，三、巴金，四、金庸，五、郁达夫，六、老舍，七、王蒙，八、张爱玲、九、贾平凹……许多人注意到，这里边没有茅盾，而以武侠小说行世的金庸居于第四。这份排行榜的主事人显然是要摒弃文学史上某些传统价值标准，代之以全新的眼光。"[1]"大师文库"中茅盾被剔除、金庸入选引起了一些人的强烈不满[2]。除去雅俗之别和意识形态因素，编者剔除了茅盾而增设了金庸并将之位列老舍等人之前，固然代表了编者自身的文学理念和对通俗文学的重视，但是这样的选择恐怕不仅仅是从理念到理念的结果。琼瑶的小说不断被翻拍，她可以成为流行作家中的代表人物，却从未具有和金庸一样的文学史地位与影响。当然，学者们对于金庸的评价和接受也存在着分歧，例如文学史家洪子诚就谈到他读金庸小说"读了十几页也不能进入'情况'，确实读不下去，

---

1　李庆西：《作家的排座次》，《文艺评论》，1995年第1期。
2　丁尔纲：《闻茅盾被〈大师文库〉除"名"有感》，《文艺理论与批评》，1995年第2期。

终于连第一本也没有读完"[1]。

由此看出，金庸历时十年的文本精修虽然没有得到所有专家的认可，但对其树立经典地位的影响不宜被忽视。因为，新中国学术界所面对的金庸其实并非原初意义上的金庸，而是自我经典化之后的金庸。也就是说，金庸作为一个已封笔的作家，考虑的不仅仅是作品的流行，还有如何在思想上更为深刻，艺术逻辑上更为严谨，从而能够传世。因此，他需要的不仅仅是一代读者的认可，而是一代代读者的认可。也许金庸并未想到修订文学作品是经典化的重要路径，但客观来讲，文学经典的生成确实如此，如布鲁姆所言，"伟大的作品不是重写即为修正，因为它建构在某种为自我开辟空间的阅读之上……渴望写出伟大的作品就是渴望置身他处，置身于自己的时空之中"[2]，而金庸在历史意识、叙事逻辑、语言艺术上对旧作的全面修订，虽不能说他的作品"伟大"，但至少是当代文学的经典。而更为重要的是，"经典化"其实本身就是一种知识命名与生产的过程，进入现代学术的问题域之后，关于金庸的某种"知识"一旦生成，经过不断完善就具有了一定的稳定性。而相较于新中国成立后走红的其他通俗作家，金庸的"经典化"无疑是最成功的。

## 二、十年修改本与金庸的"经典化"

笔者认为，金庸对自己的小说的不断修订使其著作具有了与"大

---

[1] 洪子诚：《问题与方法：中国当代文学史研究讲稿》，生活·读书·新知三联书店，2002年，第241页。
[2] [美]哈罗德·布鲁姆：《西方正典：伟大作家和不朽作品》，江宁康译，译林出版社，2005年，第8—9页。

师"名号相匹配的价值。关于金庸小说的版本，具体而微的研究已经较为充分，不过常常是将之作为一个审美文本或文化文本进行学术处理，笔者这里主要针对版本修改这一文学行动，将之作为一个参与了学术史发展的学术事件来讨论。

虽然林保淳认为连载本和连载出版的版本属同系，但是由连载到出版金庸毕竟做了一些文字上的处理。然而，金庸在连载本到单行本出版过程中的修改十分有限，主要是删去一些文字使行文更加流畅，如省略了连载时为避免读者遗忘上节内容而增添的主语、时间等。同时金庸重订了回目使之与全章内容的衔接更加顺畅，原先连载时一些以意为之的回目改为一些文雅、工整的回目，如《书剑恩仇录》中的"塞外古道的奇遇"改为"古道骏马惊白发"，诸如此类不一而足。这样的文字性处理，为其小说成为畅销、流行小说做了必要的学术准备。不过我们不能忽略的是，中国文学从近代发展到如今，大量名动一时的流行文学已经鲜为人知，可以说通俗文学和流行文化的时代局限性是非常明显的，因为一时代有一时代之大众文化趣味和流行时尚。正是在这个意义上来看，金庸封笔之后对其小说进行全面、仔细的修改可以说是一种富有远见的文学行为。

在笔者看来，在20世纪70年代金庸历时十年对自己小说的全面修订，体现出使其小说由流行文学变为经典文学的努力。20世纪90年代金庸之所以能位列文学大师，除去外部的市场因素变化，更多地要归因于他十年修改的效果。在修改中，金庸所做的自我经典化的努力虽未必"十年辛苦不寻常"，但对文本整体艺术品位的提升起到了至关重要的作用。

金庸的小说《书剑恩仇录》，"最初在报上连载，后来出版单行本，现在修改校订后重印，几乎每一句句子都曾改过。甚至第三次校样还是给改得一塌糊涂"[1]。这里能看出金庸在语言上的雕琢。而《射雕英雄传》在"修订时曾作了不少改动，删去了一些与故事或人物并无必要联系的情节……也加上了一些新的情节"[2]，由此能看出金庸试图按纯文学对小说叙事逻辑的要求，提升小说的艺术品质，而非仅仅停留在满足读者的即时快感。《神雕侠侣》"修订本的改动并不很大，主要是修补了原作中的一些漏洞"[3]，即便如此也是在细节上精益求精的体现。相较于修改前的版本，金庸除了在情节、逻辑、语言上仔细修改提升小说的文学性，还大大增强了小说的文化意识和历史意识，力图使自己的小说显得厚重并与一般的俗文学拉开差距，譬如在他修订完成的《碧血剑》中增加了《袁崇焕评传》，在《射雕英雄传》中增加了《成吉思汗及其家族》，等等。如此一来，小说在内容的通俗性和传奇性不减的基础上，亦能更为符合严肃文学研究的思想趣味、审美思维与艺术逻辑。

总体而言，1973 至 1982 年金庸历时十年大幅修改自己的小说奠定了其小说的经典地位。这里要说明的是，十年修改后到"新修版"出版前，金庸的小说并不只有一个三联版，它们虽不是一个版本，实际上共存于一个版本系统中，如明河社和三联书店的版本虽不尽相同，但这些差异并不改变金庸小说此时的整体美学风格和艺术质量。因此，在本书研究中暂且忽略这些差异，而留待史料学意义上的"版本"研究者详细考辨。

金庸对其作品的修订使得他一进入新中国学术界便引起较为广泛

---

1　金庸：《书剑恩仇录·后记》，生活·读书·新知三联书店，1999 年，第 687 页。
2　金庸：《射雕英雄传·后记》，生活·读书·新知三联书店，1999 年，第 1260 页。
3　金庸：《神雕侠侣·后记》，生活·读书·新知三联书店，1999 年，第 1310 页。

的关注，成了值得进行学术探讨的文化存在。笔者在这里不再罗列研究者的观点，但仅从当时的论文题目就可以看出，金庸已经逐渐凭借其作品的艺术张力打破了以往关于"通俗文学"的讨论仅限于大众、流行文化的学术藩篱[1]。由于金庸的经典地位引发了持续的讨论，因此，学界关于金庸及其作品也多次召开高层次的学术研讨会[2]。

正是由于学界"正视"了金庸，金庸也因此又再次对相关的武侠小说加以更进一步的大幅修订。在学术界地位发生变化之后，金庸对小说的再次修改也引起了学术界的关注，《西南大学学报》还组织了笔谈，其中有肯定之声，也有否定之声。对于这个新修版的版本有学者认为，"金庸的这次修改基于'责任'的'道德'修改大于美学的修改，是勉强的"[3]。金庸自己谈及这次修改则表示："改正了许多错字讹字以及漏失之处，多数由于得到了读者们的指正。有几段较长的补正改写，是吸收了评论者与研讨会中讨论的结果。"[4] 由此可见，此时的金庸不再仅仅是"自我经典化"，还吸纳了学术界的意见，希望自己的作品更为完备。

仔细对比我们可以发现，金庸此次大范围重新修改自己的小说，是为了在经典的基础上尽可能地减少小说中不合逻辑的情节以及漏洞。

---

1 可参见章培恒：《金庸武侠小说与姚雪垠的〈李自成〉》，《书林》，1988 年第 11 期。卢敦基：《金庸新武侠小说的文化与反文化》，《浙江学刊》，1991 年第 1 期。耿建华、章亚昕：《武侠也是文人写——金庸武侠小说初探》，《山东大学学报》（哲学社会科学版），1991 年第 2 期。黄振源：《铁血丹心，侠骨柔情——论金庸武侠小说的文学地位》，《小说评论》，1989 年第 6 期。

2 如仅在浙江就先后召开过杭州大学金庸学术研讨会、浙江海宁金庸小说国际学术研讨会、中国舟山桃花岛金庸小说国际学术研讨会等。

3 寇鹏程、韩云波：《美学修改与道德修改：论金庸小说再修改》，《西南大学学报》（社会科学版），2008 年第 4 期。

4 金庸：《新序》，《金庸作品集》，广州出版社，2009 年，第 6 页。

如此来看，金庸固然接受了学者和一般读者们的意见，但是作为一个其作品已经一定程度上"经典化"了的作家，这次修订虽然使前后情节更符合逻辑，却颠覆了读者心中既有的经典形象，如黄药师不断抄录欧阳修的话"恁时相见早留心，何况到如今"，借以抒发对学生梅超风的暧昧感情；段誉最终未能与王语嫣有情人终成眷属的结局，也与人们心中才子佳人大团圆的审美心理结构拉开了距离，因而引来反对之声也不足为奇。

从学术史的角度来看，金庸当然是出于"精益求精"的考虑，想使自己的作品尽可能更"完美"些。但客观来说，文学接受者各自有自己的"期待视野"，因而，也没有一部经典作品堪称完美而不存在任何批评意见，尤其是长篇小说。在文学史上，真正有影响的作品在赞誉之声中必然也有批评之语，这样的文本才能生发出更大的审美和学术张力。也正因如此，金庸这次的修改不宜以成功/失败的二元标准来判定，而只能说每位读者有自己的理解，从整体上来看并无损于金庸小说的整体成就和学术意义。

### 三、通俗文学"经典化"的新路径

回顾中国文学史和学术史我们不难发现，古代和近代、现代通俗文学的经典化，往往是由后代学者在史料整理的基础上驱动文学史观的变革，进而将之与同时代的雅文学并置于文学史中，从而逐渐固定其"经典"的地位。比如中国现代文学中的"张恨水们"，就是被当代学者以新的学术理念和文学史范式包容进入文学史后，才逐步成为"知识"意义上的经典。张恨水等作家并没有通过细致地修订作品而提升其作品整体的艺术质量，相比于此，金庸从流行作家到经典作家，不仅仅是广大读者"买单",更重要的是得到了一种学术意义的认同。笔者所讲的学术意义的认同,并不是受到清一色的褒扬,而是指无论褒贬,金庸的文学行动与文本变化会被视为值得以学术的方式讨论并具有学术价值的话题。正因如此,前文所提出的金庸的经典化,实则对于通俗文学而言具有另一种启示意义。当下蓬勃发展的网络类型文学,实际上也面临着这一问题,不少网络作家也在不断修改自己的作品而使之得以被学术主流所认可,比如《繁花》从网络小说到获得"茅盾文学奖"便是一个例子。

当然,笔者并非认为作家作品只有进入了学术视域,才可以被经典化,而是意在指出学术史是一种学术视域,也是一种学术方法。正如柯林伍德所言:"历史的过程不是单纯事件的过程而是行动的过程,它有一个由思想的过程所构成的内在方面。"[1]对文学研究而言,学术史的发展本身就是对于文学的评价、认识的形构过程。新文学发生之后,主流的文学研究在很长一段时间内自限畛域,存在着对通俗文学的漠视和偏见,以至于张恨水等作家的意义与艺术价值直到20世纪80年代之后才得到有限的承认。应该说,他们是在范伯群等一批学者的推动下被承认的。相较于许多通俗文学作家、作品自身的影响力旋生旋灭,金庸则有着很强的主动性,他主动提升自己作品的审美品位和艺术逻辑的严密性,凭借十五部小说长期在华语文学界保持极高的影响力,尽管其中不乏传媒的作用,但更本质的原因在于他的这些小说,无论是"流行版"还是"新修版",在他精心修改之后,艺术逻辑、人性深度、人文气息都有不少可称赞之处,借用罗兰·巴特的话说,金庸的小说文

---

1 [英]柯林武德:《历史的观念》,何兆武、张文杰译,商务印书馆,1997年,第302页。

本从早期具有较强的"可读性"(即"能引人阅读"的文本)到具备较高的"可写性",成为"能引人写作"(le scriptible)的文本[1]。中国通俗文学的发展历来都是以市场为导向,以扩大读者群为主要任务,因此通俗文学的写作速度快,往往造成故事情节程式化,人物性格较为单一,艺术逻辑不够完善,尤其是网络文学几乎是零门槛,大部分作品被遗忘其实是正常的。甚至可以说,最近十年一些纯文学作家也盲目赶制中长篇小说,以至于小说出版引发热潮,但艺术质量和生命力较之他们以往的作品不升反降的现象也时有发生。正因如此,金庸作为影响广大的通俗文学家,可以说是一个较好的范例,他对于自己作品的钟爱与珍惜所体现出的不仅仅是为自身经典化铺路,也是对笔端文字负责。

最后,笔者要说的是,我们不得不承认,作家的创造力与艺术想象力都不是无尽的,世界上没有哪一个高产作家能保证他的所有作品都为人所熟知和喜爱,金庸亦是如此。但一方面,金庸在艺术上没有故步自封,因此他的小说虽然不能等量齐观,但各有千秋;另一方面,他对于作品的感情和自身不懈的艺术追求,也十分重要。因此对于作家而言,如果不仅仅是为了一时的"稻粱谋",而是为了能写出一两部甚至更多艺术精品产生超越这一时代的影响力,那么金庸封笔之后苦心修改、锤炼作品本身也许能引起某些反顾自身的思考。

## 第三节 精校细读后的版本阐释

在仔细校勘和细致阅读的基础上,现代版本研究还对作品的版本

---

1 [法] 罗兰·巴特:《S/Z》,屠友祥译,上海人民出版社,2000年,第56—57页。

差异进行了更为深入的阐释并形成问题意识。例如在十七年时期，众多作家在创作农业合作化题材小说时，都面临着修改人物的问题，即更好地在意识形态指导下增强小说的说服力，使读者能积极参加合作化。而在这众多的小说之中，《金沙洲》在当时有一定的反响[1]，但它并没有取得像《创业史》《三里湾》这些小说的文学史地位，经过作者较大幅度修改的第二版也依然没有达到理想状态，本节通过对这一具体例子的阐释，分析时代语境对于作家本人经验在文本生成的过程中产生的影响，以期为中国现当代文学的版本研究，提供可供借鉴的学术案例和思路。

### 一、初版本的困境

《金沙洲》初版于1959年，作者在叙事上并未严格遵循当时的合作化理论框架，而是将生活实感融入文本。对比同时期的合作化主题作品，该书独特之处在于，虽以入社与不入社两条路线斗争为叙事脉络，但前四分之三的篇幅并未赋予任何一方的话语以压倒性优势，实现了多元声音的文本共存。在那个时代，生活表现的呈现方式一直是个微妙的议题。刘绍棠曾经提出"文学艺术则必须是当前的生活真实……必须真实地、恰当地揭示生活中的落后面"[2]，而在这部小说中，作者虽然没有能够完全脱离时代语境，却在文本叙述中掺入了一种异于时代主流的声音。这样就造成了小说两方面的矛盾。

其一，二元对立的人物形象和中间人物是合作化小说中常用的人物架构模式，所谓的"正面人物"诸如梁生宝、王金生等往往对合作化运

---

1 《羊城晚报》于1961年曾对这部小说展开讨论，《文艺报》1961年第8期对这次讨论做了综述。
2 刘绍棠：《现实主义在社会主义时代的发展》，《北京文艺》，1957年第4期。

动充满信心,与之相对立的人物往往是"两条路线"的另一面,诸如糊涂涂、马之悦等人物。在《金沙洲》中,作者显然也围绕着入不入高级社将人物分为正反两派,但是这部小说特殊之处在于出现了犯"冷热病"的合作社副主任、新上中农郭有辉。郭有辉的形象不完全等同于《创业史》中的郭振山、《三里湾》中的范登高等形象,他算不上"中间人物",因为他并非因为小农意识而抱残守缺,反而紧紧关注时局的变化。但是他观望、犹豫的心态与中间人物也有相似之处。从他内心来说,他并不像范登高等人完全与集体对立,在小说中他时常反复不定,最终非但没有在反复中走向合作化,反而走到了高级社的对立面,成为拆社、散社的支持者。

作者在小说中对郭有辉的多重身份定位,从三个不同维度精心塑造其复杂性格,反映出其深刻的内在冲突,致使郭有辉深陷身份危机之中。首先,尽管他与《三里湾》的范登高在类型上相仿,作者却刻意将郭有辉塑造成一个与主流话语相悖的反面角色。其次,在倡导社会主义合作化的语境下,郭有辉对合作化的优越性始终缺乏思想上深刻的认识,即使遭受停职处分,他也仅以生病为借口推脱工作,未曾真心接纳。这种描绘揭示了当时部分基层干部不理解政策的心态。最后,郭有辉的转变也暗合了合作化运动在某些地域推行的滞后性问题。

在这部小说中,正面人物并不光彩照人,虽然在20世纪50年代,"高、大、全"没有作为审美范式成为文学成规,但是许多作家在创作中追求使正面人物或者积极分子具有尽可能多的优秀品质,尤其是作品中那些经历过初级合作社的干部,比如《三里湾》中的王金生等。但在《金沙洲》中,这种人物塑造的方式在最主要的正面人物——刘柏身上并没有体现出来。合作化小说中的基层领导人常常具有双重身份即党员／农民，这就意味着两种身份应该具备融合性，才能更好地开展工作。郭有辉思想矛盾和冲突的根源在于没有融合，但小说中的正面人物刘柏，也未能很好地转变思想。虽然刘柏一直以集体主义来要求自己，以至于他的妻子和他多次产生摩擦，但在文本中作者塑造的刘柏显然缺乏工作魄力，也不像梁生宝、王金生有着非常强的理论能力。其实，对于农民出身的他来说，长期形成的心理结构也不会轻易就彻底改变。接受一种不同于小农意识的理论，本身就需要一个过程，而刘柏的种种行为显然没有完全适应这样一种理论。相反，当作者写到作为"知识分子"的书记黎子安时，显然他对阶级划分，思想路线等理论的运用驾轻就熟得多。

从这里我们不难看出，在当时的语境下作者在塑造人物时显然面临着一个理论矛盾，一方面是合作化运动要求塑造出成功的领导形象，另外一方面作者又希望塑造真实的农民党员，这成为了初版本小说留下的一个无法解决的难题，也成为被批评的焦点。

其二，小说的"核心在于它呈现了不同的声音或话语，因此也就表现了社会上的不同想法和观点的冲突"[1]。在《金沙洲》中，民众对于成立高级社显然有两种不同的声音，虽然最终在作品里归于一种声音，但是正是这两种声音及其背后蕴含不同的话语立场所形成的张力推动了文本的发展。

刘柏、周耀信等为代表的中坚分子，身为合作化的捍卫者，支持推行高级社，即便偶有犹疑，他们仍视合作化为解决问题之道。这一观点与当时的主导思想是吻合的。相较之下，梁甜等贫农阶层虽积极

---

[1] ［美］乔纳森·卡勒：《文学理论》，李平译，辽宁教育出版社，1998年，第92页。

参与合作社，但他们的入社动因更多源于生计压力，依靠的是除贫致富的理想信条。然而另一些人如郭细九，将高级社诠释为"强扶弱，共济贫"，这就使贫农在面对新富农的观念博弈中，有时会流露出自我价值的不安全感。

在处理合作化问题时，民众出现意见分歧本属常态。然而，在这部小说中，对话主体的发言以及话语方式，与同时期其他作品相比存在显著差异。例如，在《三里湾》和《山乡巨变》等作品里，反面角色的发言权普遍低于正面角色。即便在《艳阳天》中，反面角色虽有组织和阴谋，但在理论上无法动摇合作社的基础，更为关键的是，群众往往从道德角度对反面角色进行谴责。因此，这些小说也巧妙地回避了现实问题，即合作社中的贫富差距以及农民对于生产资料的渴望。为了避免这一矛盾影响主题表达的需要，许多小说就采用压制对立面话语的方式，例如在《三里湾》中，开会批判范登高时，他每一次发言都会被打断，最后会议主持者干脆夺去了他的话语权，让他去反省了。有论者指出，这样处理"目的是为了打掉他的气焰，为了去势"[1]。

在这部小说中，反面角色拥有自己的小团体，他们在整体上虽然看似孤立无援，他们的声音却一直在发出，并一度压制了贫农的话语。作者虽然试图写出"路线斗争"的线索，但是却给了反面人物以充分的话语空间，并且揭示出了一些问题，在小说的前四分之三，作为对立面的郭细九以及摇摆不定的郭有辉对于高级社发表了许多意见，诸如提出了"包产到户"等措施，主要是对于个人财产的所有权和分配方式

---

[1] 蔡世连、刘骏：《对人物话语的去势与整容——合作化小说话语策略之一》，《山东师范大学学报》（人文社会科学版），2005年第6期。

有意见，在他们看来这是一种简单的平均主义。而这些所谓的路线斗争的对立面只是一些条件较好的农民，虽然作者写他们对黎子安有所忌讳，但是他们认为自己是自力更生，提出了看似合理的要求，正是由于这些话语的出现才使得《金沙洲》的文本变得复杂。

作者显然是支持刘柏等正面力量的，对于郭细九等人常常进行道德评判而没能从根本上解决他们所提出的问题，因此作者在叙述事件的时候只能将叙述的焦点转移，由郭细九渴望得到个人财产这样一套话语是否合法转为郭细九等人联合攻击合作社。在这一转变中，作者将郭细九看似合理的诉求置之一旁，而将关注点放在另外两件事上。这种叙事策略本身也反映了作者对于一些政策性问题不置可否，这样的困境在小说中也隐约反映出来。

因此，再版时作者的修改显然意在为这一困境找寻出路。

## 二、再版的修改方向

《金沙洲》的修订版出版于1963年，这一次修改明显地体现出之前批评意见对于文本修订的影响，在再版小说中我们不仅可以清晰地看到意识形态话语的痕迹，也可以感到合作化小说的创作与时代语境的复杂关系。

首先，作者突出了路线斗争尤其是阶级斗争。在修改本中，贫农之间的关系被冠以"阶级兄弟"之称，将原版本中想写而没有写成功的两条路线斗争，升级为"阶级路线"斗争，并且强调在"两条路线"斗争中要对对立面进行"制裁"，也明确提出进行"阶级斗争"。如果说在初版中作者在郭有辉的处理上还有犹豫，只是将他定义为"代理人"，那么再版中已明确地将郭有辉的行为定性为反动的。甚至于初版中地主、富农在树下乘凉的生活细节,在修改版中也被抹去,以减少他们的出场次数。

然而作者显然不满足于通过增加、删改一些名词来突出两条路线斗争,在小说中,作者先后删去两大段与斗争无关的、没有人物出现的环境描写和一段无关紧要的人物形象描写,使得叙事更加紧凑。而另一方面,作者也将常态化的生活有意压缩,原版本中刘柏为孩子买鱼以及之后一大段家庭生活的描写全部被删,换之以刘柏的光荣革命历史的叙述,以及完全可以看成是复制"梁生宝买稻种"的买甘蔗种子的行动。这也反映出十七年时期作家为了让作品的思想性进一步凸显,而对文本细节的洁净化处理。日常生活进入文本往往被视为有可能会干扰所要表现的主题,作者无法解决日常生活细节和经验如何凸显政治主题这一问题,因此,他将常态化的生活描写去除,并代之以与主题密切相关的叙述。

其次,作者在修订中着意对正面力量进行改写。作者对于正面力量的改写主要在两个方面体现出来。一方面贫农形象被强化,尤其是增加了杨妹和刘骚仔这两个刚直形象在文本中的比重。对于已经写得比较充分的梁甜,作者又通过写她的成长,使得作为贫农的她敢于直接和上中农展开话语交锋。她认识到,"作为一个贫农活在高级社里,活在世界上,是顶天立的、问心无愧的"[1],并且组织其他贫农一起对抗上中农的话语。直至小说的终章,经过修改的梁甜形象,最终克服了封建思想的束缚,勇敢地与周耀信在一起,成为了一名优秀的党员干部。在新版本中,贫农不再是一盘散沙,而是有层级、有组织地开展

---

[1] 于逢:《金沙洲》(修订本),作家出版社,1963年,第403页。

斗争。这样的修改也确实很好地配合了时代话语的需要。例如当郭细九向高级社发难的时候，群众们的反应就由初版中的"一些骚动、叹息"，变为再版时的"可疑的沉默"，这无疑是作者修改之功。

另一方面在小说再版时，作者有意识地加强了对刘柏这一人物形象的刻画。刘柏在第一版中时不时陷入孤立，甚至话语围攻。例如，在花生地风波中，他遭遇了话语挑衅和攻击；在评议会上，他受到上中农的批评；在鱼塘鱼群逃逸后，他又被主张单干者攻讦。但是再版时，作者多次写到刘柏同贫农沟通，了解贫农的意愿，因而初版本中一些贫农对他不理解而发的牢骚，在再版时也大大减少了。关于刘柏这一形象的修改最为突出的是，他的"理论水平"也有了很大的提高，这一变化主要来自作者为他安排了一次到县里开会学习的机会，从而在回乡后成功地驳斥了一部分人提出"大家拉平"的观点。特别是作者增加了大段议论性话语，以显示出刘柏的思想认识明显提高，反映了他对集体主义精神的认同和对社会主义新生活的热情。例如："这些人们，全都这样健康、乐观，这样正直无私、爱憎分明。一个个露出浑身古铜色的肌肉，挂满水珠，闪闪发光，像无数的砖石。他们过去是受苦受难的贫雇农，今天都是社里的主人公。你生活在他们当中，会觉得世界是这样单纯明朗，自己是这样充满力量。刘柏长期憋着的闷气不禁一扫而光了。"[1] 这样的修改，使得再版作品在思想深度和艺术表现上都得到了提升，更加符合时代话语的要求。

最后是多方面削弱反面人物的话语力量。在初版中，被置于反面的人物不仅仅在谋求个人话语的合理化，为异质声音寻找空间，更重

---

[1] 于逢：《金沙洲》(修订本)，作家出版社，1963年，第214页。

要的是他们的话语能够影响群众，或利用生活的窘迫，或利用并社前初级社的矛盾。然而在再版中，由于贫农的团结使得这些人显得孤立，这种修改也意在于打压这部分人的话语空间。在再版中，他们不仅失去了群众的共鸣，连独立的话语空间也被作者剥夺了。郭有辉与一些上中农开的以讨论退社为主的"秘密会议"也因被贫农杨妹发现而不再是秘密。总之，反面人物已经不存在私人话语空间。

在再版中，作者通过强化正面人物的形象，使他们的话语和行为成为推动故事发展的主要力量，与此同时，削弱反面人物的话语影响力，使其无法对正面力量构成威胁。这种修订使得作品更加符合当时社会主流的价值观和审美标准。

### 三、客观的评价与启示

通过上文的分析我们不难发现，在《金沙洲》的两个版本中，原版本显然有更多的生活细节，而经过修改的版本显然有着人为提高正面人物话语水平的痕迹。有学者曾指出，十七年时期合作化题材小说的创作者"在创作思想上还没有把文学是'人学'作为一条重要的创作规律来认识"[1]，应该承认这样的判断有一定合理性，但是当我们站在当下的语境反观作家的修改和版本差异时，是不是也应该注意到作者实际上也面临着上文中所分析的创作困境？

如作者所言，在《金沙洲》初版创作时（1959年），"农村有些问题还未完全明确，直至整风整社运动开展后才有定论"[2]，因此在《金沙洲》

---

1 刘思谦：《对建国以来农村题材小说的再认识》，《文学评论》，1983年第2期。
2 于逢：《金沙洲·再版后记》，作家出版社，1963年，第551页。

的修改过程中，作家删去了很多与路线斗争无关的内容，情节也显得单一化。但是这是时代的原因还是作者本身的原因，抑或两者都有，应该说是一个需要重新考察的问题。首先，我们要理解文学作品的修改往往受到多重因素的影响，包括但不限于作者自身的创作理念、时代语境的变迁以及批评意见的反馈。十七年时期是中国文学比较注重社会影响的时期，作品的意识形态倾向和主题思想自然也更紧密贴合时代要求。《金沙洲》的修改明显体现了这一特点，作者通过增加阶级斗争元素、强化正面力量、削弱反面人物等方式，使小说更加符合当时的政治宣传需求。其次，除了意识形态的考量，作者也在艺术表达上进行了调整。比如删去与斗争无关的环境描写和人物形象描写，使叙事更加紧凑；将日常生活细节压缩，代之以与主题密切相关的叙述，这在一定程度上提升了小说的思想性，但也可能削弱了其文学性和生活感。

通过分析这一文本的版本修改情况，我们也注意到在进行版本修改的阐释时，需要关注以下几个方面的问题。首先是历史语境的把握。不同版本的作品往往反映了不同的历史语境和时代特征。因此，在进行版本阐释时，必须充分了解作品所处的历史背景和时代环境，以便准确理解其内容和意义。在此基础上是文本差异的对比。不同版本之间往往存在明显的文本差异，通过对比不同版本的文字、情节、人物塑造等方面的变化，我们在阐释中应揭示出作者创作过程中的思想演变和艺术追求。最后是客观的学术态度。在进行版本阐释时，既要看到作者的努力和成就，也要指出其存在的问题和不足。

# 第六章 史料视域下重辨雅俗

通俗文学在中国现当代文学中的分量和影响力不可小视，因此整理和研究文献史料也不能忽视通俗文学的文献史料。一般而言，现代意义上的通俗文学"是适合文化层次较低的读者阅读，明白易懂，流传较快的文学样式，多取材于群众关心和熟悉的现实生活，也可以是历史故事的演义。通过加工制作，寄予群众比较容易理解和接受的思想情感，在题材、主题、情节、人物、心理及其他表现方法上，都带有明显的复制性和模式化特征"[1]。就中国现当代文学的整体情况而言，由于新文学观念和后来的意识形态规范，纯粹的娱乐性、商业性的通俗文学一直并未被学术界充分重视。严肃文学与通俗文学之间的关系之复杂，不能简单地一概而论，需要从史料出发细致辨识。

## 第一节　新文化运动与俗文学史料整理

中国古代文学的主流是以诗、文为主的雅文学，而戏曲、小说、民间文学等都被视为"小道"，长期得不到应有的地位。有学者指出："封建士大夫蔑视民间文学，冠之以'俗'，这在事实上构成了一种强

---

[1]《辞海》(缩印本)，上海辞书出版社，2000年，第1276页。

大的文化传统。"[1] 这种情况在晚清时期发生了明显的变化。新文化运动之前，梁启超发起了小说界革命和戏曲改良，而陈独秀更是将戏曲的意义看得比小说还重要，他曾说："现在国势危急，内地风气，还是不开。各处维新的志士设出多少开通风气的法子。像那开办学堂虽好，可惜教人甚少，见效太缓。做小说、开报馆，容易开人智慧，但是认不得字的人，还是得不着益处。我看惟有戏曲改良，多唱些暗对时事开通风气的新戏，无论高下三等人，看看都可以感动，便是聋子也看得见，瞎子也听得见，这不是开通风气第一方便的法门吗？"[2] 即便是到了刚刚创办《青年杂志》的时期，陈独秀还在介绍现代欧洲文坛时说："第一推重者，厥唯剧本，诗与小说，退居第二流：以其实现于剧场，感触人生愈切也。至若散文，素不居文学重要地位。"[3]

新文化运动之后，由于建构新的文学话语秩序的需要，古代白话文学和民间文学传统愈来愈受到学术界重视，古代俗文学也得到诸多新文学家的承认。然而，新文学运动发生百年以来，通俗文学发展日益强劲，但学术界对通俗文学史料的重视程度却日渐式微。关于现代通俗文学研究的史料积累和运用，学术界已有诸多经验可资借鉴，而对于当代文学史研究而言，更不应忽视占据重要地位的通俗文学。在通俗文学史料整理工作的基础上，我们能更清楚地梳理中国现当代文学史发展的脉络与问题。

---

1　高有鹏：《面向 21 世纪的中国民间文学史》，《河南大学学报》（社会科学版），2007 年第 1 期。
2　陈独秀：《论戏曲》，《陈独秀文集》第 1 卷，人民出版社，2013 年，第 70 页。
3　陈独秀：《现代欧洲文艺史谭》，《陈独秀文集》第 1 卷，人民出版社，2013 年，第 121 页。

20世纪20年代以后由于学术理念的革新，学术界对既往俗文学史料的整理渐次展开。郑振铎主编《小说月报》后，组织了"整理国故与新文学运动"的讨论，认定"这种运动的真意义，一方面在建设我们的新文学观，创作新的作品，一方面却要重新估定或发现中国文学的价值"，并提出"我们整理国故的新精神便是'无征不信'，以科学的方法来研究前人未开发的园地"[1]。有学者提出"在新文学运动史上第一个提出'整理旧文学'口号的，我认为是郑振铎"[2]。就当时的情况来看，郑振铎在整理"旧文学"的过程中，对俗文学史料整理乃至学科建设方面做出的贡献也颇为突出。从这个角度来看，在新文学发生之初，"俗文学"的提倡实则是一种学术策略，以便动摇以古典诗文为主的雅文学（以林纾为代表）在文坛的统治地位。郑振铎等新文学家对于"文学为人生"的理想和以文学启蒙人性的社会担当十分在意，与此同时，近代市民文学的消费化趋势造成了他们对于鸳鸯蝴蝶派作家的不满，因为其背后的启蒙意图难以在鸳鸯蝴蝶派的作品中呈现，正如他所言："如果这个社会里一般读者的眼光不变换过，他们这般'卖文为活'的人，是绝对扫除不掉的。"[3]而对于来自民间的被士大夫鄙夷的古代俗文学，新文学家们却很重视。在中国现当代文学学术史上，他们第一次将旧通俗文学史料的整理与文学史研究相结合，修正了以往由于史料不足所产生的一些错误论断，乃至改变了中国文学史的叙述格局。这样的学术积累，其学术史意义主要有以下两个方面。

其一，保存、整理珍稀史料以拓展文学史视域。在20世纪前30

---

1  郑振铎：《新文学之建设与国故之新研究》，《小说月报》，1923年第14卷第1号。
2  陈福康：《郑振铎论》，商务印书馆，1991年，第183页。
3  西谛：《杂谈·悲观》，《文学旬刊》，1922年5月1日。

年，诸多学者对于俗文学史料的发现、整理拓展了这一时期诸多学者的学术视域，这尤为明显地反映在文学史写作上。戴燕曾提出："虽然文学史的写作从根本上来说主要依靠的还是传世文献，是在常见资料的爬梳整理、辨正改造中发现线索，但新材料的发掘和运用，毫无疑问可能带来意想不到的新视角，从而改变一贯的结论，而郑振铎对中国文学史的构思，恰好就是从本世纪最有价值的文学史史料的发现即'敦煌的俗文学'开始的。"[1] 回顾学术史，除了敦煌俗文学史料的发现，还有许多属于俗文学范畴的珍贵史料为其研究提供了足够的学术支持。民间戏曲的史料诸如《太平乐府》《阳春白雪》等在当时开始流传，而郑振铎编纂的《白雪遗音选》正是以此为基础。曾经有不少元代作家因为杂剧被视为"小道"而不受重视，以至于他们的生平资料长期缺失。1931年，较为详细地记录了他们生平的史料《录鬼簿》被发现，郑振铎遂予以抄录，该书在1938年由北京大学出版部影印。1934年，郑振铎对已有的学术发现加以扼要总结，成文题为《三十年来中国文学新资料的发现史略》。凡此种种，不一而足。与此同时，他亦抢救式地整理了《脉望馆钞校本古今杂剧》，其中新发现了两百多种元明杂剧，成为中国戏曲研究的重要史料之一，以至于郑振铎在《跋》中写道："这发现，在近五十年来，其重要，恐怕是仅次于敦煌石室与西陲的汉简的出世的。"[2]

无疑，郑振铎及其同代学人在史料的发掘与整理方面，获得了有力的理论依据，使他们得以将之有效地运用于文学史研究。1932年，

---

[1] 戴燕：《文学史的权力》，北京大学出版社，2002年，第59页。
[2] 参见黄霖主编、周兴陆著：《20世纪中国古代文学研究史·总论卷》，东方出版中心，2006年，第102—104页。

郑振铎出版了《插图本中国文学史》一书，从中我们可以明显观察到，得益于他逐渐掌握的大量俗文学新史料，该书对隋唐至明末时期的叙述篇幅，大致上是先秦至南北朝时期的三倍，这一现象充分展示了他在文学史建构过程中的独特视角和深入研究。正因其对于小说、弹词、民间小曲的史料较为熟悉，在该书《绪论》中他敢于声称："有一个重要的原动力，催促我们的文学向前发展不止的，那便是民间文学的发展。原来民间文学这个东西，是切合于民间的生活的。"[1]而这样颠覆性的文学史立场源于其中大量新史料的存在，这部著作将近三分之一的内容是之前的文学史没有涉及的，而这也凸显了史料在文学史研究中的基础性作用。

其二，从史料出发的学术研究推动了学科建设。早在20世纪20年代初，郑振铎的俗文学研究便起步于对史料的整理，以求论从史出。由于新史料的发现，郑振铎在通俗小说方面的研究成果修正了鲁迅写作《中国小说史略》时由于史料不足所产生的错误，鲁迅亦承认"郑振铎教授又证明了《四游记》中的《西游记》是吴承恩《西游记》的摘录，而并非祖本，这是可以订正拙著第十六篇的所说的，那精确的论文，就收录在《痀偻集》里"[2]。随着学术探究的不断深化，郑振铎等学者长期致力于通俗文学史料的发掘与整理。此举不仅有力地推动了学术研究的深度发展，还为俗文学学科的建立奠定了坚实基础。1938年，郑振铎的《中国俗文学史》问世，该书从俗文学的概念、内涵、特性、历史演变等多个角度，构建了一套相对完善的俗文学理论体系。在这一

---

1　郑振铎：《插图本中国文学史·绪论》，中国社会科学出版社，2009年，第9页。
2　鲁迅：《且介亭杂文二集·〈中国小说史略〉日本译本序》，《鲁迅全集》第6卷，人民文学出版社，2005年，第359页。

体系下，俗文学逐渐摆脱了雅文学主导的文学史话语体系，确立了自己独特的史料来源与学术地位。俗文学史料的整理与研究，从在雅俗之辨中争取话语权，转变为对传统文学话语秩序进行重构，触动部分学者重新梳理文学知识谱系。至此，小说、戏曲等俗文学逐渐走向文学史中心，传统的诗文独领风骚的时代已一去不复返。因此，俗文学也逐渐发展成为一门备受关注的显学。后来，阿英主编的《大晚报·火炬通俗文学》、戴望舒主编的《星岛日报·俗文学》、赵景深主编的《神州日报·俗文学》等报刊陆续发表了大批俗文学史料和相关学术论文。在笔者看来，改革开放之后，学术界所谓雅俗文学"两个翅膀"论或"二水分流"说，在本质上没有超出郑振铎那一代学人所建构的理论范式。

改革开放以来，随着文学史研究的不断深化以及现代文学学科的逐渐成熟，学术界进一步扩展了近现代通俗文学研究的史料视域。以范伯群为代表的一批学者，在通俗文学研究领域取得了突破性成果。他们编撰的中国近现代通俗作家评传丛书和《中国近现代通俗文学史》《中国现代通俗文学史》（插图本）等著作，不仅填补了学术空白，还逐渐改变了十七年时期从意识形态角度出发的研究范式。这些研究成果秉持论从史出的原则，留下了宝贵的文学史研究经验，具有重要的学术史意义，值得我们关注与借鉴。

一方面，这一代学者传承了"五四"那代学者的学术路径，并重构了近现代文学史发展脉络。其中，《中国近现代通俗文学史》"皇皇百万字，资料工程浩大，涉及的作家、作品、社团、报刊多至百千条，大部皆初次入史……构成对所谓'残缺不全的文学史'的挑战，无论学界的意见是否一致，都势必引发人们对中国现代文学史的整体性和结构性的重新思考"[1]。在这部文学史中，范伯群基于对史料的系统阅读和整理提出："在中国近现代文学史中，通俗文学期刊自成体系。在 1921 年沈雁冰接编《小说月报》之前，中国文学期刊都是通俗文学期刊。"[2] 这对于通俗期刊乃至通俗文学在现代文学史上的定位都有着重要影响，也彰显了一种从史料而非观念出发讨论通俗文学文学史地位与意义的学术态度。

在范伯群等学者的努力和影响下，许多研究者都开始关注通俗文学史料的发掘整理，并且提出过新的观点，例如有学者就在《礼拜六》上发现了周瘦鹃的白话小说《旧约》，并指出："它应该属于受到西方影响的新文学话语，已是一篇成熟的白话小说。就时间而言，它早于鲁迅的《狂人日记》。这个'考古'材料又一次向我们以往的权威'文学史'提出质疑。为何不把它定为新文学的开端？为什么以往的文学史一致认为通俗文学越来越多的西方文学成分是受到新文学的影响却看不到通俗文学受西方的影响比新文学更早？"[3] 虽然现在的文学史写作尚没有依此观点而改写，但也不可因此而否认通俗文学史料发掘和整理的意义。

## 第二节 当代通俗文学史料特点与问题

新中国成立之后，一方面文艺通俗化、大众化成为文学发展的主导方向；另一方面，主流文坛对于传统通俗文学又显示出决裂的态度。

---

1　吴福辉执笔：《第二届王瑶学术奖获奖评语·〈中国近现代通俗文学史〉》，《中国现代文学研究丛刊》，2007 年第 3 期。
2　范伯群主编：《中国近现代通俗文学史》（下卷），江苏教育出版社，2000 年，第 514 页。
3　李勇：《新历史主义对近现代通俗文学研究的启示》，《中国现代文学研究丛刊》，1997 年第 1 期。

就文学史料的整理和保存而言，在政府推动下，这一时期学术界虽然在文学史料整理方面取得了不少成绩，尤其是左翼文学、民间文学与少数民族文学，但是类似于20世纪上半叶的通俗文学史料整理工作，不仅没有广泛开展，反而被不断查禁，甚至一些小说的底版都已被毁。其中最早也是影响最大的例子是，1952年7月4日出版总署颁发了《关于查禁书刊问题的指示》，1955年7月22日国务院又发布《关于处理反动的、淫秽的、荒诞的书刊图画的指示》。这些文件明确指示，要收回或查禁"宣扬荒淫生活的色情小说和宣扬寻仙修道、飞剑吐气、采阴补阳、宗派仇杀的武侠图书"。这里需要补充强调的是，不能把这次活动想象为对通俗文学的全盘拒斥，因为国务院为防止矫枉过正，在这则通知中明确表示："凡'五四'以前出版的图书（包括旧的说部演义），'五四'以后的一般新文艺作品，一般谈情说爱的'言情小说'，一般描写技击游侠的图书，一般的侦探小说，民间故事、神话、童话及由此改编的连环画，真正讲生理卫生知识的书，以及其他不属于查禁和收换范围的一般图书，一律准予照旧租售，不得加以查禁或收换。这个界限必须严格遵守，不得破坏。"[1] 1956年1月文化部在处理反动、淫秽、荒诞图书的行动中，还点名要求"加以特别注意"[2]还珠楼主、王度庐等一批现代通俗文学名家，不过对待张恨水这样的通俗文学代表性人物则显得稍有弹性："一般不必处理，个别有问题者经批准后可予以收换"[3]。

相较于此，20世纪上半叶的市民趣味在新中国成立之初上海的

---

[1] 袁亮主编：《中华人民共和国出版史料》第7辑，中国书籍出版社，2001年，第201页。
[2] 袁亮主编：《中华人民共和国出版史料》第8辑，中国书籍出版社，2001年，第3页。
[3] 同上，第37页。

《亦报》中留下了"岁月的遗照"。该报虽然看起来像是一个小报,与正规的、文联作协的报纸不可同日而语,但短短三年间一批"跨代"的文化人都曾为此报撰稿,如张爱玲、东方蝃蝀、丰子恺、老舍、桑弧(导演)、张资平等都在上面连载过小说或发表小品文。但笔者并不主张仅仅从文学的角度去看待该报。海派文化具有趋新求变、追逐时尚的易变性和流动性,这早已成为学界共识。"生长在这种文化土壤里的《亦报》,赶时髦、弄噱头的特性十分明显,因而,积极应对社会主流,热情参与国家权威话语建构简直到了无孔不入的地步。"[1]然而,包括《亦报》在内的许多小报都面临着一个非常现实的问题,即上海已经成了"市民文化"的"孤岛",当时甚至有人向共产党打了四份报告,希望整顿这些报纸,并提出:"改变了内容以后的小报是否仍对小市民的胃口,而这些对小报有嗜好的小市民,可以说大都是落后和有'海派'中最要不得的气质的。"[2]其实党内有人打这种报告也是有原因的,这种所谓的"最要不得的气质",正是市民最喜欢的气质,所以才会有读者说《亦报》"有十山之文,子恺之画,梁京之小说,可拿到任何文评画展大会去矣"[3]。然而,因为"市民趣味"是要被改造的,这份报纸终归被合并到《新民晚报》里,所以笔者认为十七年时期最好的爱情小说之一《当年情》才会出现在《新民晚报》的副刊上。从某种意义上来说,政府对这种小报进行整改基本关闭了集中展示市民文化趣味的空间。

---

[1] 巫小黎:《〈亦报〉视境中的工农兵叙事——〈亦报〉研究之一》,《佛山科学技术学院学报》(社会科学版),2009 年第 1 期。

[2] 巫小黎整理:《上海解放前后党内有关小报的调研报告》,《新文学史料》,2011 年第 2 期。

[3] 传奇:《梁京何人?》,《亦报》,1950 年 4 月 6 日。引文中"十山"是周作人,"梁京"是张爱玲。

因此，《亦报》的终结可以被看作旧上海文化范式的终结。

尽管后来此类报纸大多消失无踪，但那些秉持市民趣味的作家并未因此止笔。许多通俗文学创作者继续坚持写作，如郑逸梅、周瘦鹃、程小青等。郑逸梅作为著名通俗文学作家，虽在新中国成立后并未立即获得作家协会的认可，却依然保持着创作的热情。例如，他在20世纪50年代所著的《上海旧话》（上海文化出版社，1957年）以小品文形式展现了民国时期上海文化的各个方面，并与春柳社成员徐卓呆共同完成。此外，郑逸梅在《上海教育》杂志上连载的《上海教育谈往》同样属于此类作品。正因为他的不懈坚持，晚年他回首这段历程时颇为得意："我一生耕耘笔坛，民初起写作，迄今不辍，已近80个寒暑，作品亦逾千万言。曾有人说我为国家创造了两个文坛上的记录：一是写作年事之高；另一是历时之久。"[1]在这一批通俗文学作家中有两个人值得我们注意。其一是流行了几十年的侦探作家程小青。他固然不能继续写作迎合市民趣味的侦探小说，却在这一时期写了几部反特题材的小说[2]。仅以其中一部中篇《大树村血案》（上海文化出版社，1956年）来看，作为老作家，程小青在20世纪上半叶以写侦探文学闻名，然而在新中国成立之后，其原有创作经验依然具有转化可能。这部小说在探案过程中情节线索的逐步展现，公安金队长与助手戈扬的角色设定遵循了其昔日侦探小说的创作轨迹。相较于其他阶级斗争题材的作品，程小青在其作品中保留了侦探小说的重要叙事内容，即破案过程中务

---

[1] 郑逸梅1991年致范泉信，参见刘衍文、艾以主编：《现代作家书信集珍》，汉语大词典出版社，1999年，第197页。
[2] 主要集中在反特文学的高峰期，主要有《生死关头》《她为什么被杀》《大树村血案》《不断的警报》等。

必运用科技手段，从而展现了与传统公案小说不同的现代特色。

另一个值得注意的作家是曾在20世纪40年代颇具声名的市民文学作家东方蝃蝀，其作品风格与张爱玲相近。20世纪50年代后，他除在《亦报》连载小说外，还在"双百方针"初始阶段于《新民晚报》副刊上连载了小说《当年情》。用他的话说："这篇小说的发表，不早不迟，适逢其会。"[1] 小说与《红豆》这样写革命时代颇为感人的爱情悲剧不同，是一篇内容纯粹、情节精炼而又文笔成熟的爱情小说，在当时可谓凤毛麟角。小说没有阶级斗争、没有劳动改造、没有社会乱离。旧上海大家庭里一段浓得化不开的"当年情"，被他用冷静而细腻的笔调不动声色地写出来，而小说的结尾颇有40年代海派言情小说的余韵："她风闻姜光裕现在倒很好了，已经当了大学教授，成家立业了。猛一听，她心里一悸，但是到底是老远、老远的事情了。好像她冬天把吃剩的橄榄核扔到火炉里，爆出一朵火兰花，不一会儿就烧完了。"[2] 这段话写女主角听到姜光裕消息后的内心反应，用比喻强化意象，生动地描绘了"只是当时已惘然"的情绪，表达了对过去的回忆、感慨和对时间流逝的无奈和接受。

固然，程小青、东方蝃蝀的创作机遇得益于他们遇到"重操旧业"的机会，不过从通俗文学发展的视角审视，这些作品堪称缝隙中绽放的珍稀花朵。此外，如今学术界所追捧的革命通俗文学和程小青等的作品都有着时代的政治色彩，但又有着本质的区别，革命通俗文学更主要的是从旧通俗文学中接纳了一部分的审美因子，使之与政治话语

---

1　李君维：《笔名心迹》，董宁文编：《我的笔名》，岳麓书社，2007年，第87页。
2　枚屋：《当年情》，新民晚报副刊部编：《夜光杯文粹：1946—1966》，上海远东出版社，1999年，第290页。

有机地融合在一起，其本质依然是严肃文学，比如《林海雪原》；旧通俗小说家则不然，他们只是在政治话语上借用了当时流行的语词，也就是所谓的"借船出海"，其小说的政治宣教性不是小说情节逻辑的内在组成部分。正是因为如此，这一大批小说有些被改编成了电影，有些在读者中广泛流传。在政治环境更为激进之时，这些小说转变为手抄本小说中的一种类型，《一双绣花鞋》就是典型的作品。这类将传统小说叙事模型、侦探（间谍）小说中的科技元素与革命、政党、国家等政治话语三者相结合的小说，是新中国成立后发生的新的小说范式[1]。相比于此，新文学作家也吸纳了通俗文学的叙事因子。新中国成立后，肃反、反特小说是与旧通俗文学在艺术上关联更直接也更明显的作品类型，其中大量悬疑、侦探的情节也属于"人民群众""喜闻乐见"的范畴[2]。

　　20世纪50年代出现的肃反、反特小说想要没有政治话语是不太可能的，但它的审美价值往往不在于政治话语。比如军旅作家白桦的《山间铃响马帮来》。如今人们往往以《苦恋》（据此小说摄制的电影改名为《太阳和人》）作为白桦的代表作，实际上在40年代中后期，他在解放军中创作战争文学作品的经历，为其撰写《山间铃响马帮来》提供了丰富的艺术经验。这部作品是当时艺术完成度较高的文本，被改编为电影后，影响更为广泛。故事背景设定在解放初期，描述了云南

---

1　从小说形态和叙事要素上看，其中也许还有苏联反特小说在20世纪50年代之后大量译介到中国所产生的影响，但由于缺乏明确的史料证据，因而也很难做译介学和流传学的实证分析。
2　关于这些作品与文学史的关系陈思和在《先锋与常态——现代文学史的两种基本形态》一文中有分析，他讲过的意思笔者就不重复谈了。

人民热切期盼政府马帮的到来，他们希望出售粮食、棉花，购买盐、日用品及农具，特务李三留守苗寨经营小店，故事由此展开。另一位特务毕根化装潜入苗寨，与李三取得联系，小说的传奇氛围逐渐显现。他们向敌人报告马帮的行踪，敌人虽心怀叵测，但采用了声东击西的策略，一面宣称进攻哈尼寨，一面秘密准备夜袭苗寨抢劫马帮。在这一过程中，边防联军从疏忽大意到发现线索、提高警惕，最终成功击败敌人。需要注意的是，小说中的人民与特务角色仅作为象征性符号，即使去除这些符号，替换为其他象征性元素，比如古代演义小说中的奸细，故事情节依然完整。作者在政治话语的框架内，巧妙地融入了大量通俗文学元素，赋予了小说更为丰富的传奇色彩与故事性。

从现代文学到当代文学的通俗文学家，不管是哪派作家、何种出身，他们的写作共同带来的是以市民文学为基础的旧通俗文学的审美趣味。这样来看，新中国成立后尽管"市民"都被化归于工农兵的具体工作岗位上，但这种身份的变化并不意味着他们在审美经验上能一夜转变。从这个意义上讲，新中国的"人民文学"和延安文学最大的不同就是文学的读者群发生了变化。大量城市读者并不具备阅读赵树理等人作品的审美习惯，且不论上海的市民，即使是北平的市民也是如此。延安所建立起来的文学范式毕竟和新中国实际的文学读者队伍之间存在着明显的裂痕。而且，20世纪80年代以后的文学史发展也证明了，一味回避通俗文学作品无法消除读者的审美心理结构。因此，政府可以改造作家的思想，甚至将一部分作品归为"毒草"，但依然不解决群众的审美需求问题。在20世纪60年代初，周恩来曾经试图在艺术上给艺术家一定的解放："人民喜闻乐见，你不喜欢，你算老几？上海人喜爱评弹、淮剧、越剧，要你北京人去批准干什么……艺术是要人民批准的。只要人民爱好，就有价值；不是反党、反社会主义的，就许可存在，没有权力去禁演。艺术家要面对人民，而不是只面对领导。"[1] 遗憾的是，60年代初的文艺政策所带来的宽松语境很快又转为激进和紧张。

从这个角度来说，从宋元话本到当下的网络文学构成了一条通俗文学线索，而这其实反而反映出中国大多数国民文化心理积淀过程。从文学史发展来看，旧通俗文学一度在文学主流中逐渐偃旗息鼓，但通俗趣味却始终隐现于20世纪50至70年代一些流行的作品中。在理论上，要了解"人民群众"的喜好和厌恶，需要进行类似英国伯明翰学派针对工人阶级阅读习惯的具体、详尽且以数据为依据的社会学调查。新中国文学发展之初尽管有过通俗化的追求，但其思想取向是严肃的、意识形态化的。然而，它始终无法完全排斥通俗文学和市民趣味。从某种意义上说，对市民文学的拒绝不再是启蒙主义的思路，而是对市民社会的整体性弃绝，按照马克思的说法："旧唯物主义的立脚点是'市民'社会；新唯物主义的立脚点则是人类社会或社会化的人类。"[2] 相应地，文学与哲学一样，从满足于"解释世界"（用艺术的笔法呈现市民社会的众生相）向"改变世界"（建立社会主义社会秩序）转变，需要社会语境的同步变化。其实，小说的形式本身并不决定是否"现代"、是否"新"，如鲁迅所言："我相信，从唱本说书里是可以产

---

[1] 中共中央文献研究室编：《建国以来重要文献选编》第14册，中国文献出版社，2011年，第414页。
[2] ［德］马克思：《关于费尔巴哈的提纲》，《马克思恩格斯选集》第1卷，人民出版社，2012年，第138—140页。

生托尔斯泰,弗罗培尔的。"[1]例如《李家庄的变迁》作为"延安文学"的代表,一般意义上都被称为"新文学",但沈从文对其却有另一番评价:"叙事朴质,写事好,写人也好,惟过程不大透,有些如从《老残游记》章回出来的。背景略于表现,南方读者恐不容易得正确印象。是美中不足处。"[2]

沈从文的评价其实隐含着一个重要的问题,即从思想内容上来说的"新文学"在艺术形式上实际上与"旧"文学有着密切的诗学联系,但又不同于"旧"文学。可以说,从20世纪40年代开始,"新文学"的小说阵营随着作家思想选择不同而出现了分化,这种分化在诗学上也有迹可循。当年鲁迅说:"旧文学衰颓时,因为摄取民间文学或外国文学而起一个新的转变,这例子是常见于文学史上的。"[3]远在魏晋时期曹植就曾提出民间艺术的价值问题:"夫街谈巷说,必有可采;击辕之歌,有应风雅。匹夫之思,未易轻弃也。辞赋小道,固未足以揄扬大义,彰示来世也。"[4]鲁迅和曹植的观点都强调了那些不登大雅之堂的文学的重要性。在文学史上,当主流文学陷入衰颓时,往往需要从普通读者喜闻乐见的文学中汲取新的营养,以实现文学的革新和转型,以保持其活力和创造力。

---

[1] 鲁迅:《南腔北调集·论"第三种人"》,《鲁迅全集》第4卷,人民文学出版社,2005年,第453页。
[2] 1952年1月20日致张兆和的信,《沈从文全集》第19卷,北岳文艺出版社,2002年,第296页。
[3] 鲁迅:《且介亭杂文·门外文谈》,《鲁迅全集》第6卷,人民文学出版社,2005年,第97页。
[4] 魏·曹植:《与杨德祖书》,《曹植集校注》,赵幼文校注,人民文学出版社,1984年,第154页。

这种复杂性影响了 20 世纪 50 年代的文艺发展，如陈思和所言：
"没有一部文学史讨论《国庆十点钟》《秘密图纸》《羊城暗哨》，这些东西大量流传在民间，流传在当时的读者当中。当时我们都喜欢看，因为里边有逻辑推理、抓特务、惊险情节等因素，实际上就是侦探故事演化为通俗门类，它们正是对传统的继承。"[1] 可以说"五四"新文学的传统本意并不写人民群众原本"喜闻乐见"的文学，否则就不需要新文学，因为鸳鸯蝴蝶派文学本来就大量存在，可以满足人民群众，而新文学则要发挥"新民"的作用。比如新中国成立后，当时的《湖南文艺》一直致力于刊登花鼓戏剧本和唱词，1952 年 3 月的发行量是 23000 本，12 月就跌至 10500 本，不到一年就折损了一多半的读者，编者当然执行的是所谓"大众化""通俗化"的方针，后来读者来信解释原因是工农兵"喜欢看小说、战斗故事和民间故事，而《湖南文艺》却在稿约中拒绝这些作品，拒绝的理由是：这些小说和民间故事，不是湖南人民喜闻乐见的"[2]。因此，通俗文学的艺术传统在这个时期尽管是曲折存在，但它又必然要以某种方式存在，只不过我们始终沿着新文学的思路在梳理和研究 20 世纪 50 年代文学，因此遮蔽了一批作品。现在来看，50 年代时严肃文学和通俗文学相互影响、相互渗透，原属通俗文学的作家在创作中加入了政治话语，而新文学作家则在创作中加入了通俗文学的艺术模式。

在通俗文学史料整理方面，重现代、轻当代的问题值得注意。从根本上说，当代文学研究长期依赖以理论阐释推动观念创新的学术路

---

[1] 陈思和：《先锋与常态——现代文学史的两种基本形态》，《文艺争鸣》，2007 年第 3 期。
[2] 启焊：《来信之二》，《文艺报》，1953 年第 7 期。

径,对于通俗文学更是动辄引入所谓"文化研究"的路数,反而对当代通俗文学史料整理与研究的学术意义估计不足,因此也未能有效地开展相关的学术实践。当代通俗文学史料整理不仅是为了"论从史出",也有如下几层切实的学术价值。

首先,从通俗文学史料的发掘推动通俗文学研究的"历史化"。张恨水在民国时期被老舍称为"国内唯一的妇孺皆知的老作家"[1],其在十七年时期的小说创作看似是顺应时代潮流,写了白素贞、祝英台、孟姜女等历史或传说中的人物,从题材选择上来看也好似有"反封建"的意味,然而在这一外壳下遮遮掩掩包裹着的依旧是最为传统的通俗文学旨趣。然而遗憾的是,研究界对张恨水十七年时期的通俗文学几乎闭口不提,像还珠楼主的《剧孟》、向恺然(平江不肖生)的《丹凤朝阳》、程小青的《她为什么被杀》等一系列赓续近现代通俗文学路径的作品也都被忽视不谈。

如果对这些现代通俗作家的创作视而不见而形成和不断巩固现在的文学史叙事基本格局,会严重影响我们对当代文学的基本判断。通俗文学发展一度毫无疑问受到了较为严重的限制,但是无论作品多少,它曾经存在。以张恨水为代表的现代通俗文学作家作品的多与少反映出的是十七年文学的主流与支流的问题,但他们的作品是不是能被学术研究和文学史写作关注到,则关乎十七年文学史叙事的完整性。在20世纪50至70年代,现代通俗文学的题材和内容不能为主流意识形态所接受,因为主流意识形态亟待解决的是"文学艺术的群众化文学

---

[1] 老舍:《一点点认识》,《老舍全集》第14卷,人民文学出版社,2013年,第360页。

艺术工作者的无产阶级化问题"[1]。因此，揭示当代通俗文学范畴的变化，通过史料整理厘清其发展脉络，是研究当代通俗文学的前提性和基础性工作。

中国现代文学史上娱乐消遣的通俗文学在新中国成立后被视为"旧通俗文学"。因此，当时一些文学工作者试图思考如何创作"新"通俗文学，并曾发表过相关看法。近年来，由于研究者更多地关注的是文学文本和文学批评，这些带有理论建设性的史料尚缺乏系统收集与整理。如一度成为《说说唱唱》主编的老舍曾发表一系列文章表达自己的认识，他认为"在现阶段中，为了普及，我们应当由学习而把握住大众文艺的语言与形式，了解大众生活与心理去写作大众文艺"[2]，"我们今天看到的文章，还有许多很不通俗或不够通俗的"[3]，也认识到"文艺通俗化是件不容易的事"[4]。但"新"通俗文学并非当即受到主流意识形态的肯定，《文艺报》1951 年第 3 期的"编者按"就提出过批评："若干刊物，却也存在着只是讲求形式上或技术上的'通俗'，而忽视或无视刊物思想内容的偏向，部分编辑人员和作者，认为'通俗化容易搞'，认为通俗作品可以粗制滥造。"这些史料证明，在新中国成立初期，所谓"通俗文学"是受到主流意识形态高度关注的，当时的作家们也试图扭转通俗文学的写作方向。因而在这一时期，公开出版和发表的文本中被冠以"通俗文学"称号的作品不再是市场化、娱乐化的通俗

---

[1] 何其芳：《毛泽东文艺思想是中国革命文艺运动的指南》，《何其芳文集》第 6 卷，人民出版社，1984 年，第 241 页。
[2] 老舍：《大众文艺怎样写》，《新建设》，1950 年第 2 卷第 3 期。
[3] 老舍：《怎样写通俗文艺》，《北京文艺》，1951 年第 2 卷第 3 期。
[4] 老舍：《谈文艺通俗化》，《文艺报》，1951 年第 4 卷第 11、12 期合刊。

文学，而往往是带有强烈的民间色彩或采用民间艺术形式的文本，以及虽然带有强烈的意识形态色彩，却在艺术形式和语言表达上借鉴了旧白话文学的文本。

这些文学文本如今作为基础性文学史料，可以直观地反映出通俗文学在当代发生改变的方向。以《登记》《张羽煮海》《柳树井》这类文本为代表的运用民间形式的作品在当时被视为通俗文学，是因为民间形式和符合大众接受习惯的语言；而另一类文本例如《林海雪原》《烈火金刚》等，由于其创作所依托的基本上是章回小说的资源，从艺术形式上来说与现代通俗小说有着相类似的地方，因此成为革命通俗小说的代表。从某种意义上说，这也进一步拓展了中国通俗文学的题材类型，将革命这个带有强烈意识形态色彩的题材进行通俗化的艺术处理。[1] 而在改革开放之后，由于境外通俗文学大量涌入，加之文艺治理机制的松动，当代通俗文学的发展向度也得以拓宽，从而回到了以言情、武侠、传奇等题材为主，以小说、故事等文类为主，以娱乐、消遣为创作旨归的道路上。

其二，从史料出发，研究通俗文学的影响与传播。从本章第一节的研究来看，史料的发现或发掘对于全面认识、阐释中国现当代通俗文学的发展、社会影响有着重要的作用。在新中国成立之初，赵树理等人就发起成立了"大众文艺创研会"，这一机构虽然存在时间较短，却掌握着当时几种重要的通俗刊物，其中包括属于《新民报》副刊的《新曲艺》《新戏剧》《工厂文艺》《新美术》《新北京》，还有《进步日报》

---

[1] 可参见李杨：《〈林海雪原〉——革命通俗小说的经典》，唐小兵编：《再解读：大众文艺与意识形态》（增订版），北京大学出版社，2007年。

的副刊《大众文艺》。此外，大众文艺研究会还掌握着两份杂志，分别是会刊《大众文艺通讯》和《说说唱唱》[1]，而目前学术界较为关注的是《说说唱唱》，对上述其他史料少有问津。如果能进一步发掘这些史料可以丰富我们对当时文化环境和文学语境的认识，例如《大众文艺通讯》在当时发表了许多文章，探讨新的通俗文学如何建设，以及记录他们所做的工作[2]。与此同时，一大批省市级文艺期刊也有待梳理和研究，例如河南的《翻身文艺》上，像徐玉诺这样的纯文学作家在十七年时期的通俗文学作品、文章仅剩存目，该刊物曾被中共中央中南局视为"地方文艺刊物的榜样"，其通俗性、群众性的办刊方针也受到中南局的肯定[3]，发行量却一度也从五万份跌至六千份[4]。在上海以期刊形式发行的《通俗报》时间虽然短暂，但是其内容却与当时的通俗刊物有所差别，其刊登的文艺作品也多为一些短篇通俗文艺作品或绍兴平调、苏州弹词、越剧等南方民间流行的艺术形式。可见，地方性刊物的通俗化与主流意识形态的要求之间长期未能同一化。对于这类史料的重视，将使我们进一步探究主流意识形态如何引导通俗文学的发展，也为我们反思和研究十七年时期文艺通俗化、大众化打开了理解空间。

如今学界普遍认为通俗文学对严肃文学的冲击始自新时期之后，20世纪80年代"地市一级文艺期刊的发行量大过省级刊物……这一阶

---

1 1951年《说说唱唱》由半同人性质的刊物变为官方刊物，改由北京市文联负责。
2 例如陶君起：《半年来小组活动的情形》，《大众文艺通讯》，1950年第2期；沈鹏年：《记大众游艺社》，《大众文艺通讯》，1950年第1期；苗培时：《"大众文艺创作研究会"筹备经过》，《大众文艺通讯》，1950年第1期。
3 参见《地方文艺刊物的榜样》，《长江日报》，1951年5月13日。
4 参见庞嘉季等：《对地方文艺刊物的意见》，《文艺报》，1953年第7期。

层的文艺期刊涌动着武侠、侦破和爱情等三股热潮"[1]，以至于一些严肃文学刊物反而要出版副刊刊登通俗文学作品以保证销量，而这种判断其实也囿于史料视野。在收集史料时若不仅仅局限于通俗刊物，就会有全新的看法，比如在十七年时期，像《人民文学》这样代表了最高水准的文学刊物也曾在一段时间内发表过这样的《征稿启事》："欢迎短些，越精练越好。并希望写得大众化些，力求让工人、农民、战士们也爱看，看得懂——或至少或听起来可以理解。诗歌希望写得能让工农兵群众念得上口，听得进……"[2] 随之而起，该刊在"大跃进"时期也刊登了大量通俗作品。如果能对这些史料进行整理，我们可以看出通俗文学在新中国一度改变了发展方向，也因此曾一度成为文坛主流，从而分析"人民性"如何在文学想象中实现。除此之外，加强对通俗文学史料的整理，也会不断修正我们在文学史研究中的学术判断。在主流意识形态大力打压旧通俗文学、扶植新通俗文学的十七年时期，旧派通俗文学虽然生存空间十分狭小，许多作品被禁、被回收，但是并非像有的学者判断的那样，"以趣味为载体的通俗作品，再无立锥之地"[3]。其实，在当时即使是新的通俗文学也没有完全占领文化市场，有史料显示在60年代初，《杨家将》《施公案》等小说在农村依然很有市场[4]。

其三，史料整理宜早不宜晚。从前人的经验来看，通俗文学史料

---

[1] 吴茂信：《地市级期刊编辑的苦恼》，《文艺情况》，1984年第12期。这一问题的研究成果可参见邵燕君：《倾斜的文学场——当代文学生产机制的市场化转型》，江苏人民出版社，2003年。
[2] 参见《人民文学》1958年第1期。
[3] 范伯群：《中国现代文学之雅俗互动》，《苏州大学学报》，2004年第3期。
[4] 参见中国作家协会创作研究室整理：《记一次"关于小说在农村"的调查》，《文艺报》，1963年第2期。

的整理有时可以带来文学史的结构性变化，但时间越久，整理难度越大。当代通俗文学史料不仅文体类型丰富，而且分布广泛、数量巨大，对于这些史料的抢救不仅是研究通俗文学的需要，也是当代文学学科史料建设的需要。例如在十七年时期曾出现过赵树理作品的改编热潮，《小二黑结婚》仅在 1950 年就被改编为电影、评剧、川剧等多个品种。他在新中国成立后创作的《登记》也被先后改编为连环画《结婚登记》、评剧《登记》（两个版本），以及秦腔、眉户剧、豫剧、歌剧等多种艺术形式。与这些经过再生产的文本史料群相关的还有当时发表的许多改编心得，例如沪剧《罗汉钱》被看作是沪剧反映新生活、新人物第一次成功的尝试[1]，还曾经参加了全国第一届戏曲观摩演出；豫剧《小二黑结婚》和《罗汉钱》为豫剧如何表现现代生活积累了宝贵的经验[2]；评剧《三里湾》解决了"表现现代生活能不能运用戏曲的传统表现手法，特别是表演的手法，特别是以行当为基础的表演程式"[3]的问题。如果我们能以点带面地整理这些史料，不仅可以看到文学作品在更为通俗化的改编时有哪些话语间隙，更有助于我们勾勒出十七年文学大众化的传播网络。

当代通俗文学期刊有些数量和影响远远超过了纯文学期刊，却长期受到冷落。例如，在通俗文学复兴的大背景下，《故事会》从 1984 年到 1986 年"连续三年发行量居全国期刊之首"，1985 年第 2 期"攀升

---

1 张骏祥：《导演沪剧〈罗汉钱〉所想到的》，《文艺报》，1952 年第 23 期。
2 高洁：《学习豫剧并运用它来表现现代生活》，《戏曲研究》，1958 年第 4 期。
3 张庚：《评剧〈三里湾〉观后感》，《张庚戏剧论文集》，中国社会科学出版社，1981 年，第 309 页。

达到了七百六十万册，创造了世界期刊单语种发行的最高数"[1]，然而由于文学史研究观念的偏狭，文学研究的精英立场将之排除在文学史之外，《故事会》从未得到应有的重视。实际上，"故事"这种文学形式在20世纪60年代曾一度盛行，也在不断完善。20世纪60年代文学大众化的大潮又落回到"人民"所喜欢的"故事"，读"故事"和"讲故事"成了"人民"的一种新的文学活动，上海报送的关于"讲故事"的报告甚至成为毛泽东关于文艺"两个批示"的缘起。1963年10月，上海群众艺术馆举办了第一次农村创作故事会演，当时并未产生很大的影响，只是在上海的《新民晚报》刊登了一则短新闻。而这则新闻被时任上海市委书记的柯庆施看到，他听取了文化部门负责人的详细汇报后，以上海市委宣传部的名义批转了《关于上海市郊农村讲故事的情况报告》。毛泽东随后在中宣部文艺处编印的《文艺情况汇报》（汇报了柯庆施抓《故事会》的情况）上写下批示。此后，上海电台和报纸开始大张旗鼓地宣传"新故事运动"，而且当时一度被宣传为"在毛主席文艺路线指引下，在党和政府的坚强领导和积极扶植下展开的""一种有组织、有领导、有计划进行的群众文艺活动"[2]。

在笔者看来，之所以通俗文学史料被长期忽视，与业已形成的文学史偏见有关。尽管现代文学阶段的"张恨水们"凭借着其艺术质量进入文学史，但不可否认的是这是以纯文学知识体系"承认"了张恨水的作品是"文学"为前提的。问题也许在于，并不是所有通俗文学作品都像张恨水乃至金庸那样具有"引雅入俗"的叙事装置。因此在通俗文学

---

[1] 沈国凡：《解读故事会：一本中国期刊的神话》，上海社会科学院出版社，2003年，第53页。
[2] 刘守华：《谈革命故事的写作》，湖北人民出版社，1974年，第5页。

"历史化"的过程中,我们不能不强调的是当代通俗史料整理应该更新观念。当代文学最为重要的特点就是与当代社会变迁同步发展,我们如果长期忽视这些社会影响远远超过严肃文学的史料,我们所谓的当代文学史料建设和文学史写作依旧是残缺的,所有的"重写"也只是严肃文学框架内的自我调整。

## 第三节 重审现当代文学史的雅俗之辨

基于前两节的梳理我们可以看出,"五四"时期郑振铎等人所开展的俗文学文本和史料的整理研究,是在相对宽泛的概念范畴中开展的,与我们现在所说的"通俗文学"并不完全一致,或者说,郑振铎等新文学家对于我们今天认定的以"鸳鸯蝴蝶派"为代表的通俗文学持坚决的否定态度,却对古代俗文学表现出了巨大的热情。

郑振铎等人在文学的雅俗对立的壁垒中所显示出的游移与矛盾,是我们理解新文学和古代文学关系的一个重要窗口。他们一方面大力整理古代俗文学,另一方面对于现代通俗文学如"鸳鸯蝴蝶派"大力批判,可见他并不是仅仅以雅/俗来判断文学价值,还包含着"文学为人生"的理想于其中。郑振铎给"俗文学"下的定义是:"'俗文学'就是通俗的文学,就是民间的文学,也就是大众的文学。换一句,所谓俗文学就是不登大雅之堂,不为学士大夫所重视,而流行于民间,成为大众所嗜好,所喜悦的东西。"[1] 有论者曾指出,"五四"后的一批学者"之所以关注俗文学,是有精神性追求的。眼光向下,既是思想立场,

---

1 郑振铎:《中国俗文学史》,中国文联出版社,2009年,第1页。

也含文学趣味。提倡俗文学（比如征集歌谣），在五四新文化人看来，既可以达成对于'贵族文学'的反叛，又为新文学的崛起获取了必要的养分"[1]。然而，对于晚清时期开始兴起的诸多类型小说，这批知识分子却依旧视之为"旧文学"。显然，这并不仅仅是采用白话语体与否的问题。在20世纪30年代，诸多"鸳蝴"作家已经开始了白话写作，郑振铎依然对他们予以挞伐："他们没有一点的热情，没有一点的同情心。只是迎合着当时社会的一时的下流嗜好，在喋喋的闲谈着，在装小丑，说笑话，在写着大量的黑幕小说，以及鸳鸯蝴蝶派的小说来维持他们的'花天酒地'的颓废的生活。几有不知'人间何世'的样子。恰和林琴南辈的道貌俨然是相反。有人谥之曰'文丐'，实在不是委屈了他们。"[2] 胡适提倡白话小说更重要的是侧重于其与士大夫阶层相对的"民间性"："一切新文学的来源都在民间。民间的小儿女，村夫农妇，痴男怨女，歌童舞伎，弹唱的，说书的，都是文学上的新形式与新风格的创造者。这是文学史的通例，古今中外都逃不出这条通例。……中国三千年的文学史上，哪一样新文学不是从民间来的？"[3]

由此可见，他们最初提倡和关注"俗文学"是从为新文学建设寻找艺术源流的命意出发的。对于郑振铎这样的新文学家而言，支撑他们创造新文学的动力是启蒙意识，是传播新思想。他们对古代小说、戏曲等俗文学的重视是将其作为"历史"的一部分来看，试图在文人士大

---

1　陈平原：《俗文学研究的精神性、文学性与当代性》，《中华读书报》，2004年11月10日。
2　郑振铎：《〈文学论争集〉导言》，刘运峰主编：《1917—1927中国新文学大系导言集》，天津人民出版社，2009年，第41至42页。
3　胡适：《白话文学史》，《胡适全集》第11卷，安徽教育出版社，2003年，第233页。

夫的精英文学和历史之外，开拓出一条更为平民化、大众化的文学史线索。但他们之所以攻击同时代的通俗文学作家，是因为通俗文学悖逆了他们的知识分子意识和其期待的时代精神。问题就在于，古代士大夫鄙薄民间艺术的背后是封建时代的"风化"意识。中国古代儒学在宋代以后日益推崇理学，不仅在诗文上日益僵化，以至于连南戏《琵琶记》这种民间戏曲在开场时也说："今来古往，其间故事几多般，少甚才子佳人，也有神仙幽怪，琐碎不堪观，正是不关风化体，纵好也徒然。"[1] 而到了新文化运动后，这些知识分子虽然不是为了封建时代的"风化"，但要为启蒙（现代）思想能产生移风易俗的"为人生"的作用而努力。普通民众在新文学发生前形成的文化心理形态，到了"新文学"的话语中就成了"劣根性""国民性格""精神奴役创伤"，因而他们的审美趣味的合法性依然得不到承认。反过来，我们也就可以理解为何市民阶层对新文学的接受和消费是有限的。民众在长期受压迫的状态下已变得麻木，固然需要被启蒙，但是他们审美趣味的形成亦有其历史原因和现实依据，关键看谁来定义以及如何定义文学。在文学理论史上，关于文学起源的劳动说、巫术说、游戏说等学说层出不穷，但一俟触及文学的本质论，在西方无论是摹仿论、再现论、反映论还是表现论，都是围绕文学的审美本质而展开的，即便是后现代主义思维下的反本质主义也从未将文学作为改造人思想的工具。当然这不是不讲文学的思想，也不是说文学不要思想性，但以文学对人进行思想改造无论称为"启蒙"，还是堂而皇之地叫"改造"，其实都应该只是权宜的、暂时的。

---

[1] 明·高明：《琵琶记》，中华书局，1958年，影印明汲古阁本，第1页。

在有些理论家说来，这些都不是文学的终极任务，文学"是人类的骄子，似乎本应让它在审美的家园里嬉戏。但它在成长过程中，为了人类的解放披甲上阵，作为一个英勇的战士东征西战，这虽不是它的'本职'，但却是它的光荣。然而人类爱护这个骄子，无论是过去还是现在都有许多人召唤它回到审美的家园。而人类正在努力着、奋斗着，为美好的明天努力着、奋斗着。人类的骄子——文学——终有一天会完全地回归到自己的审美的家园"[1]。从这个角度来看，市民阶层作为文学阅读的主体，他们自主选择阅读什么样的文学的权力，在新文学的立场上来看是不合法的。换句话说，市民文学由宋代的说书、明代冯梦龙的小说发展到晚清诸种小说的一个重要特点是"教化"色彩的淡化而娱乐性、趣味性的增强，而市民文学的兴盛本身也意味着市民阶层在文学阅读中获得了更多的审美自由。到了清代，士大夫虽在精神上不屑，但在审美趣味上却也承认"天地间另是一种笔墨"[2]。所以，在新中国成立以前的文学市场上，市民文学不仅没有被新文学清除，反而发展得蔚为大观。

在范伯群所著的《中国现代通俗文学史》（插图本）中，他凭借着扎实的史料功夫，把现代通俗文学的发展与文学史料的联系揭示得更为清楚，例如他在著作中梳理了以往因学术界忽略而尘封的《指南报》《游戏报》等小报，并提出"以《游戏报》为代表的小报群是通向谴责小说的一座引桥。没有谴责味的小报群，不可能迎来一个谴责小说的高

---

1 童庆炳：《文学活动的审美维度》，高等教育出版社，2001年，第74—75页。
2 俞樾：《七侠五义·序》，参见黄霖编、罗书华撰：《中国历代小说批评史料汇编校释》，百花洲文艺出版社，2009年，第668页。

潮"[1]。当年鲁迅等曾主持拟定《劝告小说家勿再编黑幕一类小说函稿》，由此"黑幕小说"长期被打入另册而无人系统研究。范伯群在著作中不以前人的价值判断为准而是以史料为依托，从《小说月报》引进外国的"问题小说"，以及《时事新报》"黑幕大悬赏"的征文等层面重新审视"黑幕小说"的发生及其作品的意义，也在一定程度上修正了以往的文学史偏见。可贵的是，范伯群在梳理通俗文学文献史料的同时还整理了大量图片史料，用他自己在《觅照记（代后记）》中的话说："这本书中的插图前后是积累了25年……我是想在梳理出现代通俗文学发展的历史之后，再通过300多幅图片，为这部专业断代文学史提供一份图像资料。"[2] 对于这些图像史料的收集，李欧梵在该书的序中称赞道："范伯群教授花了惊人的功夫，把这些现代文学史上不见经传的人物'还原'，而且把他们的照片一个个找了出来，让我们得窥其'真相'，仅此一招就已功德无量。"[3]

到了20世纪50年代，这一时期关于"通俗化"的理论建设常常局限在有些机械的马列主义框架内，也不考虑旧文学及其在市场上的市民基础。从文学创作的审美层面来说，所谓社会主义文学固然是一种有着明确意识形态指向的文学，概而言之就是"文学艺术的群众化和文学艺术工作者的无产阶级化问题"[4]。不过这种从"阶级"出发的文学方案本身也包含着"阶级性"在内的美学标准。这种美学标准对于社会

---

1 范伯群：《中国现代通俗文学史》（插图本），北京大学出版社，2007年，第63页。
2 同上，第596页。
3 李欧梵：《序二》，参见范伯群：《中国现代通俗文学史》（插图本），北京大学出版社，2007年，第6页。
4 何其芳：《毛泽东文艺思想是中国革命文艺运动的指南》，《何其芳文集》第6卷，人民出版社，1984年，第241页。

主义文学的倡导者来说并不明确，因为一时没有新的文本可以佐证他们的理论，也就无从阐明其具体的内涵。应该说"社会主义文学"方案是在不断的创作探索和批评实践中建构起来的，但总的方向是减少文学中的知识分子话语。新中国成立后，在知识分子普遍接受改造的背景下，"为工农兵服务"兼有普及与提高两项任务。知识分子要按照工农兵既有的文化基础实现普及与提高，无疑是一项艰巨的任务。新中国成立初期，真正的"读者"对于当时的文艺创作提出了若干意见，被丁玲总结为三条："一、不喜欢读描写工农兵的书……二、他们喜欢冯玉奇的书，喜欢张恨水的书，喜欢'刀光剑影'的连环画……三、要求写小资产阶级知识分子的苦闷。"[1] 这和20世纪上半叶的市民读者的文学趣味基本是一致的。其实，文艺欣赏的"门槛"一直是作家和非作家区分的一个标准，当年《名利场》的作者萨克雷"为了不触犯读者而做出让步，仅仅是这种做法，就给他的作品造成了严重缺陷"[2]。然而，当"人民群众喜闻乐见"成为文艺创作的动因时，问题随之而来。例如哪些人是"人民群众"？他们究竟"喜闻乐见"什么？此时，无论是文艺期刊的编辑还是作家，其实以自己的理解将"读者"的审美趣味降低到了最低标准，因而也产生了许多实际矛盾。人民文艺的创作者和媒体的负责人并不太清楚人民到底需要什么，因此不少期刊建立了联络员制度。然而，市民自不必说，即使是农民，其实喜欢的都是"旧文学"，如某县的文宣干部说："有一次我下乡到田间去，赶上社员们正在休息，有一个社员正在一边看旧小说《三侠剑》哩，我和他谈起来说

---

[1] 丁玲：《跨到新的时代来》，《丁玲全集》第7卷，河北人民出版社，2001年，第200页。
[2] [美] 刘易斯·科塞：《理念人——一项社会学的考察》，郭方等译，中央编译出版社，2001年，第65页。

这书不好,叫他看新书,他说:'有些新书好看,有些新书看着别扭,话写得不通顺'。"[1]

我们不能忽略的是"五四"前后中国的文化范式革新的路径是从思想到文学,因此思想革命的任务借由文学来发生,这一事实决定了小说的价值标准是思想优位化的,也即是说,哪怕市民文学的艺术质量再高,如果它的思想性不强,那么依然不会被新文学所接纳,在这个过程中读者阅读需要的审美想象空间便让位于思想改造。"唤起民众"(启蒙)的思想价值是文学的"正经"功能,娱乐、消遣、情趣是其次的。1928年前后的文学论战由激进的左翼文人发起,更将思想性推向了一个新的高度,新文学中好不容易出现了娱乐、消遣以及上海文坛某些感性经验书写大于理性精神传递的作品却因此有了一个新的定语:"小资产阶级"。然而,这种文学依然长期存在,张爱玲、苏青、潘予且、东方蝃蝀等一大批介乎新旧文学之间的作家也应运而生。

改革开放之后,围绕着通俗文学的兴旺,理论建设与学术争鸣也不断开展。整理分析这些史料,我们不难发现在20世纪80年代的文化场域中,关于通俗文学的发展不仅主管部门多次发文予以规范,学术界的态度也有着很大的分歧。例如有人赞成"文艺生产要以文艺消费者为中心……通俗文艺在这些方面提醒了我们……文艺事业的改革,还会从通俗文艺的发展获得直接与间接的有益启示"[2],甚至有人提出"发展社会主义的通俗文学"[3]的设想。与此同时,也有一些人对通俗文学及其发展模式强烈不满。姚雪垠就坚持认为:"社会主义文艺是共产

---

[1] 陈青山:《农民喜欢什么样的文学作品》,《人民文学》,1960年2月号。
[2] 滕云:《通俗文学正在起新潮》,《天津文学》,1985年第3期。
[3] 鲍昌:《试论当前的通俗文学》,《天津社会科学》,1985年第1期。

党领导的革命事业的一个组成部分，不应以赚钱为目的，不能退化到资产阶级的原则上。有些文艺事业恐怕必须由国家给予财政补助。"[1]而关注纯文学审美价值的孙犁认为当时大量的所谓"通俗文学"，是既谈不上"文学"，也谈不上"通俗"。[2]但不可否认的是，随着严肃文学轰动效应的一步步丧失，到1986年现代派文学方兴未艾之际，作为通俗文学期刊的《今古传奇》发行量竟能高达278万册，即便进入21世纪，在文学边缘化严重的情况下，《今古传奇》"2004年1月至10月，只有110人的杂志社创营销额5000万元，上交国家税收300多万元"[3]。不过时至今日它们依然没有史料地位，即新时期的这些通俗文学刊物并没有受到和纯文学刊物一样的重视，它们在市场上巨大的发行量和较高的受认可程度与文学史对它们的视而不见形成了鲜明的对比。直到20世纪80年代末期还有人认为"在一个逐步变得商业至上的社会里，作为一种平衡，纯文学以审美原则对抗商业原则、对抗功利原则，更有存在的必要，也更符合纯文学的本意"[4]。实际上随着文学史的发展，这些问题显然已经不再会引起争鸣，网络与纸媒的互动已经使得通俗文学在书店与网络上占据了大半壁江山，但文学史研究应该通过史料保存还原文学史发展中的现象与问题。此外，梳理和分析这一问题，对于新媒介环境下如何看待和处理网络文学与纸质文学的隔膜及其内在的价值冲突，也许会有新的启发。

在前文中，笔者对学术史上通俗文学史料整理的经验进行了总

---

1 姚雪垠：《论当前通俗文学》，《文艺界通讯》，1985年第9期。
2 孙犁：《致贾平凹——再谈通俗文学》，《中国文学》，1985年第3期。
3 张孺海等：《〈今古传奇〉背后的传奇》，《湖北日报》，2004年10月26日。
4 易扬：《1988年的通俗文学概览》，《中国图书评论》，1989年第2期。

结，并基于这些经验，探讨了它们对当代通俗文学史料建设的启示。概括而言，这既需要文学史观、通俗文学观和史料观的更新，又是一项具有实践性的学术任务，需通过更为有效的学术实践和精细的学术处理来推动与完善。

# 第七章 他山之石的学术镜鉴

近年来，随着史料整理与研究的受重视程度持续提高，众多新问世的学术成果从不同角度推动了学术进步。笔者的研究亦在一定程度上受到了这些成果的启发。中国现当代文学史的研究与教学，需要理论、文本与史料的紧密结合与相互作用，才能形成全面而深入的认识。本章将讨论的几部学术著作，以不同的视角展示史料在激发对作家作品认识方面的重要作用，并进一步推动了文学史教学与研究的问题意识的形成。

## 第一节 史料意识与问题意识

21 世纪以来，浙江大学的吴秀明教授致力于中国当代文学史料研究以及相关议题的探讨，成果丰硕。他不仅从教学、研究、学科建设等多方面深化了当代文学史料的研究内涵，赋予了其学术价值，而且相较于文学史料和历史化问题的研究，他更加注重发掘史料在高等教育中文学科人才培养中的基础性地位。他所主编的教材以及关于史料问题的研究专著，皆具有一定的启发性。

### 一、文学作品与文献史料的有机结合

中国现当代文学学科从正式纳入学科体系到如今，虽已有许多文

学作品选或文献史料选出版,但少有学者将二者整合在一起。由浙江大学吴秀明教授等主编的《中国现当代文学作品与史料选》自 2012 年以来多次重印,可以说填补了学科建设中的这项空白,它所体现出的学术理念和编选眼光也有诸多可圈可点之处。

纵观古代文学学术研究无论是经历了汉宋之争还是明清之变,从朴学、小学开始学术训练,对文献史料不断注疏、义证,培养的都是学术研究的核心能力,而中国现当代文学的研究与之不同。从文学发生学而言,现当代文学从产生之初就与中国社会的现实密切相关,因而现当代文学的研究起步于文学批评,进而走向思潮现象研究和文学史研究。自 20 世纪 80 年代以来,现代文学史料学的建立成为现代文学学科逐渐成熟的标志之一。在这个前提下,补上文献史料研究这一课、提升学术研究中的历史意识无疑是当代文学必须面对的一次"战略转移"。

在当下"新文科"建设的背景下,《中国现当代文学作品与史料选》贯通文史的学术理念正逢其时,将之贯彻到人才培养的过程中,有利于提高中文系的人才培养质量。该书将文献史料纳入本科生的教材,作为大学文学专业教学改革的一种新的范式,其意义自不待言。近年来,新文科建设的一个重要的趋向就是培养所谓厚基础、跨学科、宽口径的人才,而如何落实这一理念,不同的学科有不同的办法。对于文学学科而言,让学生在提升审美感悟能力的同时阅读一些必要的文献史料,对于作品产生的时代背景、文学生态环境有一个较为清晰的把握,提升学生的历史实感,才能真正夯实学生的基础,让学生研究文学史时能在诗学与史学之间找到平衡。

话说回来,文学教育的出发点和落脚点依然也必然在文本。近年来，许多学者开始反思过去的文学史教学，如陈平原所言："学生们记下了一大堆关于文学流派、文学思潮以及作家风格的论述，至于具体作品，对不起，没时间翻阅，更不要说仔细品味。"[1]这确实是当下大学文学教育所面临的严峻现实。因而这套选本的主编在编选时也充分意识到文学审美的重要性，该丛书在《总序》中就强调，"在往往只记住概念、名词而对作品整体美、内在美不知何物的情况下，更是具有非同寻常的特殊意义"。

也许有人会担心对于文献史料的重视会不会走向反审美的极端？在笔者看来，如果单纯强调文献史料的重要性，确实有可能走入唯史料论的误区。从学理上说，文学史作为诗学的史学，其本质应该是诗学，但史学又是一种理解诗学的视野和不可或缺的背景。在文学教育中，如果没有了对文学作品的审美能力的培养，强调文献史料便失去了意义；但单纯强调审美，认为"感受文学作品是要靠悟证而不是靠实证"[2]也未免失之偏颇。如黑格尔所言："如果我们只流连于这风景的个别地方，我们就会看不到它的全景。事实上，个别部分之所以有其优良的价值，即由于它们对于全体的关系。"[3]对于中国现当代文学领域而言，文献史料的引入可以使文学作品的接受者得以在更开阔的视阈中理解文学文本而避免简单化的价值判断，从而多一分"了解之同情"。故而在笔者看来，二者之间并非二元对立而是相辅相成的辩证关

---

1 陈平原：《"文学"如何"教育"》，《陈平原文集》第 10 卷，商务印书馆，2024 年，第 52 页。
2 刘再复语，参见《〈红楼梦〉的哲学要点》，《东吴学术》，2012 年第 2 期。
3 [德] 黑格尔：《哲学史讲演录》第 1 卷，贺麟、王太庆译，商务印书馆，1996 年，第 11 页。

系。此选本的编者显然也意识到这个问题，因此在选本的结构上，他用了三分之二的篇幅精选了文学文本，在确保学生审美训练的前提下，再引入重要的史料，让学生能深入研读，从而形成自己的文学史意识。而具体到入选篇目，我以为此书的编者也是经过审慎斟酌才最终确定现有目录的，应该说，这些入选的文本与史料体现出编者独到而不乏创新的文学观念和史家眼光。

近年来，"阅读经典"的声音越来越响亮，在这样的背景下，许多文学作品选本往往以"文学性"（更多的是纯文学性）为价值标准进行文本选择，这样的标准对于古代文学、外国文学而言也许是适用的，因其在漫长的文学史淘洗中已经形成了一个比较稳定的经典框架。但是对于中国现当代文学而言，由于与意识形态和社会运动的密切关联的学科特点，许多作品如果从单一的文学性去要求，它们在文学史上曾经有过的影响就会被遮蔽，文学史的丰富性得不到全面的呈现，作品选与文学史之间也会出现不对接的情况。上述这些问题或多或少体现在以前的诸多选本之中。

而这套书的编者在考量哪些作品应该入选时既照顾到作品的文学性，也兼顾作品的文学史影响（见该书的《编选说明》中对于编选原则的阐释）。这样做既是对于文学史的尊重，也是对于接受者（主要是学生）的尊重。因为也许对于非中文专业的学生而言，阅读经典是他们阅读活动的核心内容，但是对于中文专业的学生而言，厘清文学史发展脉络，全面把握不同时代文学的基本存在情况是他们学习的重要任务之一。在尊重教学规律的前提下，本书编者严谨的治学态度使得作品选部分（含存目）看似只是对文学作品的筛选，但背后所秉承的学术理念、文学史观却是开放的。应该说，此书在有限的篇幅之内全文选入或节选了 20 世纪中国文学中 44 位作家的 46 篇作品，实属不易。

具体而言，该书在一些篇目的选取上也体现出编者独到的文学趣味与历史意识。在现代文学部分，对于经典作家如鲁迅、郭沫若、闻一多、老舍、沈从文、茅盾等的作品都已涉及，同时并没有因为"重写文学史"的影响而忽视或压缩左翼文学的篇幅，对于柔石、夏衍、艾芜、赵树理等作家的作品依然赋予其"在场"的权利，既没有过去的"神化"，也没有后来的"矮化"，而是恰如其分地通过把控篇幅、比例而给左翼文学在现代文学史上一个准确的定位。而在当代文学部分，编者不仅照顾到了中国台湾作家的经典篇目，还选入了一些在艺术上也许尚有问题、但在文学史上影响重大的作品，比如饱受争议的"样板戏"，被有的学者认为比较粗糙的《班主任》，而像王蒙这样艺术上日趋成熟的作家，入选的则是能代表"百花时代"特色的《组织部新来的青年人》。尤为难能可贵的是，编者没有以史学价值否定文本的诗学价值，从现有篇目来看，编者即便是选入了一些带有艺术"瑕疵"的作品，但在同类作品入选篇目中的艺术价值是较高的。

此书另一个值得一提的地方是存目的罗列。以往的许多选本中，"中长篇存目"往往草草拟定，或者大量设置存目。存目其实涉及编者对于中长篇作品的基本价值判断。在这套书中，存目的设置依然秉承的是文学价值与文学史价值相统一的原则。在此基础上的创新之处在于吸纳了学术界的不同意见和观点，在如今新媒介兴起的时代，纯文学的标准显然有些与文学泛文化的走向相抵牾，编者没有封闭在纯文学的世界中，对通俗文学、网络文学、先锋戏剧等均秉持开放的胸襟予以接纳。

## 二、文献史料的新颖全面

在学术史上，随着学科的发展和成熟，中国现当代文学界编选文献史料的实践早已开展，只不过之前许多文献史料选基本上都是为了辅助学术研究，因而专业化程度比较高，入选的文章数量多，有些内容也较为艰深。而这套书的意义和创新之处除了前文中提到的将文献史料与文学文本打通，还在于编者在将这些史料引入大学本科教材时，充分考虑到与学生实际情况相对接的问题。一方面，对于入选的史料数量做了控制（共52篇），并对较长的史料做了节选，对个别史料做了说明；另一方面，所选的史料基本上能精准地反映出现当代文学史和学科史的背景。学生拿到目录就能看出现代文学从社团林立到左翼文学的兴起和初步体制化的过程，能发现当代文学从高度意识形态化慢慢走向开放的演进过程。

从具体内容而言，编者在选入文献史料时也蕴含着学术创新的精神，笔者将之概括为三个"不局限于"，即不局限于现当代文学史料、不局限于境内史料、不局限于公共性史料。例如，以往现代文学史料的开端往往是陈独秀和胡适的经典文献，而编者将视野伸向近代文学，选了梁启超的那篇实际上影响了20世纪文学格局的文献——《论小说与群治之关系》；当代部分入选的三篇域外史料都是极富有代表性的，它们体现出编者的全球化视野，反映出当代文学创作、研究与世界的关系。日丹诺夫的报告体现了当代文学体制建构所受的来自苏联的影响，唐小兵的导言与国内学术界流行解构式的"再解读"思潮密切相关，顾彬的访谈更是引起了关于"汉语写作"问题的争议与思考。同时，在选入了大量的宣言、报告、学术论文等公共性史料的同时，编者也将沈从文日记这样的私人性史料纳入视野。

当然，现当代文学中的经典文本和重要的文献史料并不止这些，为了不加重学生的负担，编者在尽可能多地选作品、文献的前提下，对于以往入选的一些篇目和史料只能"忍痛割爱"。同时，一些新颖的史料编者也有所关注，例如以毛泽东《对文化工作的批评》代替了常见的"两个批示"。这则史料最早在20世纪60年代的许多"红皮书"中已公开，而且是作为毛泽东的"最高指示"传达的，其实已经涵盖了毛泽东当时对于文艺界的判断，其中关于"帝王将相部""才子佳人部""外国死人部"的说法，其实比"两个批示"流传更广、在学界也为人熟知。这套选本一改过去业已成熟的选本编选范式，开启了一种新的文学选本编选范式。应该说，作为一种将审美与历史打通的新的尝试，它的出现对于学科建设和教学的创新意义是显而易见的，而其中的经验和问题也是可资借鉴的，在今后的实践中也将更加完善。

### 三、当代文学史料研究的新收获

最近十年来，当代文学史料与学术研究之间的关系逐渐受到重视，不少学者致力于挖掘史料的价值，推动文学研究的深入发展。在这一背景下，吴秀明教授在主编了《中国现当代文学作品与史料选》以及"中国当代文学文献史料丛书"的同时，携其团队完成了65万字的《中国当代文学史料问题研究》(中国社会科学出版社，2016年)。该书以鲜明的学术意识和扎实的史料爬梳为基础，从当代文学史料的问题出发，激活了更为广阔的学术空间。

该书分为上下两编，上编主要探讨了"当代文学史料的存在与叙述"。与传统的按照文体、作家、时间等方式分类的模式不同，该部分以学术研究的板块为分类方式，着重发掘史料自身的学术问题。这种分类方式不仅打破了传统的研究框架，而且凸显了史料整理与研究意识的互动关系。通过对史料的深入挖掘和整理，我们可以更加全面地了解当代文学的历史背景、发展状况和演变轨迹，为文学研究提供更加准确和可靠的依据。

下编则从史料的客观存在进入专题化的学理探讨。近年来，当代文学的研究者逐渐将撬动文学史研究的"阿基米德点"从理论转向史料，但在这一过程中有时会忽略史料本身不是死的文字，而是一个特定时空中凝聚了外部制度力量与作者主体意识的产物。该部分首先注意到研究者的史观与史料之间的内在联系，进而将当代文学史料生成过程中与政治、历史、文化、学术之间的种种纠葛呈现出来，并做了具体的个案分析。这种探讨方式不仅体现了"论从史出"的学风和对史料的重视，而且保持了学术研究应有的怀疑精神和审慎态度。

该书的重要价值在于，它使我们清晰地看到当代文学的史料虽然是客观而丰富的存在，但它们又往往是被"涂抹"和"装扮"过的。其中，"中国特色"和"当代特色"的问题需要我们用不同于古典学术的方法去辨析。为了从海量的资料中筛选出有价值的信息，我们需要保持敏锐的学术眼光和批判性思维，这就意味着研究者需要具备对史料的敏感度和鉴别力。只有这样，我们才能更好地揭示史料所蕴含的历史真相和深层价值。如本书第一、二章所述，史料往往存在着各种偏见、误差，《中国当代文学史料问题研究》一书，以问题意识为引领，通过批判性思维审视史料信息的真实性和可靠性，对通俗文学、胡风等问题的研究都有不少新的发现。该书还为我们提供了一种新的研究视角和方法。在解读史料时，著者并未简单地将其视为一种客观的陈述或记录，而是置于特定的历史背景和文化语境中进行深入解读。对于史料的阐释，不同于对文学作品的解读：文学作品往往具有明确的主题和情节，而史料则更多地呈现出一种零散的、碎片化的状态。因此，在解读史料时，除了话语剖析的能力外，研究者还应具备扎实的文学史知识，显示出对相关文献、历史事件和文化传统的熟悉。

总而言之，中国当代文学研究要摆脱制造定论的当代焦虑，力所能及地做出我们的学术推进，而非妄谈超越与创新。这本书从绪论到结语持论中肯，文风稳健，对前人的学术积累有充分的引介，即便是面对周扬、胡风、样板戏等长期以来聚讼纷纭的人物与现象，也都能从史料辨析出发，注意与学术史对话而做到"以史服人"。所谓"但开风气不为师"，这样从宏观到个案、从类型到问题展开立体透视的学术格局，在当代文学史料的研究著作中毕竟尚无先例，因此它为建立当代文学史料学提供的是一种学术探索；而书中的未尽之处，也许就是我们未来研究的学术增长点。

## 第二节 学术研究的"可写性"

在文学研究中，文学文本有"可读性"与"可写性"的区分[1]，这样的划分其实也同样适用于学术研究。"可写的"学术研究富于学术创造力，能启发自己和他人继续研究，它贡献的是一种富有张力且行之有效的理论框架和思维方法，其学理意义不会因学术思潮的时代性更迭

---

[1] 文本的"可读性"指的是"能引人阅读"的文本，"可写性"指的是"能引人写作"（le scriptible）的文本，见［法］罗兰·巴特：《S/Z》，屠友祥译，上海人民出版社，2000年，第56—57页。

而失效。从三卷本的《思和文存》中可以看出,陈思和教授数十年的学术研究便具有鲜明的"可写性"。倘若对《思和文存》做"整体观"的话,其中的文章所涉问题尽管范围广泛,然而作者并未漫无涯涘地空发议论,书中篇目的编排也可以看出他的思想轨迹中有着较为清晰的线索。当然,全面评价陈思和的学术道路与贡献并非本节的任务,笔者主要以《思和文存》为中心对他多年学术研究中的"可写性"加以探讨。

### 一、充满历史感的精神探索

笔者以为在《思和文存》中作者贡献的诸多理论命题和相应框架,不仅使他自己游刃有余于其中,也激活了其他学者的问题意识。之所以如此,是因为作者找到了一股源头活水作为学术研究的内生动力,这就是评判与反思并重的人文精神,要指出的是,"人文精神"在作者笔下不是一个装点文章门面的花架子,而是一种能激发学术想象力的思想资源。

作为一个知识分子,作者继承了以往人文知识分子的判断力,但并未像有些知识分子那样以天下真理为尽在己,而把其他人预设为批判对象。作者清醒地意识到,"二元对立的思维特征是知识分子建构时代共名的基本方法,然后以此为标准划分出两极阵营"[1]。作者以带有主体间性色彩的眼光看待20世纪的文人与文学,在尊重前人主体性的基础上做出合理的评判。因此,他既看到五四时期"知识分子把主要注意力都放在重返庙堂的努力上,无论是胡适派'文人集团'的改良主

---

[1] 陈思和:《思和文存》第2卷,黄山书社,2013年,第161页。以下均只注明卷册和页码。

义路线，还是陈独秀派'文人集团'的激进主义路线，都反映出这种急功近利的心态"，也洞察到"当代知识分子虽然在广场上，心却向着庙堂"[1]。在作者看来，"广场"与"庙堂"并非两不相兼的文化场域，他能超然其上从而意识到不能"简单地认定知识分子传统和民间立场都是与官方天然对立的"，毕竟"文学的知识分子传统和民间立场是通过对主流意识形态的传达体现出来的"[2]。作者由此提出了知识分子的"岗位意识"这一重要维度，以之作为前两个维度的补充。在作者看来，对于知识分子而言"首先要恢复一个平常而自由的心态。认清广场的虚幻也即认清知识分子在现代社会里高人一等的不可靠"[3]。岗位意识是作者学术研究的一个重要的理论资源，使作者能发现许多从前被忽略的问题，譬如从这个视角看巴金，作者指出20世纪30年代巴金的"岗位"对于他后来的文学创作和人生起到了至关重要的影响："随着文化生活出版社的成立……他的社会地位和社会影响也逐渐确立起来，对社会和主流文学开始产生比较稳定的影响。"[4]因此，在岗位、广场与庙堂之中重新定位自己，这本身也是一种讨论学术话题时进退有度的思想结构。谈到这里我们可以看出，作者在许多问题上并不盲目附和前人之见，而能形成自己一套相对完整的评价体系，这无疑是得益于广场意识、庙堂意识、岗位意识的三元理论结构，而在这样一种理论结构中，所谈的人、事、文的成就与不足，都可以在其自身所应在的理论框架内得到有效的、合理的分析。

---

1  《思和文存》第2卷，第5页、第28页。
2  《思和文存》第3卷，第117页。
3  同上，第10页。
4  《思和文存》第1卷，第211页。

《思和文存》中相当篇幅的文章是对作家的讨论。在对鲁迅的观照中，作者充分注意到鲁迅的意义与价值，指出鲁迅不仅开创了一种"先锋"（思想、艺术手段）的文学范式，还成为知识分子的杰出代表。在书中作者基于对史料和相关人事的精准把握与分析，对于鲁迅的"骂人"发表了不同的看法。他并非人云亦云地同情曾经被骂的梁实秋等人，而是在史料辨识中，看到鲁迅论敌的问题。基于深厚的历史感，作者学术研究中的反思意识值得关注。这种反思是在一种史料研读和话语分析基础上开展的，例如对于巴金晚年的忏悔，作者看到他极为可贵的一面，但也没有像有些学者那样无限地夸大这一忏悔的意义与价值，而是在"忏悔"的序列中，冷静地指出这"仍然是一种'忏悔的人'的忏悔，并未达到现代层次上的'人的忏悔'……这种忏悔（笔者按：指'人的忏悔'）的对象不是个人，它指向个人具体行为背后的人类的某种普遍性"[1]。更为重要的是，作者的反思还包含着一种鲜明的内省意识，以不断完善自己的理论结构。20世纪80年代横空出世的"20世纪中国文学"与"新文学整体观"的概念，在当时都是极富创造性的，不过作者二十余年后能有自我的反思与升华，意识到那"是通过前四分之三的文学经验来推断的，未预想到未来的二十年中国社会仍然是发生了许多意料之外的巨变，所以到1990年代市场经济大潮兴起以后，这个概念的涵盖力量就减弱了"[2]。这种"内自省"的意识也展现了人文学者应有的胸怀。

---

1 《思和文存》第1卷，第187页。
2 《思和文存》第2卷，第482页。

## 二、立足于"整体观"的学术延展

随着学术研究范式的转型,如今治文学批评与文学史的学者更侧重于解决具体问题,尽管或新见迭出或史料扎实,却常常无法在一个合理的理论框架内对研究对象做全面的观照,以至于被一个个"问题"牵着走,也引发了诸多无谓的争论。在《思和文存》的篇目中,作者驾驭一个个"问题"、分析一篇篇史料与文本时,是在一定的理论范式和思想框架内完成的。他不需要总在新的文本中试图寻找问题,而是有了一套具有独创性和思想价值的阅读方法与文学审美的着眼点,这显然得益于他立足"整体观"的学术视野。

例如,他在新文学整体观和后续的研究中,提出了"民间文化形态"这一概念,并指出其"表达出民间社会生活的面貌和下层人民的情感世界……自由自在是它最基本的审美风格"[1],认为"民间的审美价值真正是文学产生其不朽价值的构成因素"[2]。当然,每个人对于现当代文学史的理解均存在差异,这是学术研究中的正常现象。在学术研究中,关键在于理论表述能够言之成理,自圆其说。对于作者而言,在范式意识的指导下,他能够在纷繁复杂的文学作品、思潮与流派中,精准把握文学本体内在演进过程的重要线索——"民间的浮沉"。不过作者并未陷入本质主义的误区,"民间"也并不仅仅停留在理论名词的能指,他明确地意识到"强调主义的整体性而忽略问题的具体性,是当代学术在社会改革过程中陷入尴尬困境的主要原因"[3]。

---

1 《思和文存》第2卷,第9页。
2 同上,第70页。
3 《思和文存》第1卷,第286页。

正因如此，在作者的学术实践中，"民间"的所指日益明确。在《思和文存》中我们能看到，从张恨水、张爱玲到莫言、王安忆等的文学力作都在他的视域中获得了富于新意的审美阐释。落实到具体文本的解读中，作者看到《九月寓言》的"文化形态是由主流之外的民间文化、传统以及口头创作构成的"[1]，指出《兄弟》中"民间叙事的粗鄙修辞正是这部小说的主要表达方式"[2]；对于《长恨歌》这部在许多人眼中继承和发展了海派文学传统的作品，作者给出了自己独到的审美评价："王安忆能够在几乎化为粉末的民间文化信息中挖拾起种种记忆的碎片，写成了一部上海都市的'民间史'。"[3]在批评界普遍关注林白小说中的强烈的女性意识时，作者则认为"林白小说所展现的这种女性文学的美学特征，与林白身处边陲和浸淫着民间文化有关"[4]。而且，作者重新审视了已广受批判的"样板戏"，意识到《沙家浜》中有些许审美价值的内容，认为《红高粱》实际上共享的是一个传统的叙事模式[5]。从这个意义上讲，他赋予了"民间"以确定的能指意义与所指范围，而"民间"这个概念则给他提供了持久的学术生命力，更重要的是作者的学术探索还能启发旁人进一步展开研究，这在《思和文存》中"自己的书架"这一部分的许多著述中得见一二。

在《思和文存》中，作者将自己文学史的理论探索分为四个板块[6]，正如有学者所言，这些"看起来各自孤立，实际上是存在着内在的关

---

1　《思和文存》第2卷，第66页。
2　同上，第71页。
3　同上，第175页。
4　同上，第217页。
5　同上，第17页。
6　分别是民间文化形态、共名与无名、潜在写作、世界性因素。

联性的，这种内在的关联性来自自觉意识"[1]。这里笔者不再一一分析，而是想谈一谈还有一组颇具"可写性"的概念，就是"先锋"与"常态"。之所以对此展开讨论，是因为与类乎"启蒙与救亡"这样机械地以思想观念取代艺术分析的、二元对立的思维模式相比，作者并未简单地将价值判断粗鲁地运用于分析文学史。相反，以"先锋与常态"这样一种动态的文学史观来看待现当代文学史的发展，不仅可以深化对艺术和精神流变的观察，也不会随时代变迁而在理论上失效。

对于 20 世纪中国文学，不同的学者有不同的认识范式，而在先锋与常态的理论框架中，文学史发展"一个层面是常态的主流文学演变过程……第二个层面是指某些特殊时期出现的文学和文化的震荡……以先锋的姿态出现"[2]，而在二者交替与演进的过程中，"凡是以常态形式随着社会变化而变化的文学就是主流，也就是在审美上能够被大多数老百姓所接受"[3]。事实上，"先锋文学为了表示它与现实环境的彻底决裂和反传统的精神，往往在语言形态和艺术形式上也夸大了与传统的裂缝"[4]。正因如此，以往的文学史大量关注到的是一个时代的"先锋文学"，因此遮蔽了原本是支撑起一个时代文学基本存在结构的"常态文学"，只得由后人不断零打碎敲地补充。作者则能意识到"先锋文学永远是边缘性的，它以敏锐的触角感受时代变迁的信息"[5]，不过先锋文学不是一个所指固定的概念，当代文学中的常态文学的发展，以及先锋

---

[1] 张业松语，参见《致力于现代知识分子人文精神和实践道路的探索——"陈思和文学思想学术研讨会"纪要》，《当代作家评论》，2011 年第 2 期。
[2] 《思和文存》第 1 卷，第 201 页。
[3] 陈思和：《先锋与常态——现代文学史的两种基本形态》，《文艺争鸣》，2007 年第 3 期。
[4] 《思和文存》第 2 卷，第 328 页。
[5] 《思和文存》第 3 卷，第 276 页。

向常态转化的过程同样为作者所关注。一方面，他意识到在这个脉络中"青春主题似乎若隐若现……正表达了某些先锋文学的特质"[1]，然而从整体上看，"20世纪中国文学的生命线有点像人类的生命，在自身的发展中呈现了一个从少年到中年的成长与成熟的主题"[2]。

笔者想略加延展性思考的是，为什么在概念林立的学术史中，作者所提出的诸多关键词会具有较强的可写性？所谓学术研究的"可写性"实际上要能"授人以渔"，他人可以将之作为学术研究的某种视角，对自己的研究也常常是有所助益的。这恐怕是因为他的理论范式多为描述性而非判断性的体系建构，大多数关键词既不是空无所指的能指漂浮物，也不是生硬的价值判断语汇，作者的理论创见基于大量史料而来，其历史意识始终推动着他将个案置于整体性语境中。因此，其思想穿透力不在于兜售具体观点，而在于以治学方法与范式影响和启发更多的人。

### 三、文化参与和对话的当代立场

对于作者而言，学术研究的可写性不仅源自人文精神的坚守和理论体系的建构，还与其学术研究并非仅仅是象牙塔内的思考密切相关。简单地说，作者秉持的是一种以当代立场对话古今中外文人、文本的文化参与意识，或者说现当代文学学术史的发展路径内在地包含着这种文化参与和对话的传统，就作者的学术实践而言具体体现在两个方面。

其一，对前辈师长学术精神的传承。作者在一篇访谈中谈到贾植

---

[1] 《思和文存》第3卷，第273—274页。
[2] 同上，第271页。

芳的思想时说:"'五四'就是跟着胡风,胡风就是跟着鲁迅,鲁迅就是'五四'精神,他们脑子里面这个线是很清楚的。"[1]作者也受到这一学脉几代精神传统的影响,在文化参与和对话的过程中,鲜明的当代立场就反映在以知识分子的岗位意识为出发点,以文学史、思想史为话语场,对话历史与当下。在《思和文存》第三卷中有一个系列的文章是对于师长们学术精神的总结与传扬,而这些篇什的学术意义就在于作者的当代意识与先辈的人文传统相结合。对于知识分子而言,每一代人都有属于他们的"当代",而作者在回顾他们的学术道路时立足于知识分子"岗位意识"的框架,对贾植芳、章培恒等前辈的回忆本身就是珍贵的史料。其意义一方面在于,这些史料体现出学术前辈如何"以一种人格的存在来影响他的学生"[2];另一方面,有一个总的主题就是他们的学术实践中所蕴含的精神资源与自己的共鸣,作者曾提出"知识分子的人文理想还表现在一种批评的职能上"[3],当然,这是双向的批评:"知识分子广场价值概念,像两面有刃的刀一样,对庙堂,他是抗衡庙堂的压迫,对民众的愚昧,民众的不觉悟,他是要批判的"[4]。所以,作者谈论自己的师长也好,巴金、傅雷、陈寅恪这样的文化名人也好,实际上都有一种介入性的对话意识,从这些思想资源中看到文学史、思想史上知识分子精神的传承,并不断完善自己的学术研究。

其二,本土经验与世界视野的融合。在《思和文存》中,我们能看

---

[1] 陈思和、杨庆祥:《知识分子精神与"重写文学史"——陈思和访谈录》,《当代文坛》,2009年第5期。
[2] 《思和文存》第3卷,第39页。
[3] 《思和文存》第1卷,第11页。
[4] 同上,第67页。

到作者并非自限畛域,而是将学术视野拓展到中国现当代文学与思想史以外,打开了一片世界性的视域。一方面,他在梳理中国文学史自身的文学经验时强调:"对文学史现象的描述当然要体现出描述者的当代立场,所谓客观性和历史性只能是当代立场阐释的研究前提、材料和资源,否则文学史只要是一部资料长编就可以一劳永逸了。"[1]这里就体现出作者对于史料与阐释之间关系的辩证认识。另一方面,他不局限于夜郎自大式的文化自恋,而是关注到"世界性因素",并对其加以解释:"本理论研究所指的'世界性'不反映对象的品质,只是一种讨论方法的视野。"[2]这种方法对于现当代文学和比较文学研究而言都是很重要的,这从作者的研究实践中即可看出。以其对冯至的研究为例,作者并非简单地整理冯至所受的影响,即并非一种被动地影响研究和渊源学的套路,而是看到"冯至是成功地把里尔克的创作经验置于中国抗战的背景之下,把十四行诗的形式与里尔克式的沉思真正的中国化了,显示了中国诗人在国际化的语境里与世界级大师对话的自觉"[3]。因此可以说,作者的世界性视野不是崇洋媚外地鼓吹西方文学的经典性,而是一种彰显主体意识与创造性的方法论。在这个意义上来讲,他才会在评价《马桥词典》等文本时指出:"深深陷于世界文化和文学信息旋风中的当代中国文学创作,其独创性并不是以它是否接受过外来影响为评判标准的,而是以这种影响的背后生长出的巨大创造力为标志。"[4]

由此可见,这样一种跨越历史与文化界限的时空结构,使得中国

---

1 《思和文存》第 2 卷,第 301 页。
2 同上,第 287 页。
3 同上,第 345 页。
4 同上,第 419 页。

现当代文学史、思想史上的许多细节凭借作者敏锐的洞察力与当下的文学、人生的现实相连，无论是文学文本还是文人活动都不仅仅属于其发生的时空范围，而可以穿越历史的烟尘"活"在当下甚至未来，故而其学术研究自然也会具有极强的学术生命力。

最后要说明的是，《思和文存》并未收录作者全部的学术论著，但基本上反映出他最重要的理论探索和精神诉求。笔者所引入的"可写性"是一种讨论学者学术思想和学术贡献的维度。在今天大量无效知识被生产的语境下，在我们被一个个"新问题"追着跑时，他的这种大气而具范式意义的研究实践能够也应该成为我们反躬自省的一个参照和范例。

## 第三节 文艺期刊研究的方法论

21世纪以来，当代文学期刊研究逐渐成为一个研究热点，这反映出当代文学这一学科逐渐走向成熟：研究者们试图通过对期刊的阅读和史料的爬梳，打破单一意识形态支配下的"批评化"的研究状态，从而将当代文学研究向"历史化"的方向推进。武新军教授主持的国家社会科学基金项目《意识形态结构与中国当代文学——〈文艺报〉（1949—1989）研究》，由中国社会科学出版社2010年出版（本节后面的引文仅注明页码）。这部著作可以说是当代文艺期刊研究的重要收获，是一个以文学期刊为切入点进行文学史研究的成功个案。

### 一、文艺期刊研究的方法论意义

作者在书中说："我在研读《文艺报》时的一个基本想法是：把它放在不同时期的经济、政治和文化的格局中进行分析，尽可能地把不断变化的意识形态结构与不断变化的当代文学间复杂的内在关联充分呈现出来。"(第3页)这种研究实践,为当代文学期刊研究提供了一种方法和思路,即在做文艺期刊研究时,必须具有严格的历史意识和开放的文学史观。在我最近读到的一些文学期刊研究论著中,有不少是先接受了某种既定的文学史观念,然后到文艺期刊中寻找史料的证据。这种主题先行的研究方法,注定会扼杀文学史研究创新的可能性。因为文艺期刊的面貌都是很复杂的,其中可能存在着尖锐的话语分歧和冲突。我们在文学期刊的基础上进行文学史的知识生产,也就必须尊重文艺期刊本身的复杂性,必须以自由的心灵和开放的文学史观念面对文艺期刊,必须有意识地从文艺期刊中发掘被流行文学史观所遮蔽的文学现象,只有这样,我们才有可能有效地拓展文学史研究的空间。

因此,文艺期刊研究成败的关键在于:研究者是否具有严格的历史意识,是否能够与既有的文学史结论保持一定的距离,是否能够虚怀若谷地去接受那些与既有文学史观念不一致的文学史料。有学者曾提出:"既然历史是一个不断被阅读、有差异的话语过程,与其对话语及其话语研究行使粗暴的知识垄断权,不如明智地尊重人们的话语权益。"[1]该书的作者正是这样做的,他在总结前人研究经验的基础上指出:"在今天的文史研究中,我们理应比前人更清醒些:具有严格历史意识的研究者所应做的,不是以自己的价值立场随心所欲地裁剪历史,而是尽可能地还原历史的丰富性与复杂性。具有健全的当代意识的研究者所应做的,既不是简单回到'十七年',也不是简单重复新时期,而是尽可能地在当代与历史之间进行反复的交流与对话,寻找更多被

---

[1] 程光炜:《雨中听枫:文坛回忆与批评》,湖北教育出版社,2000年,第147页。

遗忘的历史记忆。"（第270页）基于这样的历史化的研究思路，作者说："为了呈现更多被遗忘的历史记忆，我在本书中引述了大量的史料，尽可能把不同的观点都呈现出来，即便现在看来极端偏激片面的言论，也给予其在场的权利。"（第13页）纵观全书，作者正是按照这一思路，从《文艺报》等刊物中发掘出大量有价值的历史细节，并由这些历史细节复原了大量被遗忘了的文学史的记忆，著作中的一些章节如《当代文艺期刊管理体制的生成与变革》《人民文艺的传播网络与传播机制》《亚非拉文学与十七年文学》等，都令人耳目一新。

　　严格的历史意识，并不意味着仅仅满足于叙述中的历史感，作者还应该有意识地从历史中汲取经验教训，从而使文艺期刊的研究与当下的文学发展相联系起来。在"文艺刊物管理体制的生成与变革"一节中，作者在从《文艺报》等刊物分析当代文艺刊物管理体制生成与变革及其对当代文学影响的基础上，进而提出"推进文艺期刊管理体制改革的过程中，我们究竟得到了什么，是以失去了什么为代价的"的追问，这样就使得文学史的研究具有了当下的意义，这也是我们文学史研究的一个重要向度。除了对当代文艺体制的考察，作者还对一些文学思潮的变化做了详尽的分析，例如在分析当代文学中的人道主义问题时，作者重点指出："在考察当代文学中的人道主义问题时，我不想简单重复启蒙的文化逻辑和启蒙的价值判断，我更想回到历史现场，看看十七年中反复批判的'人道主义'究竟是什么，为什么要批判以及是如何批判的；新时期文学中复归的'人道主义'究竟是什么，为什么要复归以及是如何复归的。"（第296页）这样的研究，不仅能使读者对人道主义思潮如何在当代发展变化有一个直观的了解，还能够对背后的话语变化和文学环境的演进有更为深刻的认识。

从该书中，我们不仅可以看出作者的历史意识和当下关怀，还可以看出作者对史料的高度概括能力和缜密的逻辑思维能力。文艺期刊研究最忌讳的就是无法从史料堆里走出来，缺乏有深度的理论概括和分析。为了能够将研究深入下去，作者引入了伊格尔顿的"意识形态结构"和"审美意识形态"的概念。而这也成为作者能够成功"走出"史料并在一个更高的角度关照这些史料，从而得出有说服力的结论的关键。笔者也曾逐期阅读过一部分《文艺报》，在阅读过程中发现，如何对史料进行归纳、总结是一桩十分困难的事情，这不仅需要很强的理论概括能力，还需要具有结合时代语境展开辩证分析的能力。例如在十七年时期，文艺界曾经围绕着"落后人物的转变"展开过讨论，而《文艺报》上刊登的相关文章，都是具有代表性的，其意见也是存在较大分歧的。作者通过对于这些讨论文章的阅读总结出，"这些讨论的焦点，集中在落后人物是少数还是多数，落后人物是否具有教育意义、如何描写落后人物等问题上"，并就这场讨论与当时的思想改造工作之间的关联进行了深入准确的阐释。（第149页）类似的分类、总结和阐释，在书中比比皆是，正是这样画龙点睛式的总结，使得《文艺报》在当代文学研究中的价值和意义凸显出来。

## 二、对十七年文学的批判性反思

从20世纪80年代"重写文学史"以来，相当一部分文学史的写作者都站在启蒙史观和纯文学的立场上，压缩了十七年文学在文学史中的篇幅，并且贬低十七年文学的价值，而在十七年时期被批判的作品、被批判的观点则成为文学史青睐的对象。但进入新世纪之后，面对社会结构的变化和诸多社会问题的进一步呈现，又有不少学者将目光投向了十七年文学，试图从中找寻某些被当下社会遗忘了的话语资源。在这样的背景下，许多学者开始重评十七年文学。然而我们不得不说，在重评过程中，有些学者由于缺乏真正的历史意识，仍然固守启蒙、人本主义的话语立场，重复20世纪80年代语境中所产生的文学史结论，因而未能真正推进和深化十七年文学研究。

在已经发表的一系列十七年小说文本细读论文中，作者都是以"十七年文学绝不像80年代中后期学术界想象得那么简单"为基本前提的。在本书中，作者通过翔实的史料和缜密的分析更为充分地证明了这一观点。为了客观呈现十七年文学被遮蔽的丰富性和复杂性，作者提出了"意识形态结构"的概念，他高度重视意识形态结构内部不同话语之间的分歧与对抗，以及由此而导致的意识形态领域时而紧张时而缓和的变化，他认为"十七年文学发展演变的复杂性，只有放到这种意识形态结构中才能得到客观的描述与合理的说明"（第5页）。这种阐释路径，成功地超越了主流意识形态／个人体验、民间／官方、政治性／纯文学等二元对立的研究思路，有助于扭转从单一的价值立场出发苛责十七年文学的简单化倾向，有助于更好地理解十七年文学与当时复杂的话语场之间更为深层、隐蔽的历史联系。在此书中，作者正是在动态、多元的意识形态结构中，揭示出十七年文艺期刊管理体制、人民文艺的传播网络和传播机制、文学传统的借鉴格局、政治化的文学规范、创作方法规范和人物形象规范等逐渐生成的复杂过程，以及上述规范伴随意识形态的调整而发生的微妙变化。

作者在"意识形态结构"或者多元的话语场域中审视十七年文学，既展示出十七年文学中"一体化"的因素，同时也充分发掘出其中所存在的"异质性"因素，从而为解决十七年文学研究中的某些重要争议提供了新的思考空间。近年来,学界对如何理解和看待十七年时期的文艺思潮和运动存在着较大分歧。例如,对于十七年时期抬高社会主义现实主义而贬低批判现实主义的做法,通常我们只是单纯从理论角度批评这种做法的不可取性,而该书则通过梳理十七年中两种现实主义反复较量的过程,指出当时学界反复抬高前者贬低后者,"是为了剔除批判现实主义中不利于巩固无产阶级意识形态的异质性因素,维护意识形态的纯洁性和权威性"(第199页)。对于十七年时期的诸多文学规范,我们总是倾向于从国内政治文化的角度展开分析,而作者却把这一问题的思考拓展到当时世界文学、思想界的发展变化对于中国文坛的影响,他以《文艺报》为史料基地,较为全面地还原了亚非拉文学与十七年文学的关系,并由此得出结论:"十七年文学中高度政治化、民族化、大众化的文学规范,是由当时复杂的国际、国内矛盾决定的,而不是某个人主观意志的结果。"(第238页)从该书中我们可以看出,作者对《文艺报》的研读,充分发掘出当时意识形态结构和国内外文学环境的演进对十七年文学的影响,而这些都使得作者的观点显得深刻并富有创造性。

作者在著作中对于十七年一些重要的文学事件有着自己的反思。例如,胡风集团平反以来,学术界对于胡风、阿垅的理论很为推崇,许多论文都肯定他们作为一种异质话语的价值。该书也肯定了胡风、阿垅等受批判者的文艺主张的合理之处,在评析他们的"检讨"文章时,对他们报以理解:"在忽视主体性的时代,不管用什么方法为自己辩护,都很难得到认可的。"(第124页)但作者并不因此而一笔抹杀站在他们对立面的批判者,而是条分缕析地揭示出批判者们所依循的文化逻辑,并辩证地总结其利弊得失:"当然,也不能说胡风和朱光潜毫无缺陷，他们在强调文学的感性特征时，确实存在把感性和理性对立起来的倾向，他们的批判者并非一无可取。"（第279页）应该说，这种尊重史料复杂性的阐释方式，以及在这种阐释方式下所得出的结论，都是值得我们重视的。在十七年文学的研究过程中，由于长期存在的二元对立的思维模式，对于那些曾经被视为"异端"的声音我们可能会报以更多的理解，然而学术研究最终还是要落脚到学理性上。只有通过对于史料的学理性分析，真正在历史情境中去理解不同的声音，用不带有意识形态偏见的眼光来看待十七年文学中的种种现象和理论才能真正认识到他们各自的学术价值。

### 三、"重返八十年代"的双向反思

"重返八十年代"是当代文学研究的热点话题之一，20世纪80年代的文坛情况恰如有学者指出的，"80年代并不仅仅是一个浪漫的或者充满激情的时代，相反，思想斗争乃至政治斗争仍然存在，有时候，这种斗争甚至显得非常残酷"[1]。近年来，程光炜、李杨等在此领域做了扎实的研究工作，取得了一定的成果。而武新军通过对20世纪80年代《文艺报》所涉及的一些重大的文学事件和文艺观念的分析，也为"重返八十年代"做出了实质性的努力。

在分析20世纪80年代文学时，作者同样坚持了意识形态结构的分析方法，他既注意到激进的革新思潮对文学的影响，也注意到传统的保守思潮对文学的影响；既看到了艺术革新者为突破既有文艺成规所做出的努力，也看到保守者对传统文学规范的坚守，从而把新时期

---

1 蔡翔：《何谓文学本身》，春风文艺出版社，2006年，第141页。

文学内部的张力充分呈现出来。作者没有单纯站在某一立场而简化这段文学史,而是努力地勾勒出这一复杂时代文学界、思想界的种种论争,并且结合时代背景及历史的发展趋向,对论争双方各自的局限性与合理性展开分析。作者在审视种种争鸣的过程中,不仅保持了严格的历史意识,也恪守清晰的学术立场。作者并没有基于某种元话语立场对于任何一种论调做出简单的价值判断,而是站在学术研究的角度深入思考这些观点背后的叙事动因。例如,作者在第三章第二节中对20世纪80年代有关"主体性"的讨论做了全面的介绍和剖析之后指出:"这次讨论,不是纯粹学术性和学理性的讨论,论争双方都有明确的意识形态意图,他们在论争中的处境和命运,与80年代时紧时松、忽左忽右的意识形态环境密切相关。"(第106页)

所谓"重返"一方面是要将过去对80年代文坛的叙述中,那些被忽略和压抑的部分呈现出来,另一方面还要重视重返者自身的立场。优秀的文学史研究者要能通过对文学史的叙述总结出值得当下研究和借鉴的话语资源。该书通过史料的梳理和总结,不仅比较全面地呈现出80年代文学的复杂风貌,还在具体问题的分析和研究上提出一些对于当前的文学研究富有启发性的意见。譬如,80年代文学界有一批学者不断形成开放的文化心态,试图摆脱意识形态的干预,他们曾经被叙述为80年代的主流声音而受到学界的认可。然而,作者并没有遵循线性进化论的思路一味地肯定文学思想的开拓者,在讲到80年代关于"主体性"的讨论时,作者既看到了主体性讨论对于文学的解放意义,也同时看到对立面话语的价值。当时主体性的倡导者们把文学从政治的束缚中解放出来,却不曾想到市场经济的全面发展使得文学在20世纪90年代迅速沦为市场的附庸,当年主体性的反对者们所担忧的问题，非常直观地呈现在我们面前，因此作者指出："回过头来重新审视当年的论争，我们不难发现，那些被视为保守者的某些看法，还是具有一定的实践性和前瞻性的。"（第134页）再比如，在20世纪80年代启蒙史观支配下，不少学者曾经十分推崇"人物性格二重组合原理"，然而后来不少文学作品中的人物形象在这一原理的支配下变得扭曲和分裂。针对这样的问题，作者通过对《文艺报》等刊物上史料的对比阅读并结合文学发展的实际情况认识到，"今天看来，新启蒙者把'性格二重组合原理'视为精神的丰富性，视为现代人的精神特征，是有其历史局限性的"（第198页）。

作者还对"社会主义新人"的塑造、"向内转"和"人道主义"观念的分歧等许多问题做了详尽的述评，从这些述评中，一个相对以往文学史更为丰富和复杂的80年代文学图景呈现在我们面前。作者在对80年代种种论争的双向反思中，也使我们看到了这一时期文坛上不同的文学主张、不同的意识形态力量既尖锐冲突又相互渗透的紧张复杂关系。这种复杂关系还表现在不同的声音、派别的地位因自己在文坛话语地位的变化而发生变化，例如作者在书中讲到的胡乔木《关于人道主义和异化问题》发表之后学术界出现的"一边倒"的倾向，等等。

一部好的学术著作总是能带给人更多的思考。该书中涉及的一些问题，都是值得我们进一步深入研究的。例如，该书第一章第四节中关于十七年时期人民文艺的传播网络和传播机制的讨论，武新军也曾以赵树理为具体研究对象对这一问题进行的更为深入的研究[1]。还有一

---

[1] 武新军：《赵树理与"人民文艺"传播网络》，《山西大学学报》（哲学社会科学版），2009年第4期。

些现象也是值得深入研究的，比如有些学者在十七年时期是受到批评的"异端"，到 80 年代却扮演"保守派"的角色，为什么他们的话语不适用于两个不同的文学时代？类似于这样的问题都是我们可以继续研究的。要解决这样的问题，不仅仅要依赖《文艺报》，不过作者通过对《文艺报》的研究为我们打开了一种思路和视野，那就是通过史料的系统阅读获得丰富的历史信息，这也使得我们可以就某一问题更为深入地做下去。

当然，该书中也有个别可以继续讨论的地方，这也是一部好的学术著作能够启发人的地方。例如，作者在梳理 80 年代的文艺思潮时，习惯于将当时的背景概括为"当'坚持改革开放'的声音大时……""当'坚持四项基本原则'声音大时……"，这样的表述自有其道理，但是用"改革开放"和"四项基本原则"来作为文学思潮和学者立场的划分标准是否准确？80 年代的"清除精神污染""反对资产阶级自由化"等事件的支持者和"朦胧诗""现代派"的支持者，恐怕不仅仅是政治立场不同，其文化心理和知识结构的差异也是很明显的，而这些是"改革开放""四项基本原则"等语词所难以涵盖的。

总之，这部著作既体现出文艺期刊在当代文学研究中的价值和意义，为当代文艺期刊研究提供了不少可以借鉴的方法；同时又丰富了我们对于十七年文学和 80 年代文学的认识，以翔实的史料在一定程度上纠正了重写文学史造成的文学史观念的偏颇。可以说，这部著作不仅是当代文艺期刊研究的成功个案，也彰显出作者在重评十七年和重返 80 年代的问题上所做出的具体的、实质性的努力。

# 余论　中国现当代文学史料学体系断想

傅璇琮曾提出:"既概括地叙述各种史料,以史料介绍为主,也可以从学术史角度,论述历代的治学思想和研究实绩(如洪湛侯先生的《诗经学史》),把史料学与学术史结合起来。这将是当代古典文学研究的一种特殊的治学路数。我们相信,这样的一种治学路数必将为20世纪中国学术史增添新的内容,树立一种新的标格。"[1]治古典学术的前辈确实在史料学与学术史研究上有诸多可资借鉴的成果,也有不少理念与方法值得我们这些新兴学科的研究者重视。

在中国古代学术史上,经学与考据学构成了学术体系的核心支柱。要深入研究经书,首先需掌握目录学,正如"辨章学术,考镜源流"这一论述,虽可理解为古典文献学,特别是目录之学的学术功能,但实际上又不局限于此。章学诚提出此观点是在《校雠通义》第一卷,故而可以视为成为学者的必备学术基础。在古典学术体系内,读书人为进一步解读经书,需对文字内涵深入探究,因此训诂学成为必要之学。汉字与语音关系密切,音韵学因而应运而生。在历史传承过程中,文本可能发生变异、遗漏乃至失真,故而有校勘学与辑佚学的产生。由此可见,中国古典文献学的各个分支学科,皆是为应对文献所存在的问题而诞生。

中国现当代文学研究者同样需要具备扎实的史料功底。然而,在当前时代背景下,我们的史料学知识范式应当与现代文学的媒介环境

---

[1] 傅璇琮:《当代学者自选文库·傅璇琮卷》,安徽教育出版社,1998年,第623页。

及生产传播方式相适应。因此，史料学的学术体系与古典文献学应有所区别，它应当涵盖历史、本体及应用三大核心部分。这三部分并非孤立存在，而是相互依存，具备紧密的逻辑联系。

首先，我们需系统梳理学科内外的学术史资源，总结中国现当代文学史料整理与研究的学术经验，并深入分析理论研究和争鸣的成果。这一部分也可称为史料学史，旨在回顾和总结史料学的发展历程与现状，深化我们的理解。其次，着力建构中国现当代文学史料学的本体体系与学术规范。这涉及对史料学本体论的深入研究，明确其研究对象、研究方法与目标，建立完善的学术规范，以保障研究的科学性与严谨性。史料学与史料研究的核心差异在于建立史料学的本体论，既要明确学术范畴的定义，也要阐述各部分的研究方法。这一环节的重点是对史料学的研究对象和方法进行深入探讨，以便更全面地掌握其本质。最后，我们应探索中国现当代文学史料学如何助力新文学研究的"再发动"，核心在于解决学术问题。这一应用体系主要研究史料学的实际应用，以便更好地满足中国现当代文学研究的实际需求。研究者需要思考的是现代文学研究的各个领域，如何融入史料学的方法与意识，找寻更为恰切的阐释路径，以在实践中充分发挥其学术价值。在上述三部分中，中国现当代文学史料的专著和相关研究已经有一定的学术史基础。在此基础上，我们未来要进一步分析如何建构当代文学史料学的本体体系。中国现当代文学史料学既要科学吸纳已有文学史料学、文献学的知识谱系，又要注意解决新中国成立以来，学术界在收集、甄别、整理、运用文学史料等方面遇到的独特问题，兼顾各环节的普遍性（基础理论方法）和特殊性（新中国文学的特殊情况），形成完整的本体体系。

首先，形态与类型是最基础的学术分类工作，形态侧重于载体与存在方式，类型侧重于内容，尤其要关注新出现的形态、类型。在此基础上，考证与辨伪是为了对"五四"以降浩如烟海甚至真伪待考的史料加以必要的学术辨识，兼顾史料的当代价值与历史价值，特别要注重某些独特因素的祛魅与解蔽问题。其次为版本与校注，意在探求史料文本的准确性，分析各版本间的差异性，做好史料校勘和注释工作，并结合具体时段的文化语境深入分析、阐释。之后则是编纂与辑佚，旨在归纳编纂大系、全集、文集、别集及集外辑佚等的原则、学术视角与方法，以及如何尽可能规避或弥补各种"当代性"因素的影响。最后是对汗牛充栋的作品和史料集、重要学术成果的题录与检索。这既能辨明学术之源流，又可以便于后人开展学术研究。随着媒介融合的时代来临，我们也要结合大数据、"互联网+"、人工智能等新兴技术和手段，探寻题录、电子索引与文本数据分析的新路径。

在构建了本体体系之后，我们更应当激活问题意识，建立史料学应用体系，即如何将史料学广泛运用于各个研究领域，从而充分发挥其独特的学术价值。在中国现当代文学史料学的知识谱系中，应用体系主要涵盖以下几个方面：

第一，我们应将焦点置于作家及其作品的研究之上。在这一领域，史料学的作用不可忽视。它不仅能够增强研究者的历史感知能力，还能为各项研究提供坚实的学术参照。在作家论方面，深入研讨与细致剖析作家的生平履历、思想观念及艺术特色等相关的丰富史料，可以为研究者揭示作家创作的深刻内涵、艺术造诣的辨识度及其在文学史上的独特地位，从而为作家论奠定坚实基础。在文学批评领域中，史料学的作用在于引领研究者洞悉文本世界背后的宏大而丰富的背景，以及读者的多元接受状况。这种深入而细致的探索，能够赋予研究者以全面审视作品艺术价值、思想深度及历史意义的慧眼，为文学批评构筑起坚实而精准的基石。此外，在传记研究领域，史料学同样发挥着重要作用。通过系统地梳理作家的生平经历、著述成果等方面的史料，研究者能够更深入地挖掘作家的思想内涵、艺术追求及人生轨迹，从而为传记撰写提供更加丰富和准确的素材。

第二，重视思潮现象研究与史料学的结合。文学思潮、现象是在一定时期内，由于社会、政治、经济等多种因素的影响，作者和读者的思想观念、审美价值观念等变化的表征。通过对不同时期、不同地域的文学作品的比较和相关史料分析，我们可以更加深入地厘清文学思潮的演变历程。此外，我们还需要关注思潮现象与文学流派的关系。不同的文学流派往往代表着不同的思想潮流和审美观念，这不仅体现在文本之中，还需要参看各流派理论争鸣、地理环境、文化氛围等相关史料。在这个背景下，从不同角度、不同方法入手，对文学思潮、流派的重新梳理和审视，并不致力于要推翻既有学术结论；而是要引入"主体间性"作为阅读史料和讨论思潮时的一种学术立场，提出更为丰富的认识，使知识在积累中更新，促进学术研究进入良性的"解释学循环"之中。我们在进入历史时，并不能绝对客观地将之视为"客体"或"对象"，而必然带有研究者的主体意识。无论研究者声称自己的学术立场如何中立，哪怕是纯粹史料堆砌出来的历史叙述，在堆砌什么史料时也必然有价值选择。因此，在文学思潮的研究中，我们可以尝试将那些思潮的生产者看作是另一群"能思"的主体，以史料为中介，构成一个对话场域。在这样的"主体间性"关系下，我们能对史料开展更富于思想张力的阅读与阐释活动。

第三，史料学还要关注史料与文学制度、传播等领域的关系。在这些领域中，史料学可以帮助研究者更加深入地了解中国现当代文学的生成机制、语境和特点等方面的情况。例如，在文学制度的研究中，通过对相关政策、法规、讲话等方面的史料研究，我们可以更加深入地了解新中国成立前后，制度与文学的关系变化历程、特点及其对作家创作的影响等方面。基于史料分析而得出的结论，往往能为文学与制度研究提供更加全面、准确的依据。例如有学者"使用数据统计和对比的方法，研究延安时期话剧事业、京剧发展、抗战文艺、秧歌活动、文艺社团、文艺期刊、鲁艺演出等方面的历史事实"[1]，如此一来，对于1942年前后延安文艺实际状况不需要主观臆断，而是能一目了然地呈现出《讲话》在延安文艺发展中的实际作用，有助于研究者客观地理解和评价《讲话》的地位和影响。

第四，在前三者基础上，我们可以进一步探讨文学史、学术史的研究与写作。在这些领域中，史料学可以帮助研究者为文学史研究提供新的学术增长点，并支撑文学史、学术史研究的"历史化"。从文学史写作来看，如南帆所言："相对于古代文学史写作，当代文学史的资料收集远为容易。如果说，资料占有的数量是评价古代文学史著作的一个标准，那么，当代文学史写作的焦点，毋宁说是如何处理丰富的资料。"[2] 从学术史研究来看，我们关注不同时代的文学史著作，研究其话语的变化无疑是对中国现当代文学学科价值的总结和叙述。不同时期文学史写作的成就与不足，不仅能折射出社会思想的问题，还能成

---

[1] 王克明：《〈讲话〉前后的延安文艺》，《中国现代文学研究丛刊》，2013年第5期。
[2] 南帆：《当代文学史写作：共时的结构》，《文学评论》，2008年第2期。

为反观中国现当代文学学科发展的一面镜子。改革开放之初,当代文学史的写作表现出鲜明的"拨乱反正"意识,其叙述力求"尽量使一些问题的表述与《关于建国以来党的若干历史问题的决议》等中央文献精神相一致"[1]。80年代中后期,现当代文学史的"重写"声音一浪高过一浪,京沪学者遥相呼应,推动了以现代化、启蒙、主体性为基本理论与旗帜,以人性和审美为切入点的文学史写作,在此知识谱系所建构的话语场中,原有的"工农兵"话语秩序也发生了动摇。

最后,我们还可以扩展到跨学科研究领域。在这些领域中,史料学可以促进中国现当代文学与语言学、比较文学、文艺学等学科开展跨学科研究。例如在比较文学研究中,将史料意识应用于不同国家、文化之间的比较和分析,研究可以更加立体地辨析文学作品生成、交流和影响等方面的情况。有比较文学学者在从事中国和苏联文艺政策比较研究时提出:"中国作为后起的社会主义国家,在政治、经济、文化等各方面,与苏联有着密不可分的联系,文艺政策的制订和实施,势必也会受到苏联的影响。"[2]该文是从中苏文艺批判运动之间的类同性出发进行文化阐释,但囿于史料视域,作者完全没有注意到,1949年到1966年间的文艺政策虽然有激进的一面,但同时也多次出现了纠正、调整文艺政策的努力。这些史料如果能进入研究范畴,则对中苏文艺政策的比较研究就不会停留在表面化的预设结论,而能更充分地看到新中国文艺政策与本国文化实际的复杂关系。

基于当前的学术研究现状,在史料学体系建立过程中,以下两个

---

[1] 郭志刚等主编:《中国当代文学史初稿·重印说明》,人民文学出版社,1983年。
[2] 吴俊忠:《跨文化视野中的中苏文艺政策比较》,《深圳大学文艺学研究中心学术文选》,安徽大学出版社,2008年,第171页。

方面也许更需要新生力量跟进研究。其一，在数字人文背景下，重视科技手段赋能实证研究。实证研究是中国现当代文学史料学的核心，需要充分利用现代科技手段，如借鉴古籍数字化技术、古籍保护技术等，对现代文学作品进行系统调查、整理和研究。在此基础上，中国现当代文学史料学应不断创新研究方法，如利用大数据等技术手段对史料中的语词频次、数据库不同史料的话语关联进行统计。其二，在新文科背景下加强跨学科研究。中国现当代文学史料学的发展需要吸收其他学科的研究方法和理论成果，如历史学、社会学、人类学等。通过跨学科视野，研究者可以更好地把握史料文字背后的社会历史背景，提高史料话语分析的深度和广度。同时，要注重实证研究与理论探讨相结合，形成中国特色文学史料学理论体系，并将研究成果应用于教育教学、文化传承等方面。

毫无疑问，史料学体系的建立不可一蹴而就，它关乎研究者的知识结构以及对于史料如何成"学"的理解向度，而学者们从各自立场和角度，有着差异化甚至是截然相反的学术认知。正因如此，要建构自洽的、可通约的史料学体系，需要我们不断吸纳已有的学术观点与方法，不断完善和修正体系的内涵与外延，从而实现守正创新。

# 主要参考文献

巴金:《巴金全集》(第1、3、6、8、9、11、17、18、19卷),北京:人民文学出版社,1986年至1993年。

[意]贝奈戴托·克罗齐:《历史学的理论和实际》,傅任敢译,北京:商务印书馆,1982年。

陈独秀:《陈独秀文集》(第1卷),北京:人民出版社,2013年。

陈思和:《思和文存》(第1—3卷),安徽:黄山书社,2013年。

陈徒手:《人有病 天知否:一九四九年后中国文坛纪实》,北京:人民文学出版社,2000年。

陈晓明:《中国当代文学主潮》,北京:北京大学出版社,2009年。

陈寅恪:《金明馆丛稿二编》,上海:上海古籍出版社,1980年。

程光炜:《文化的转轨——"鲁郭茅巴老曹"在中国1949—1976》,北京:光明日报出版社,2004年。

丁玲:《丁玲全集》(第7、8、10、11卷),石家庄:河北人民出版社,2001年。

范伯群:《中国现代通俗文学史》(插图本),北京:北京大学出版社,2007年。

傅斯年:《史料论略及其他》,沈阳:辽宁教育出版社,1997年。

[德]黑格尔:《美学》(第3卷),朱光潜译,北京:商务印书馆,1981年。

[法]福柯:《知识考古学》,谢强等译,北京:生活·读书·新知三联书店,2003年。

[美]哈罗德·布鲁姆:《西方正典:伟大作家和不朽作品》,江宁康译,南京:译林出版社,2005年。

何忠礼:《中国古代史史料学》(增订本),上海:上海古籍出版社,2012年。

洪子诚:《问题与方法:中国当代文学史研究讲稿》,北京:生活·读书·新知三联书店,2002年。

胡朴安、胡道静:《校雠学》,长沙:岳麓书社,2013年。

胡适:《胡适全集》(第1、2、11卷),合肥:安徽教育出版社,2003年。

黄修己编:《赵树理研究资料》,北京:知识产权出版社,2010年。

金宏宇:《中国现代长篇小说名著版本校评》,北京:人民文学出版社,2004年。

梁启超:《中国历史研究法》,上海:上海古籍出版社,2006年。

刘勇:《现代文学讲演录》,桂林:广西师范大学出版社,2009年。

刘运峰主编:《1917—1927中国新文学大系导言集》,天津:天津人民出版社,2009年。

鲁迅:《鲁迅全集》(第1、4、6、7、9卷),北京:人民文学出版社,1981年、2005年。

[法]罗兰·巴特:《S/Z》,屠友祥译,上海:上海人民出版社,2000年。

钱基博:《现代中国文学史》,上海:上海书店出版社,2007年。

上海鲁迅纪念馆编:《赵家璧文集》(第1卷),上海:上海文艺出版社,2008年。

沈从文:《沈从文全集》(第16、19、20卷),太原:北岳文艺出版社，2002年。

［美］王德威：《被压抑的现代性——晚清小说新论》，宋伟杰译，北京：北京大学出版社，2005年。

王蒙、袁鹰主编：《忆周扬》，呼和浩特：内蒙古人民出版社，1998年。

王瑶：《王瑶全集》（第2、5卷），石家庄：河北教育出版社，2000年。

吴秀明主编：《中国当代文学史料问题研究》，北京：中国社会科学出版社，2016年。

武新军：《意识形态结构与中国当代文学——〈文艺报〉(1949—1989) 研究》，北京：中国社会科学出版社，2010年。

［美］夏志清：《中国现代小说史》，刘绍铭等译，香港：香港中文大学出版社，2001年。

［英］伊格尔顿：《二十世纪西方文学理论》，伍晓明译，西安：陕西师范大学出版社，1987年。

袁亮主编：《中华人民共和国出版史料》（第3、7、8辑），北京：中国书籍出版社，1996年、2001年。

赵树理：《赵树理文集》（第1—4卷），北京：中国工人出版社，2000年。

张恨水：《张恨水全集》（第46、53、54、61、62卷），太原：北岳文艺出版社，1993年。

郑振铎：《中国俗文学史》，北京：中国文联出版社，2009年。

中共中央马克思恩格斯列宁斯大林著作编译局编译：《马克思恩格斯选集》（第1、4卷），北京：人民出版社，1995年、2012年。

# 后　记

　　我在河南大学就读本科的时候，曾在武新军老师的指导下，开始逐期阅读20世纪50—60年代的《文艺报》，这为我打下了初步的学术基础。在河南大学的学习经历中，各位老师的严谨让我逐渐意识到学术训练不仅仅是知识的积累，更是一种思维方式和研究方法的锻炼。

　　2010年，我有幸获得了推荐免试研究生的机会。我冒昧地联系了浙江大学的吴秀明老师。吴老师不仅立刻回复了我，还给予了我宝贵的面试机会。之后，吴老师将我吸纳到他的课题组内，让我深入研究通俗文学史料、私人性史料，并引导我在日常阅读中要理论、史料、文本并重，教会了我如何进行系统的学术研究。吴老师是一位望之俨然的严师。对于我这个懒惰而散漫的学生而言，他在我的成长道路上起到了至关重要的作用。在吴老师身边的日子里，我改正了许多不良习惯，全身心地投入到学习和研究中，使读书与写作都回归到一种简单的方式。毕业时我统计了一下，在攻读硕士学位期间，与吴老师之间的邮件往来262封，其中绝大部分都是他在学习、科研方面对我的指导，更不要说面授机宜和电话长谈了。在那段宝贵的时光里，我不仅承担了课题著作中三章内容的撰写工作，还完成了一篇硕士论文，为我日后的职业发展奠定了坚实的基础。参加工作后，我成功地以硕士论文为基础申报了教育部的项目，著作出版后侥幸获得了浙江省"哲社奖"。今天想来，这一切都离不开吴老师的悉心指导和严格要求。

　　尽管我一度对文学批评也抱有浓厚的兴趣，并写了一些评论文章，但我的学术研究更为依赖史料，注重从史料揭示文学现象背后的深层逻辑和历史文化内涵。从在复旦大学攻读博士到入职杭州师范大学后，张业松老师吸纳我加入他的课题组，使我有机会做一些更为基础性的史料收集与整理工作，也更能沉下心来处理史料。博士在读期间，陈思和、郜元宝等老师精辟的史料解读令我渐渐意识到，解读史料其实是比评论作品更需要积累和视野的一项工作。我也在思考史料的整理、鉴别、运用等经验应如何总结、凝练的过程中，逐渐生成史料学的知识体系。

这些问题激发我思考史料在作家作品、思潮现象和文学史研究中，能发挥怎样的作用。这当然是一个很大的问题，本书所体现的是我进入这一问题的两个路径，一方面是宏大的、整体性的、理论性的思考；另一方面，也是更重要的，是聚焦于具体的领域与问题来回答问题，而不是仅仅浮于理论的空转。我以之前比较熟悉的巴金、赵树理等作家为例，从版本、通俗文艺等现象入手，抓住史料如何推动作家作品和文学史研究的新解，以及史料运用中的问题而展开思考。当然，在书稿的写作和修改过程中，我又产生了许多新的想法，可以进一步延展出新的课题。囿于结构、篇幅以及学识，这些想法很难在一两年内完成，但为我日后提供了继续深入研究的新方向。

感谢从本科到博士阶段的各位师友对我的教诲或帮助；感谢工作以来同事们的关心和建议；感谢杭州师范大学文艺批评研究院和中文学科的资助；感谢上海文艺出版社李伟长老师提供出版机会；特别要感谢编辑老师精心编校，她的认真与敬业令人感佩。

最后我想说的是，在当前的中国现当代文学研究中，史料的地位、功能及其价值问题是学术界热议的话题之一。这种学术分歧是学术研究不断深入发展时必然会出现的现象，也有助于推动学术研究在争鸣中发展。然而，我衷心期望未来有关于此话题的讨论能够更加理性、系统化，更多地从建设性的角度出发，而不仅仅是停留在批判与否定的学术面向上。中国现当代文学史研究的当代性和历史性之间的张力正是学科的魅力：若中国当代文学研究缺乏现场感与参与度，其生命力将逐渐减弱；若丧失历史感与史料意识，则容易随波逐流，难以在学科知识体系中积淀深厚底蕴。因此，各方可以携手合作打造理想的学术生态，批评家与文学史家共同努力，从多元视角拓宽中国现当代文学的学术对话与讨论空间，共同推动学科的发展与学术的进步。

2024年6月于杭州师范大学

图书在版编目（ＣＩＰ）数据

中国现当代文学研究的史料视域 / 刘杨著. -- 上海：上海文艺出版社, 2024. -- ISBN 978-7-5321-9143-7

Ⅰ．I206.6

中国国家版本馆CIP数据核字第2024D0W396号

策 划 人：李伟长
责任编辑：崔　莉
装帧设计：钟　颖

| | |
|---|---|
| 书　　名 | 中国现当代文学研究的史料视域 |
| 作　　者 | 刘杨 |
| 出　　版 | 上海世纪出版集团　上海文艺出版社 |
| 地　　址 | 上海市闵行区号景路159弄A座2楼 201101 |
| 发　　行 | 上海文艺出版社发行中心 |
| | 上海市闵行区号景路159弄A座2楼206室 201101 www.ewen.co |
| 印　　刷 | 崇明裕安印刷厂 |
| 开　　本 | 890×1240　1/32 |
| 印　　张 | 10.125 |
| 插　　页 | 4 |
| 字　　数 | 233,000 |
| 印　　次 | 2024年12月第1版 2024年12月第1次印刷 |
| ＩＳＢＮ | 978-7-5321-9143-7/I.7186 |
| 定　　价 | 59.00元 |
| 告 读 者 | 如发现本书有质量问题请与印刷厂质量科联系　T: 021-59404766 |